TIM BOLTZ
Weichei

Lesen erleben

Buch

Das hatte sich Robert Süßemilch so schön ausgedacht: Nach neun gemeinsamen Jahren mit seiner Freundin Steffi möchte er ihr endlich einen Heiratsantrag machen. Mit frischen, dampfenden Brötchen und einem Verlobungsring im Gepäck will er sie zum Frühstück überraschen, und dann das: Steffi liegt mit einem ihrer Kollegen in den Federn, und das lässt nur einen Schluss zu…
Weichei! Das ist das Letzte, was Robert von seiner Freundin zu hören bekommt. Und damit hat er alles, was ein Mittdreißiger so gar nicht braucht: eine gescheiterte Beziehung, ein seit Jahren ruhendes Studium, einen schlecht bezahlten Job und einen gähnenden Abgrund einsamer Abende vor sich. Doch unterstützt von seinem Macho-Kollegen Emile beschließt Robert, seiner Exfreundin und sich selbst zu beweisen, dass aus dem vermeintlichen Weichei ein harter Kerl und Womanizer geworden ist. Voller Elan stürzt er sich ins wilde, pralle Leben, besucht groteske Sexpartys, unternimmt Viagra-Selbstversuche im Rotlichtmilieu und nimmt an bizarren Speed-Dating-Veranstaltungen teil.
Bei der Hochzeit eines alten Schulfreunds begegnet Robert schließlich der attraktiven Jana, mit der er chaotisch-schöne Stunden und Tage verbringt – allerdings baut diese Liaison auf einer grandiosen Lüge auf, die ihm ein ums andere Mal beinahe zum Verhängnis wird. Da meldet sich seine Exfreundin Steffi wieder bei ihm und bittet um Versöhnung. Sieg, denkt Robert, Sieg! Doch ein Abendessen mit Jana und Hirsebratlingen geht ihm nicht mehr aus dem Kopf…

Autor

Tim Boltz, Jahrgang 1974, arbeitete zunächst als Redakteur. Und nein, »Weichei« ist nicht seine Biografie. Der Autor lebt zwar in Frankfurt am Main, arbeitet allerdings nicht an einer Tankstelle mit einem Kollegen namens Emile. Stattdessen hat er unter dem Namen Zeno Diegelmann diverse Kriminalromane und Thriller sowie ein Musical verfasst. »Weichei« war sein erster Comedyroman.

Von Tim Boltz ist außerdem im Goldmann Verlag lieferbar:
Nasenduscher. Roman
Linksträger. Roman

Alle Romane auch als E-Book erhältlich

Tim Boltz
Weichei

Roman

GOLDMANN

Dieses Buch ist auch als E-Book erhältlich

Verlagsgruppe Random House FSC® N001967
Das FSC®-zertifizierte Papier *Holmen Book Cream* für dieses Buch
liefert Holmen Paper, Hallstavik, Schweden.

4. Auflage
Originalausgabe Oktober 2011
Copyright © 2011 by Wilhelm Goldmann Verlag, München,
in der Verlagsgruppe Random House GmbH
Umschlaggestaltung: UNO Werbeagentur München
Umschlagfoto: © FinePic; © Getty Images/Juno
Gestaltung der Umschlaginnenseiten: UNO Werbeagentur, München
Motiv der Umschlaginnenseiten: © Juno, Getty Images
BH · Herstellung: Str.
Redaktion: Gerhard Seidl
Satz: Uhl + Massopust, Aalen
Druck und Einband: GGP Media GmbH, Pößneck
Printed in Germany
ISBN: 978-3-442-47536-0
www.goldmann-verlag.de

Besuchen Sie den Goldmann Verlag im Netz

Inhalt

Prolog 7

1. Ciao, Steffi – Hallo, Leben 13
2. Geflügelmortadella 17
3. Albanische Fußballweisheiten 23
4. Schach und matt mit Peter Silie 30
5. Natascha und die Geister, die ich rief 37
6. Du bist ein Hai 42
7. Manege frei 44
8. Mama, Magdalena Neuner und ein Weißflog 58
9. Ein Südseeatoll von Steffi 69
10. Im Bett mit Mushishu und Viagra 74
11. Das KLINGELING-Speed-Dating 91
12. Gekachelter Blindflug 105
13. Handykauf ist Vertrauenssache 117
14. Herr der Ameisen 122
15. Die Hochzeit 129
16. Postkarten für die Crew 142
17. Der MuscleMaster X 2000 146
18. Eine Uniform, eine Uniform 153
19. Mainz, wie es singt und lacht 159
20. Am Drehkreuz 163

21.	Rispenhirse und das Walsterben am Main	166
22.	Der Held der Spätschicht	177
23.	Ölpest in der Sushibar	193
24.	Im Hotelbett	201
25.	Die Weinprobe	203
26.	Ein Kreuzschraubendreher hinter dem Auge	213
27.	Der treue Charly	216
28.	Steffis Comeback	230
29.	Süffig im Abgang	236
30.	Ich werd beKLOPPt!	240

Epilog 251

Prolog

Lass sie zische, kommt 'ne Frische.«

So hallt mir die pädagogisch zwar fragwürdige, aber doch wertvolle Aussage meines Vaters in den Ohren. Ich erinnere mich noch genau. Ich war zwölf Jahre alt und kam heulend mit meinem Turnbeutel von der Schule nach Hause gerannt. Meine feste Freundin Wiebke, aus der 4 b, hatte mitten auf dem Schulhof ihre »Capri-Sonne Kirsch« mit dem Klassenclown geteilt. Ein unumstößliches Indiz für das Ende unserer dreitägigen Beziehung. Zwanzig Jahre später fühle ich mich genauso beschissen. Nur ohne Turnbeutel und ohne Capri-Sonne.

Es ist rot. Ich sitze im Auto an der Kreuzung Miquellallee zur Eschersheimer Landstraße, und die Ampel leuchtet in ihrem sattesten Rot, das sie zu dieser frühen Stunde auf die geriffelte Plexiglasscheibe der Lichtsignalanlage zaubern kann. Es ist so rot, dass es unweigerlich in den Augen brennt, wenn man länger hineinschaut. Ich spüre jedoch von dem Brennen rein gar nichts, da bereits etwas anderes das komplette Schmerzsensorium meines Körpers für sich in Anspruch nimmt.

Neben mir liegt eine Tüte mit fünf Brötchen auf dem Beifahrersitz, der, wie mir gerade auffällt, immer noch genau so eingestellt ist, dass Stefanies hundertdreiundsechzig Zentimeter großer Körper darin am bequemsten Platz finden kann. Der Sitz ist durch all die Jahre mit ihr als Beifahrerin perfekt geformt worden und hat sich mit ihrer Anatomie nahezu synchronisiert. Wie ein geheimer Trampelpfad zwischen der grünen Grenze Ungarns und Österreichs haben sich die Gebrauchsspuren mit der Zeit ausgetreten und eine Selbstverständlichkeit ins Sitzleder gebeult, die keiner Worte bedurften.

Doch nun ist nichts mehr so, wie es noch vor wenigen Minuten war. Auch nicht der Beifahrersitz.

Sofort verstelle ich die Lehne um zwei Positionen nach hinten. Das sollte fürs Erste genügen. Ich mache die grüne Grenze sozusagen wieder dicht und höre dabei die Stimme Hans Dietrich Genschers aus der Kopfstütze zu mir sprechen: *Ich bin heute hierhergekommen, um Ihnen mitzuteilen, dass Ihre Ausreise ... nicht genehmigt wurde.*

Gelb. – Das kurze Lichtsignal scheint heute irgendwie schleppender als sonst zu reagieren. Ich kann die Ampel nur allzu gut verstehen und gaffe weiter der Welt entrückt in das grelle Rundlicht. Hm, irgendwie erinnert es mich an die aufgeschnittene Orange auf einer Packung Capri-Sonne ...

Dann wandert mein Blick zurück zum Beifahrersitz.

Durch das kleine Sichtfenster der Papiertüte lachen mich noch immer die Brötchen unseres Lieblingsbäckers an. Zwei normale Brötchen, die ich bevorzuge, ein Sonnenblumenkörnerbrötchen und zwei Kürbiskernbrötchen, die Stefanie so gerne mag.

Meine normalen Brötchen verhalten sich mir gegenüber neutral, doch *ihre,* die Sonnenblumen- und Kürbiskernfraktion, hat sich mit der Herrin der Finsternis scheinbar solidarisiert. Sie lachen mich mit ihrem teigigen Gesicht aus. Voller Verachtung. Das dickere Kürbiskernbrötchen lacht dabei besonders fies, weiß es doch, dass es heute nicht nur Teig und diese blöden Kerne, sondern noch einen besonders gehaltvollen Anteil in Form eines Verlobungsrings in sich trägt. So als wollte es sagen: Robert Süßemilch, was bist du nur für ein Idiot! – Was für ein grandioser Fehlschlag.

Ich hatte den Ring noch schnell vor der Haustür in die Mitte des Brötchenbauchs gedrückt, weil ich die Idee extrem witzig fand, Steffi auf diese Art zu fragen, ob sie mich nicht heiraten wolle.

Heute beim überraschenden Frühstück.

Ich dachte, es sei jetzt einfach an der Zeit. Der logische nächste Schritt. Sie hatte wahrscheinlich schon lange darauf gewartet, aber ich traute mich nicht so recht. Eine Charaktereigenschaft, die mich mein ganzes Leben schon verfolgt. Doch heute wollte ich über meinen Schatten springen und ihr zeigen, welch verantwortungsvoller Kerl in mir steckt. So weit die nackte Kalkulation.

Grün. – Dass Steffi mir so etwas antun könnte, hätte ich nicht für möglich gehalten. Doch bereits, als ich den Schlüssel in das Schloss steckte, hatte ich so ein komisches Gefühl, obwohl ich zuvor schon Hunderte Male in ihre Wohnung gegangen war. Ich glaubte, ein Huschen wahrzunehmen. Gerade so wie in einem billigen New Yorker Motel, in dem die Kakerlaken flüchten, sobald man das Licht im Zimmer einschaltet. Wie sehr ich mit diesem Vergleich recht behalten sollte, ahnte ich da noch nicht.

Die Brötchen fest in der Hand steuerte ich auf die Schlafzimmertür zu. Ich kenne Steffis Gesicht in allen Facetten, die das Leben so mit sich bringt: erfreut, ängstlich, verstört, traurig, und ohne mich besonders beweihräuchern zu wollen, durchaus auch ekstatisch erregt. Aber das maskenhafte

Lächeln, das sich mir in diesem Moment bot, wird mir wohl ewig in Erinnerung bleiben. Eine Mischung aus spastischer Verkrampfung und peinlicher Berührtheit. Einen ähnlichen Ausdruck hat meine Wangenmuskulatur nur einmal im Alter von sechzehn Jahren auf mein Gesicht kontrahieren können, als mein Vater mich mit einer korsischen Austauschschülerin unserer Schule im Tischtenniskeller erwischte und ich die Hose in Höhe der Kniekehle geparkt hatte.

Doch das war in der Pubertät, und wir standen nicht im Tischtenniskeller meines Vaters, sondern in dem Schlafzimmer, in dem wir seit sieben Jahren miteinander schliefen. Steffi lag im Bett, die Decke bis zu ihrem Kinn heraufgezogen. Neben dem Bett die gut ein Meter große Kuschelvariante einer grünen Shrekfigur, die ich ihr vor einem Jahr im Schweiße meines Angesichts auf dem Schützenfest erkämpft hatte und die nun ebenso paralysiert wie ich auf das IKEA-Rattanbett starrte. Denn falls Steffi in den letzten achtundvierzig Stunden, in denen ich sie nicht gesehen hatte, keine Blitzschwangerschaft durchlebt hatte, war die große Rundung unter der Federdecke kein Bauch, sondern eine weitere Person, die sich dort vergeblich zu verstecken versuchte. Die groteske Situation spitzte sich sogar noch zu, als der Mann unter der Decke hervorkroch, mir zunickte und einen *Guten Morgen* wünschte. Dabei lachte er verschämt und legte seine monströse Zahnsammlung frei, die so perfekt weiß und exakt angeordnet war, dass man spontan Lust bekommen konnte, Klavier spielen zu wollen.

Das Klaviergesicht passte erstaunlich gut zu einem von Steffis Lufthansakollegen, den sie mir mal auf einer Feier vorgestellt hatte und der, glaube ich, Claus hieß, Claus mit C.

Ein Pilot.

Steffi schwärmte schon damals, dass er ein ganz netter

Kerl mit tollem Charakter und inneren Werten sei. Dann stand Claus mit C aus dem Bett auf, ging splitternackt an mir vorbei ins Bad, und ich musste erkennen, dass seine inneren Werte geradezu verschwindend gering gegenüber seinen äußeren Werten wirkten. So beeindruckt und desillusioniert zugleich, richteten Shrek und ich beschämt den Blick zu Boden. Steffi hatte mich im Streit oft als zu soft beschimpft, als zu wenig männlich. Dass Männer ab und an auch mal Arschlöcher sein müssen. Aber dass sie sich diesem schleimigen Macho in Uniform vor das Mega-Gemächt wirft, hätte ich nie gedacht.

Obwohl diese Begegnung gerade mal zwanzig Minuten her ist, bin ich noch immer von meiner Selbstbeherrschung begeistert, in der ich nur wortlos den grünen Oger aus dieser Situation rettete und den Schlüssel auf den Tisch legte, um im Anschluss stillschweigend die Wohnung zu verlassen. Im Treppenhaus spielten sich in meinem Kopf noch Szenarien ab, in denen ich Claus in bester Bruce-Willis-Manier vermöbelte und sogar noch ein *Yepeahyeah Schweinebacke* hinterherrief.

Doch bin ich weder Bruce Willis noch besonders heldenhaft und schon gar kein Schlägertyp.

Ich bin eher ein Oger.

Genau wie Shrek.

Friedliebend.

Mit schlecht sitzenden Klamotten.

Und manchmal zu wohlerzogen oder einfach auch nur zu dämlich, um jemand wohlverdient in den Arsch zu treten.

Im Rückspiegel hat ein verschüchterter Shrek seine Trompetenohren angelegt und schaut mich aus seinen traurigen Knopfaugen an. Was er in den letzten Stunden mit ansehen musste, wird sich unauslöschbar in das Hirn des grünen Wesens eingebrannt haben. Hinter mir hupt es, und als ich gerade mein Auto in Bewegung setzen will, schaltet die Ampel wieder zurück auf die Sonderfarbe »Capri-Sonne Kirschrot«.

Zu spät. Ich muss erneut warten. Genau wie im Leben. Ich war zu spät, um ihr die Frage der Fragen zu stellen und zu früh für das gemeinsame Frühstück. Ich war zu weich und sein Penis zu hart, um sie für ein Leben mit mir zu gewinnen. Das war es dann mit dem Frühstück, Stefanie und der Verlobung. Wer zu spät kommt, den bestraft das Leben... Oder ein Mann mit mächtigem Glied und einem Gebiss wie ein frisch gestrichener Gartenzaun.

1
Ciao, Steffi – Hallo, Leben

Ich fühle mich wie ein Schoko-Adventskalender am 25. Dezember. Leer und überflüssig. Daher verbringe ich die nächsten Tage damit, wie ein Linienbus zwischen meiner und Steffis Wohnung zu pendeln. Nicht etwa, um noch Sachen abzuholen oder mit ihr zu sprechen. Nein, dafür fehlt mir schlicht und einfach der Mut. Ich fahre ganz einfach aus reiner Gewohnheit dorthin. Meist schaue ich direkt nach meiner Spätschicht an der Tankstelle bei ihr vorbei und parke den Wagen am Straßenrand mit Blick auf ihre Wohnung. Neben mir sitzt Shrek immer angeschnallt auf dem Beifahrersitz. Wir versuchen, uns in dieser schweren Zeit einfach gegenseitig ein wenig Halt zu geben. Doch noch scheint er unter einem posttraumatischen Schock zu stehen. Kein Wort kommt ihm seither über die Lippen, und seine leeren Blicke wandern ins Nichts. Ich hatte ihn Steffi auf dem Volksfest am Losstand erkämpft. Es war nach einem Streit, und ich wollte sie wieder gnädig stimmen. Sie fand ihn so süß, da er sie an mich erinnerte. Der Oger und ich wären beide so lieb und hätten den gleichen Gesichtsausdruck, wenn wir sauer wären.

Na super!

Wer will schon wie eine fette Comicfigur aus dem Wald aussehen? Und wer will schon mit jemandem verglichen werden, der Trompeten statt Ohren hat?

Außerdem ist lieb auch kein Attribut, mit dem man in der Frauenwelt Bonusmeilen sammelt. Nein, man muss ein Arschloch sein. Oder wenigstens so ein Pseudomacho wie ihr TV-Liebling Til Schweiger. Er war der Auslöser des damaligen Streits. Wenn ich den Namen nur höre, wird mir schon schlecht. Ständig diese Schwärmerei. Til hier, Til da, der Til ist ja sooo süß...

Ich erinnere mich noch genau. Wir hatten zwei seiner Filme auf DVD geschaut. *Keinohrhase* und *Zweiohrküken*. Was sind das denn bitte schön für Titel? Hört sich an wie das Gestammel bei einem Deutschtest auf dem Einbürgerungsamt.

Jedenfalls haben wir uns so gezofft, weil er in einer Szene so süß besoffen in Frauenkleidern rumgefallen ist. Ich nannte ihn eine nuschelnde Machotranse, sie ihn einfach nur mega-sexy. Ich fragte, was denn daran so maskulin sei, und machte den Vorschlag, dass man den Film wegen seiner Unmännlichkeit besser in *Keineihase* umbenennen sollte. Erst keifte sie zurück, dass ich keine Ahnung von Filmen hätte und selbst ein absolutes Weichei sei. Dann knallte sie die Tür zum Schlafzimmer zu und bestrafte mich mit Rede- und Sexentzug. Somit war ich dann auch ein Schweiger, und zwar ganze vierzehn Tage lang.

Dann kam die Dippemess, das Frankfurter Volksfest. Und ich? Was habe ich Trottel gemacht? Ich habe damals mein halbes Urlaubsgeld in einen Putzeimer voller Lose investiert, bis ich die scheiß Figurenserie endlich komplett hatte und der schnauzbärtige Typ auf dem Wagen nach einer Stunde seine Glocke läutete und über sein Mikrofon verkündete: »Auf geht's, dabei sein. Hier lacht das Glück. Gelb, grün, lila, blau, schwarz, weiß und rot. Wer die kompletten sieben Zwerge zusammenhat, gewinnt mit freier Auswahl.

DING DING DING DING! Und schon wieder haben wir einen Hauptgewinn.«

Selbst mit meiner Kurzsichtigkeit – 1,9 Dioptrien – hätte ich wahrscheinlich weniger am Schießstand für dieses Stofftier auf den Tisch legen müssen als bei diesem Halsabschneider von Losverkäufer. Jedenfalls vertrugen wir uns wieder, und Shrek saß seit diesem Frühjahrstag auf einem Sonderplatz direkt neben ihrem Bett. Bis zu meinem Gefühls-Pearl-Harbour. Jetzt sitzt Trompetenohr noch stummer als sonst neben mir und schweigt mich an. Steffi hatte recht. Shrek und ich sind uns in der Tat sehr ähnlich. Beides keine Til Schweigers oder Prince Charmings, sondern tatsächlich Weicheier, die von der Gesellschaft in den Wald geschickt wurden, um dort ihr tristes Leben zu fristen. Nur hat man mir nun meine Fiona genommen.

Oben in Steffis Wohnung geht gerade das Licht im Schlafzimmer an und kurz darauf wieder aus. Was will sie nur von diesem Piloten-Til-Schweiger-Ersatz? Denn eins ist doch klar: So leicht gebe ich mich nicht geschlagen. Ich werde ihr schon zeigen, was für ein geiler Typ ich bin. Früher oder später wird sie auf Knien rutschend darum flehen, dass ich wieder zurückkomme. Früher oder später ...

Jetzt sitze ich allerdings erst mal mit gebrochenem Herzen in einem Auto am Straßenrand und schaue hinauf zu ihrer Wohnung, in der sie vor exakt dreiundvierzig Minuten und achtunddreißig Sekunden angekommen ist. Gerade überlege ich, ob ich nicht doch einfach klingeln soll, um sie vor weiteren Fehlern zu bewahren, als ein anthrazitfarbener Geländewagen vor der Tür hält und ein bekannter Typ aussteigt: braun gebranntes Gesicht inklusive 1a-Gebiss.

Es ist Claus, Claus mit C.

Mit seinem breiten Elfenbeinlächeln und seiner schmierigen Gelfrisur sieht er so schwul aus, dass es mich nicht wundern würde, wenn er zu Hause weiße Tiger für eine Las-Vegas-Zaubershow züchten würde. Zu seinem Eine-Million-Dollar-Grinsen hat er noch Pizza und eine Flasche Wein mitgebracht. Entweder hat er also neben seinem Pilotenjob noch eine Vierhunderteurostelle als Pizzaservicefahrer angenommen oder er verbringt mit Steffi einen Abend voller Lust und Leidenschaft. Weiß ich doch nur allzu gut, wie sie schon auf wenige Schlucke Alkohol reagiert.

Na klasse.

Ich spüre ein gewisses Gewaltpotenzial in mir aufkommen und würde am liebsten über die Straße rennen, um Claus die Flasche anal entkorken zu lassen.

Ich lasse es und frage mich, ob ich wirklich so ein eierloses Wesen bin. Wütend schlage ich auf das Lenkrad und feuere mich an, jetzt zu klingeln und Claus per Faust-OP die eine oder andere Taste aus der Klaviatur zu extrahieren.

Stattdessen schalte ich das Radio ein, wo gerade ein altes Lied der Ärzte läuft. Wenigstens die verstehen mich. Ich drehe die Lautstärke voll auf und singe unter salzigen Tränen und Oger-Umarmungen laut mit: »*He du, bleib stehn, ich weiß, wohin du gehst! Du brauchst nicht so zu tun, als ob du nicht verstehst. Du bist auf dem Weg zu ihr, sie gehörte mal zu mir...*«

2
Geflügelmortadella

Durch mein passives Besuchsrecht, das ich mir selbst eingeräumt habe, besteht mein Lebensrhythmus momentan aus Stalken, Trinken und Nichtrasieren. Meine Antriebslosigkeit könnte man nicht mal mit einer Europalette *Sanostol* auf ein brauchbares Level dopen. Ich sitze zu Hause in meiner Wohnung und perfektioniere mein neues Hobby: das Starren.

Ich starre, wo ich stehe und liege. In der Küche, dem Bad, dem Wohnzimmer. Alles wird stumm von mir angestarrt. Meine Wohnung eignet sich bestens dazu. Sie ist nicht sehr stilvoll eingerichtet, sondern eher zweckmäßig, und bietet somit genug Freiraum zum Starren. Es ist eine klassisch geschnittene Dreizimmerwohnung in Bockenheim. Ursprünglich wohnte ich hier mit zwei Kommilitonen in einer WG zusammen, die aber nach dem erfolgreichen Studienabschluss ausgezogen sind und nun mit ihren Ehefrauen deutlich größere, bessere und vor allen Dingen eigene Wohnungen bezogen haben. Ich blieb zurück und finanziere mir seither das Studium und die Miete mit meinem Job an der Tankstelle. Durch das Stalken und Starren taktet sich dazu meine innere, biologische Uhr neu, und ich schaue zusammen mit Shrek oftmals bis wenigstens vier Uhr morgens fern. Obwohl die Flimmerkiste meist ohne große Beachtung meinerseits nebenbei läuft, beruhigt es mich. Die Stimmen vermitteln mir ein Gefühl von Normalität und Alltag. Gerade so, als sei ich nicht allein in meiner Wohnung. Überhaupt muss ich feststellen, dass mir mein neuer Singlealltag noch etwas gewöhnungsbedürftig erscheint. So muss ich zum Beispiel erkennen, gar keine eigenen Termine zu haben. Bisher war alles fein säuberlich auf Pärchenkompatibilität ausgerichtet.

Montags auf VOX *CSI* und *Boston Legal* schauen und im Anschluss soliden Sex mit Steffi haben.

Dienstags mit Steffi zoffen, da sie behauptet, dass die Montage immer gleich verlaufen und wir Sex nach Terminplan haben.

Mittwochs zugeben, dass es tatsächlich so ist, um darauf tollen Versöhnungssex mit ihr zu haben.

Donnerstags ist Steffis Mädelsabend, und ich hole sie gegen Viertel nach zwölf angetrunken aus einer Bar an der Berger Straße ab.

Freitags ausmachen, dass man doch auch mal wieder zusammen ausgehen könnte, um dann doch wieder auf Pro7 das Eventmovie oder eine Til-Schweiger-DVD zu schauen.

Samstags Fußball schauen in der Marriott-Sportsbar an der Messe, danach Sportschau gucken, um schließlich das Gesehene noch mal abends im Sportstudio zu verfestigen.

Sonntags wahlweise zu meinen oder Steffis Eltern fahren und sich darauf freuen, am nächsten Tag einfach mal zu Hause bleiben zu können, um auf VOX *CSI* oder *Boston Legal* zu schauen.

Heute Morgen nach dem Aufstehen gegen vierzehn Uhr war es mir sogar so langweilig, dass ich unbedingt unter Menschen wollte. Einen festen Termin haben. Irgendwas, an dem ich mich orientieren kann. Also habe ich bei meinem Hausarzt angerufen und gefragt, ob denn nicht mal wieder eine Impfung anstünde. Ganz egal was. Grippepandemie, Tetanusimpfung oder sei es auch nur eine handelsübliche Kinderprophylaxe gegen Mumps. Nach Durchsicht der Akten wurde mir aber mitgeteilt, dass ich noch sieben Jahre Schutz gegen alles hätte. Außerdem bekäme man nur einmal im Leben Mumps, und das wäre schon im Alter von neun Jahren bei mir über die Bühne gegangen. Selbst auf Nachfrage, was ich mir sonst noch so spritzen lassen könnte, bekam ich als ernüchternde Antwort, dass ich bestens versorgt sei und mir keine Gedanken machen solle. Alles sei prima.

Leicht gesagt. Ihr habt ja auch keinen Piloten auf eurem Partner landen sehen.

Dank meiner weinerlichen Penetranz wurde mir dann aber doch noch von der Arzthelferin angeboten, zum Blutabnehmen vorbeikommen zu können. Das könne schließlich nie schaden. Dankbar für diese Unterbrechung meines Jammer-Zyklus' habe ich mir daraufhin am Nachmittag gleich mal zwei Ampullen abnehmen lassen. So entleert und noch auf Jahre präventiv geschützt vor Zecken, Hundebissen und Hepatitis liege ich nun also wieder im Bett, starre vor mich hin und höre diese kleine, fiese Stimme in meinem Kopf, die mich unaufhörlich beschimpft: Idiot, bist selbst dran schuld. Du elendes Weichei. Du kannst es Steffi noch nicht einmal wirklich verdenken. Jahrelang hat sie darauf gewartet, dass du ihr einen Antrag machst.

Stimmt.

Wobei das Ticken ihrer biologischen Uhr in den letzten Monaten eher dem stündlichen Glockenschlag des Big Ben glich. Sie sei nun in dem Alter, in dem sie gerne ein Kind und eine gesicherte Zukunft hätte. Beides Dinge, die ich grundsätzlich nicht ablehne, die sich aber bisher eher im Mittelfeld meiner Prioritätenliste wiederfanden. Aber musste sie zu diesem Zweck gleich den gegelten C-Claus zum Vater ihrer

Kinder auserwählen? Und was für Kinder sollen das werden? Sizilianische Mafiosokopien im Miniformat, die im Kindergarten Schutzgeld für Förmchen und Schaufeln am Sandkastenrand erpressen und dabei lächelnd ihre perfekten Milchzähne präsentieren?

Als ich bei diesem Gedanken eine von zahllosen Dosen Bier neben dem Bett abstelle, mache ich im Fernsehen den wahren Anstifter für meine Trennung aus: Johannes B. Kerner.

Gerade wuchtet sich Herr Kerner nach dem morgendlichen Frühstückswursteinkauf beschwingt über den Gartenzaun, um seiner Familie beste Geflügelwurst aufs Brot zu legen. War es vor einigen Tausend Jahren noch ein Mammut, das man erlegte, um die Sippe in der Höhle ernähren zu können, ist es nun fettarme Geflügelmortadella, die die Familie gnädig und glücklich stimmt. Und da ich weder Familie noch einen Gartenzaun besitze, bin ich demzufolge auch kein vollwertiges Mitglied unserer Gesellschaft.

Ich zappe weiter.

Fernsehtechnisch gesehen sind Shrek und ich momentan nicht sehr wählerisch, und so konsumieren wir zu jeder Tages- und Nachtzeit schlichtweg alles. Von den *Golden Girls* über *Knight Rider* mit David Hasselhoff, als der noch nicht besoffen Burger aus der Pappschachtel fraß, hangele ich mich weiter zu *Dokumentationen* über geheime Raketenprojekte der Nazis am Bodensee bis zu den beliebtesten *Bahnstrecken Vorderasiens*. Schließlich kann ich nun endlich mal ohne Steffis Gezicke: *Ich kann bei dem Licht nicht schlafen,* die Glotze stur durchlaufen lassen. Das ist ein Vorteil. Muss ich mir merken. Ist also nicht alles schlecht am Singleleben. Vielleicht sollte ich eine Pro- und Contra-Liste anfertigen. Das wird mich beruhigen. Was mich hingegen wirklich nervt, sind diese unglaublich dämlichen Quizshows, bei denen man einen cholerischen Moderator anrufen muss, der wie von Sinnen in die Röhre schreit, dass gleich der Hotbutton zuschlagen werde und es sich nur noch um Sekunden handeln könne. Nach geschlagenen zwanzig Minuten schickt sich der erste durchgestellte Anrufer an, das knallharte Rätsel zu lösen. Das diffizile Fragenkonstrukt besteht aus der Aufgabe, einen weiblichen Vornamen mit vier Buchstaben zu finden, bei dem am Anfang und am Ende ein A stehen muss. Dieser erste, leicht alkoholisiert wirkende Anrufer fragt erst mal, ob er denn nun durchgekommen sei, um dann als Lösungsvorschlag AUDI über den Äther zu lallen. Entweder der Typ hängt noch vom Vorgängerspiel über Automarken in der Leitung oder seine zukünftige Tochter kann sich über viele fragende Augen im Kindergarten freuen.

Wenn solch dämliche Fragen von Sendern mit einer Zuschauerzielgruppe angeboten werden, die einen IQ unter dem eines gerösteten Knäckebrots hat, verstehe ich das ja noch, aber mittlerweile haben selbst die Gewinnspiele in Werbepausen von Länderspielen im Ersten und Zweiten dieses Niveau. Und wer präsentiert dann das Ganze? Richtig!

Johannes B. Kerner. Der Mann, der Gartentüren überspringt anstatt hindurchzugehen.

Die sportliche Allzweckwaffe deutscher Fernsehsender.

Der Aufschnittfetischist.

Das Wiesenhofwiesel.

Der Gutfriedgott.

Ich habe genug und schalte die Glotze aus. Heute Abend werde ich früher schlafen gehen, denn morgen muss ich wieder an die Tankstelle, an der ich seit Jahr und Tag neben dem Studium jobbe. Lust habe ich darauf wie auf Fußpilz, aber was will ich machen. Das Leben schert sich schließlich einen Scheiß um Leute wie mich und meinen Biorhythmus.

Und erst recht nicht um mein Seelenheil. Jedenfalls so lange nicht, wie bei mir noch kein Hotbutton zuschlägt oder ich Geflügelaufschnitt über Gartenzäune wuchte.

3
Albanische Fußballweisheiten

Kollege, was soll's?«, tönt mir holprig ein albanisch-deutscher Akzent entgegen. »Du musst jetzt Ablenkung machen. Rumheulen bringt nix, musst Gas geben. Auch wenn dein Trainer dich gegen einen anderen ausgewechselt hat. Aber du kommst wieder. Du musst ihr beweisen, dass du Capitano und nicht nur Auswechselspieler bist.«

Emile, einer meiner Kollegen, ist der Erste, dem ich von dem Schreckensszenario um Steffi und Claus berichtet habe. Und genau das bereue ich bereits wieder. Aber ich sehe echt scheiße aus, was selbst Emile nicht verborgen bleibt, und er war ganz einfach als Erster greifbar. Und wenn ich ganz ehrlich bin, bin ich sogar dankbar für diese Form der Ablenkung. Ich bin dankbar für jede Form der Ablenkung – und sei es sogar meine Arbeit an der Tanke. Es ist kein Marken-Mega-Rasthof mit integriertem Fast-Food-Anbieter und Lkw-Stellplätzen bis zur polnischen Grenze. Auch kein moderner Tank- und Einkaufstempel mit fluoreszierendem Backshop und einem Warensortiment wie bei Alice im Wunderland. Nein. Es ist eine unscheinbare OIL!-Tankstelle in einem Industriegebiet von Frankfurt. Ehrlich und erdig. Bei uns geht eher Ramazotti als Red Bull. Chips statt Ciabattabrötchen. Und die einzigen Grünpflanzen, die wir verkaufen, sind gepresste Ex-Tabakstauden in genormten EU-Packungen, die vor Impotenz und Krebs warnen. Laut der Aussage des Pächters soll unser Tanktempel ja auch den Familien der Nachbarschaft als sozialer Treffpunkt, Einkaufslädchen, Grill und Kneipe dienen. Da wir aber in einem Industriegebiet liegen, gibt es in der Nachbarschaft gar keine Familien, die hier einkaufen könnten, womit uns einzig das Grill- und Kneipenmonopol bliebe. Und genau aus dieser Zielgruppe rekrutieren wir auch fleißig unsere promilleaffine Kundschaft.

Emile verfällt derweil in einen Monolog und meint, dass man einer Frau von Anfang an in etwa so souverän gegenübertreten muss, wie Bayern München einen klassentieferen Pokalgegner beherrscht und ihn durch individuelle Klasse problemlos an die Wand spielt. Er vergleicht alles gerne mit Fußball, da es die einzige Sache ist, die er wohl wirklich gut kann. Er ist davon überzeugt, dass ich so schnell wie möglich wieder zurück aufs Feld muss, und er erklärt mir weiter, dass das Internet so etwas wie ein Trainingslager für mich sein könnte und ich dort sicherlich ein paar dankbare Gegner finden würde.

Ich weiß, Emile meint es gut. Er spielte zu Hause im Kosovo angeblich sogar in einer Landesauswahl, bevor er vor zwölf Jahren nach Deutschland auswanderte. Mittlerweile kickt er bei Teutonia Oberursel in der sechsten Liga, und seine einstmals spielerische Klasse hat sich dem Dorfniveau erstaunlich schnell angepasst. Dafür verfügt er aber mittlerweile über ein beachtliches Repertoire an deutschen Trinkliedern und entwickelt besonders beim Thema Frauen trotz scheinbar unüberwindlicher sprachlicher Hürden eine geradezu philosophisch-bunte Rhetorik. Und tatsächlich war ich in den letzten Jahren immer neidisch auf Emiles erfolgreich wechselnde Frauengeschichten, von denen er stets zu berichten wusste. Ich würde jede Wette halten, dass Emiles Kopf in mehr Betten gelegen hat als ein Schokominzblättchen auf einem Hotelkissen. Sein Sexleben kann man nur mit dem Bewegungsdrang eines Hais vergleichen. Aufgrund fehlender Schwimmblase muss er sich ganz einfach ständig bewegen, ansonsten säuft er ab und stirbt.

Nach besonders erfolgreichen Wochenenden spricht er gerne von *Freistößen* und *hautenger Manndeckung*. Dazu zwinkert er, damit man auch ja nicht den witzigen Vergleich überhören kann. Emile ist sicherlich nicht gerade die männliche Krone der Schöpfung und würde in einem Mister-Soundso-Wettbewerb auf jeder Dorfdisco zielsicher den letzten Platz belegen. Besonders seine schief stehenden Zähne und die zu große Nase würden ihm allein schon genetisch bedingt vordere Plätze verwehren.

Aber er verfügt über ein ebenso unerschütterliches wie für mich nicht nachvollziehbares Selbstvertrauen, das ihm bei diesem Wettbewerb dennoch eine nicht unattraktive Frau aus dem Publikum verschaffen würde, während sich die anderen Brad-Pitt-Waschbrettbäuche auf der Bühne in Pose werfen würden. Ich beneide ihn darum.

Und er hat ja recht. Ich muss zurück ins Leben. Verlorene Jahre aufholen und es mal richtig krachen lassen. Mich endlich etwas trauen und an mich glauben. Die letzten Tage und Nächte pendelte ich ohnehin ständig nur zwischen Hasselhoff auf RTL und Hass auf Claus. Und wenn Steffi erkennt, was sie an mir hatte, und sieht, wie maskulin ich mich verhalte und sich eine Frau nach der anderen durch mein Bett stöhnt, wird sie schneller wieder an meiner Seite sein, als Claus ein SOS aus dem Cockpit funken kann.

Nach der Zusage, einen Wochenenddienst zu tauschen, bin ich nur Minuten später im Besitz von Emiles Zugangsdaten für eine ganz spezielle Internetseite. In der Pause setze ich mich an den Computer und tippe die Adresse in die Suchmaske. Nur eingetragene und zahlende Mitglieder haben hier Zutritt, wobei ich nach zehn Minuten bemerke, dass dies nur auf männliche Mitglieder zutrifft. Den interessierten Damen steht die Welt der freien Liebe selbstverständlich kostenfrei zur Verfügung. Es gibt die Rubriken *Sie sucht Ihn, Er sucht Ihn, Paar sucht Sie, Paar sucht Ihn, Paar sucht Paar* sowie *Party*. Nach einigen skurrilen Anzeigen unter der Rubrik *Sie sucht Ihn*, stoße ich schließlich auf einen Text, der mir zusagt und meinem neu gewonnenen Testosteronspiegel gerecht erscheint:

Hallo,
ich bin Natascha, eine 19-jährige Lolita, die mal wieder das Besondere erleben möchte.
Ich bin naturgeil, und meine Vorlieben neben normalem Sex sind: FO, SM, NS, ZA passiv & aktiv sowie SpZk. Aber dieses Wochenende möchte ich wieder mal eine geile GB erleben.
Wenn du Lust und Interesse hast, mail mich einfach an.
Deine geile Natascha

Okay, ich habe zwar keine Ahnung, was diese Abkürzungen genau bedeuten, denke aber, dass sich die meisten mit ein wenig klarem Verstand recht einfach übersetzen lassen sollten. Emile will ich da nicht befragen. Schließlich muss ich nun mein eigenes Spiel spielen. Meine eigenen Zweikämpfe bestreiten. Und außerdem will ich mir von meinem Kosovo-Kollegen nicht auch noch deutsche Abkürzungen erklären lassen. Demnächst will er dann womöglich auch noch das gleiche Gehalt wie ich verdienen.

Später am Abend sitze ich zu Hause vor dem PC, lese mir noch einmal die Anzeige durch und versuche, mir die Abkürzungen selbst zu deuten, was gerade schwerfällt, da ein hämmernder Stakkatorhythmus aus der Wohnung nebenan durch die Wand dringt. Mein Nachbar, Herr Hubert Scholl, ist Mitte fünfzig, Frührentner und stockschwul. Er ist Österreicher und hat früher große Orchester geleitet. Allerdings hat er mir etwas voraus. Er hat bereits ein erfülltes Sexualleben, denn alle paar Tage schleicht sich ein anderer Mann aus seiner Wohnung. Und das, obwohl Hubert Scholl, den alle im Haus nur Hubsi nennen, zwar ein netter Typ, aber auch nicht gerade die Optikkanone ist. Bauchansatz, mittelgroß, breiter Wiener Akzent, absoluter Durchschnitt. Wie macht er das nur?

Ich widme mich wieder den Abkürzungen der Anzeige und gebe zu, dass dies absolutes Neuland für mich ist, aber immerhin macht sich Trapper Süßemilch auf den Weg in das fremde Land, um es zu erforschen. Hubsi wüsste bestimmt, was die ganzen Sachen bedeuten. Meine spontanen Gedankenergüsse scheinen mir zumindest aber auch schlüssig.

FO: Ein kurzes Lächeln umspielt meine Mundwinkel, da ich an einen Urlaub mit Stefanie zurückdenken muss, den wir vor zwei Jahren in die Schweiz unternahmen. In diesem Zusammenhang erinnere ich mich an die FO, die Furka-Oberalpbahn, die uns eine tolle Urlaubserinnerung und einen schmerzenden Rücken bescherte. Obwohl die Erinnerung schön ist, weiß ich natürlich, dass dies hier nicht gemeint ist. Allerdings habe ich mal ein Buch über Kamasutra geschenkt bekommen, und ich weiß daher, dass es sich bei den meisten Abkürzungen um die jeweilige Position der beiden Geschlechtspartner während des Akts handelt. In diesem Fall wohl: *Frau Oben*.

SM: Steht das nicht auf den Winterreifen immer drauf?

Schnee und Matsch? Hmm, vielleicht deutet es auf etwas gewagte Spiele hin, könnte aber auch einfach nur *Sanfte Massage* heißen. Du kannst dich wirklich freuen, Natascha, Stefanie war immer ganz angetan von meinen sanften Massagegriffen.

NS: Der Romantiker in mir schreit sofort die Wörter *Nächtelanges Schmusen* heraus, es könnte aber auch *Nacktspiele* bedeuten. Beides wäre kein Problem und eine nähere Deutung daher unerheblich.

ZA aktiv & passiv: Ich gebe zu, dass ich mir hierbei nicht sicher bin. Ich kenne ZA sowohl als Landescode sowie Kfz-Kennzeichen für Südafrika. Da jedoch die Attribute aktiv und passiv hinzugefügt wurden, gehe ich davon aus, dass es sich um irgendeine zärtliche Interaktion zwischen mir und Natascha handeln muss. Die größten Chancen räume ich *Zärtlichem Anlehnen* ein.

SpZk: Ich denke, dabei handelt es sich aufgrund der besonderen Grafologie des großen Z um zwei eigenständige Wörter, die wiederum eine Form der Zärtlichkeit darlegen. Natascha, du kleine Schmusekatze. Ich erkläre es mir mit *Speziellen Zärtlichkeiten*.

GB: Das ist ganz einfach, und ich glaube mich sogar daran erinnern zu können, dies schon einmal als Abkürzung gelesen zu haben. Ja, jetzt erinnere ich mich wieder ganz genau. Es war in einem Liebesbrief von Daniela Gland aus der Berufsschulklasse von 1994, die stets mit einem HDL für *Hab dich lieb* und GB für *Gefühlvolle Berührungen* ihre Liebesbekundung schloss. Also: *Gefühlvolle Berührung*.

Schön, Natascha, wir sind uns über unsere Vorlieben also einig. Diese Informationen genügen und verleihen mir genug Mut, um ihr direkt eine Antwortmail zu schreiben. Dazu höre ich leicht euphorisiert seit Tagen wieder mal Radio und ertappe mich sogar dabei, wie ich die Melodie von Britney Spears »Womanizer« beschwingt mitpfeife.

Von nun an wird alles anders. Ich werde anders. Adios, lieber Robert. Buenos Dias, Senior Süßemilch.

4
Schach und matt mit Peter Silie

Am nächsten Morgen bin ich schon früh wach und sehe in meinem E-Mail-Account nach, ob mir Natascha bereits geantwortet hat. – Nee, leider noch nichts. Na gut, ein wenig Zeit sollte ich ihr zugestehen. Jedenfalls fühle ich mich heute schon etwas besser. Nicht die Form von besser, in der man voller Elan aus dem Stand zu einem Flickflack ansetzen würde, aber immerhin besser als in dem Zustand geistiger Lähmung wie in den vergangenen Tagen.

Um meiner Laune noch einen weiteren ultimativen Schub zu verpassen, entschließe ich mich spontan dazu, meinen Freund Peter anzumailen.

Eigentlich ist er ja gar nicht mein Freund. Denn mit Peter verbindet mich nicht sehr viel. Eigentlich gar nichts. Ich halte nur aus einem einzigen Grund Kontakt zu ihm: Ich weiß, dass es ihm auf jeden Fall noch viel beschissener geht als mir. Und das macht mich glücklich. Peters Leben wird immer langweiliger verlaufen als mein eigenes so überschaubares Dasein. Neben ihm fühle ich mich als eine Art George Clooney des Alltags. Ein Casanova im Hosentaschenformat, aber immerhin ein Casanova. Nicht dass ich mich überschätzen würde, aber unter den Blinden ist und bleibt der Einäugige nun mal König. Und einen noch Blinderen als Peter Silie kann ich mir nicht vorstellen.

Ich kenne ihn seit unserer gemeinsamen Schulzeit am Gymnasium in Frankfurt. Er war damals kurz nach der Wende mit seiner Schwester und seinen Eltern aus Thüringen zu uns in den Westen gekommen und saß eines schönen Tages in seiner durchfallfarbenen Cordhose und dem dazu unpassenden gelben Hemd aus Nickistoff in unserer Klasse.

Einfach so.

Wie ein Blumenstrauß, den man sich gerne mal ins Wohnzimmer stellt, um ihn zwei Minuten später endgültig zu vergessen. Genau so war Peter. Er war einfach nur da. Sprach kaum etwas und fiel auch sonst nicht auf, was ihm sehr schnell den Spitznamen Peter Silie einbrachte. Ähnlich wie das wild wachsende Küchenkraut, das gerne irgendwo als Verzierung am Tellerrand liegt, störte er zwar keinen, aber auch niemand nahm wirklich Notiz von ihm. Mir war er von Gott persönlich geschickt worden. Bis zu seinem Auftreten hackten meine Mitschüler nämlich stets auf mir herum. Doch von diesem Moment an hatte ich den Außenseiterjoker an ihn abgetreten, und mein Schulalltag verlief von nun an halbwegs erträglich.

Jedenfalls hatte ich ihn durch Zufall auf Facebook entdeckt und ihn in einer tief depressiven Phase als Freund geaddet. Die Erinnerungen, wie er so einsam in der Klasse saß, seine Wortkargheit und das Wissen, dass es ihm auch heute noch viel beschissener gehen musste, ließen mich seither auf eine perfide Art stets glücklich sein. Immerhin vermittelt mir unser Kontakt das Gefühl, nicht auf der untersten Sprosse unserer Generationsleiter zu stehen. Denn dort steht er wie in Stein gemeißelt: Peter Silie.

Da mein Interesse an Peter nun aus besagten Gründen nicht ständig so groß ist, habe ich eine geniale Taktik entworfen, die es mir ermöglicht, immer mal wieder Kontakt zu ihm aufzunehmen, ohne dass es jedoch verpflichtend wirken könnte. Wenn ich will, kann ich mich sogar wochenlang nicht melden. Kein Problem. Das Zauberwort heißt: Fernschach.

Seither verabreden wir uns via Facebook, spielen diverse Partien und tauschen uns manchmal sogar nebenbei ein klein wenig aus. Nichts wirklich Wichtiges, nur gerade so viel, dass es mir im Anschluss besser geht. Und nie sprechen wir über Privates ... Da könnten wir ja gleich telefonieren. So weiß ich lediglich, dass er in Mannheim wohnt und irgendwas mit Computern macht.

Der arme Peter Silie sitzt wahrscheinlich in so einem überhitzten Großraumbüro und spielt *Stille Post* mit sich selbst. Ganz sicher wird er mit Mindestlohn abgespeist und wohnt in so einer bescheuerten Mannheimer Straße, die anstatt eines Namens nur eine Buchstaben-Zahlenkombination vorweisen kann.

Mein Name ist Peter, Peter Silie, und ich wohne in Planquadrat C4/Hausnummer 124, Parterre im Hinterhof.

Mir geht es alleine schon bei diesem Gedanken wieder etwas besser, und mein Leben kommt mir nicht mehr ganz so trostlos vor. Eigentlich geht es mir wirklich gut. Ich habe einen Nebenjob in einem klimatisierten Arbeitsbereich und kann immer noch mein BWL-Studium zu Ende führen. Außerdem wohne ich in einer Straße, die nicht nur einen Namen vorweisen kann, sondern sogar einem Nobelpreisträger gewidmet ist. Mir geht es super!

Ich habe unsere Fernschachpartien zuletzt sogar etwas aufgepeppt. Eine Art Parallelspiel.

Ich habe gewettet, dass ich mehr Namen von Fußballmannschaften aus den ehemaligen DDR-Staffeln kenne als er. Und ich rede hier nicht von den bekannten Mannschaften aus der DDR-Oberliga wie Hansa Rostock oder Dynamo Dresden. Nein, hier geht es um echtes Expertenwissen. Es zählen nur die regionalen Staffeln.

Da ich mich als Junge immer köstlich über diese Namen amüsiert habe und wir über unseren TV-Empfänger sowohl DDR 1 als auch DDR 2 samt Ostsandmännchen mit Pittiplatsch und Schnatterinchen empfangen konnten, sehe ich mich in einer ausgesprochen guten Ausgangsposition. Ich bin seit jeher Fußballfachmann und Eintracht-Frankfurt-Fan. Ich verfüge also sowohl über Expertenwissen als auch über eine jahrzehntelange Leidensfähigkeit. Zumal ich nicht mal weiß, ob Peter überhaupt jemals etwas mit Fußball zu tun hatte und wahrscheinlich denkt, dass Lokomotive Leipzig der Sackbahnhof der Sachsenmetropole war. Unsere derzeitige Partie ist erst sechs Züge, aber schon drei Monate alt. Mir ging es die letzte Zeit eindeutig zu gut.

Ich hacke also in die Tasten und hoffe, dass Peter online ist. Und tatsächlich. Er ist online.

Robert Süßemilch: »Hi, Peter, lange nix von dir gehört. Alles okay im Xavier-Naidoo-Land?«
Es dauert keine fünf Sekunden, und Peter tippt zurück.
Peter_Mannheim: »Ja, alles okay. BSG Rotation Berlin. Bauer E4 – E5.«
Das mag ich – neben Peters ereignislosem Leben – an ihm am meisten: kein unnötiger Informationsaustausch – direkt zu den *hard facts*.
Robert Süßemilch: »Den Zug habe ich schon vorhergesehen. BSG Hydraulik Parchim. B2 – B3.«
Peter_Mannheim: »Motor Rudisleben. Turm A1 – A2.«
Damit hatte ich nun wiederum nicht gerechnet. Ich sehe seinen Turm bedrohlich auf meine Dame zurollen und

wechsle spontan meine Taktik. Um ihn aus dem Konzept zu bringen, packe ich ihn an seiner schwächsten Stelle: Kommunikation.

Robert Süßemilch: »BSG Lok Armaturen Prenzlau. Bauer B3 – B4. Ich hatte dir doch mal von Steffi erzählt.«

Peter_Mannheim: »BSG Aktivist Schwarze Pumpe Spremberg. Dame E9 – E 10. Ne, haste nich. Wer ist das?«

Robert Süßemilch: »BSG Stahlwerk Hetterstadt. Bauer B5 – B6. War meine Freundin, aber sie hat mich karrieremäßig gebremst. Egal, hab jedenfalls Schluss gemacht.«

Peter_Mannheim: »BSG Umformtechnik Erfurt. Dame E 10 – E 11. Tut mir leid für dich, ist bestimmt blöd so alleine.«

Was? Blöd so alleine? Das sagt ausgerechnet der am Tellerrand liegende Peter Silie? Wer im Glashaus sitzt, sollte nicht versuchen, Bilder an die Wand zu nageln. Du sollst mich aufbauen und nicht bemitleiden. Außerdem gehen mir allmählich die Teamnamen aus. Hätte nicht gedacht, dass er überhaupt eine einzige Mannschaft kennt. Aber ein paar Kracher habe ich noch in der Hinterhand.

Robert Süßemilch: »Robotron Sömmerda. Bauer C2 – C3. Na ja, ist auf jeden Fall schön, wieder tun und lassen zu können, was man will, ohne dass irgendjemand reinquakt. Das verstehst du doch am besten.«

Peter_Mannheim: »BSG Landbau Bad Langensalza. Läufer H2 – H3, Schach. Warum sollte ich das verstehen?«

Scheiße, den Läufer hatte ich glatt übersehen. Drum tippe ich es auch.

Robert Süßemilch: »Scheiße, den Läufer hatte ich glatt übersehen. Bergmann Borsig Berlin. König A1 – A2. Wir sind doch jetzt so was wie Leidensbrüder. Beide Singles und frei wie die Vögel ...«

Peter_Mannheim: »BSG Chemie Buna Schkopau. H2 – H3.

Aber ich bin kein Single. Ich bin seit sechs Jahren mit Jessica zusammen.«

Robert Süßemilch: »Äh, wie jetzt?«

Peter_Mannheim: »Na halt so. Wir sind verlobt und heiraten in zehn Tagen. Aber nur standesamtlich. Jetzt bist du dran.«

Robert Süßemilch: »Aber ich will nicht heiraten.«

Peter_Mannheim: »Ich meine, du bist am Zug. Du stehst im Schach.«

Zack, das geht runter wie 'ne Handvoll Nägel. Und schon sitze ich nicht mehr auf der Generations-Erfolgsleiter, sondern knie ehrfürchtig davor und blicke hinauf, wie Peter Silies Kondensstreifen an mir vorbeifliegen. Oder anders gesagt: Peter sitzt zwar in seinem Mannheimer Glashaus, hat aber immerhin seit sechs Jahren frische Gurken.

Robert Süßemilch: »BSG Aufbau Krumhermersdorf. A4 – A5.«

Die Namen meiner Teams gleichen sich mehr und mehr meiner Stimmungslage an. Aufbau kann ich jetzt gut gebrauchen, und krumm fühle ich mich auch.

»Gratuliere, ich wünsch euch 'ne schöne Feier.«

Peter_Mannheim: »Schifffahrt Hafen Rostock. E4 – E5. Es kommen nur ein paar Freunde, Familie und die Kinder.«

Robert Süßemilch: »Kinder? BSG Empor Tabak Dresden. E5 – E6.«

Ich fange wohl wieder an zu rauchen.

»Du hast Kinder?«

Peter_Mannheim: »ASG Vorwärts Stralsund. E5 – E6. Kathleen ist drei und Leon zehn. Er stammt aus meiner ersten Ehe. Du sitzt übrigens wieder im Schach.«

Allerdings. Und wie ich im Schach sitze. Sozusagen im Lebensschach. Und nicht nur meinem König wird gerade das Blut sauer. Erste Ehe? Was zur Hölle passiert hier gerade?

Robert Süßemilch: »BSG Halbleiterwerk Frankfurt/Oder. A4 – A6. – Sschhön...«

Ich schaffe es sogar, beim Schreiben zu stottern.

Peter_Mannheim: »BSG Mannsfeldkombinat Sangerhausen. Dame D12 – D13. Mensch, sorry, natürlich kannst du auch kommen. Wird halt nix Großes. Würde mich aber freuen, dich mal wieder zu sehen.«

Robert Süßemilch: »Rotes Banner Trinwillershagen. C9 – C10. Danke, werde mal schauen, ob ich Zeit habe.«

Momentan wäre ich wohl der schlechteste Gast für eine Hochzeitsparty. Als würde man einen frisch Armamputierten zum Skatspielen einladen.

Peter_Mannheim: »BSG Traktor Groß-Lindow. Dame D13 – D4. Schach und matt! Überleg's dir. Wird bestimmt lustig. Ich schreib dir mal 'ne Mail mit den Daten. Bis dann.«

Robert Süßemilch: »Yep. Bis dann.«

Ich sehe, wie sich ein Peter_Mannheim aus dem Chat verabschiedet. Und mit ihm mein letzter, treuer Versagerfreund. Willkommen, Robert, du bist das erste und einzige Mitglied im soeben gegründeten Versagerklub »BSG Single Abwärts Frankfurt e.V.«.

5
Natascha und die Geister, die ich rief

Trotz der frühen Stunde entschließe ich mich dazu, erst mal zu Tante Trude ans Eck zu gehen und die neue Situation mit ein paar Bier zu überdenken. Nachdem ich mir ein Brot gemacht habe und es genüsslich verputze, schaue ich aus dem Küchenfenster nach draußen und kann es immer noch nicht fassen.

Peter.

Peter Silie.

Peter, der nie was auf die Reihe bekommt.

Von nun an Peter der Große.

Unglaublich.

Ich schüttele den Kopf und will mir meinen Schlüsselbund vom Fensterbrett nehmen, als ich sehe, wie eine Ameise sich an einem Krümel meines Brots zu schaffen macht. Nix da. Dir werde ich es zeigen. Wenigstens in meinen eigenen vier Wänden bin ich der Chef. Der Bestimmer. Der Imperator und Gesetzgeber. Mit meinem Handrücken lotse ich die Ameise auf ein Blatt Papier.

»So, jetzt mache ich mit dir, was ich mit Steffi auch längst hätte machen sollen.«

Ich öffne das Fenster, setze sie draußen wieder ab. »Und tschüss«, rufe ich ihr noch hinterher. Dann schließe ich das Fenster wieder. Zufrieden mit dieser theatralischen Symbolik schnappe ich mir Jacke und Schlüssel und verlasse meine Wohnung in Richtung Tante Trude.

Ich habe Glück, und meine beiden Lieblingshartzis Wolfram und Rene sind schon da. Beide Mitte fünfzig und grundsolide Trinkhallen-Alkoholiker, die auch ab und an bei mir an der Tankstelle vorbeischauen.

Jungs, baut mich auf!

Und auf Wolfram und Rene ist Verlass. Anders als Peter Silie, der verdammte Verräter, haben die beiden Jungs in den letzten Wochen keine Frau aus dem Hut gezaubert. Wolfram antwortet vielmehr auf die Fraufrage, dass seine vor acht Jahren gestorben sei. Das ist zwar traurig für ihn, aber mich beruhigt es dennoch sehr. Dankbar lege ich meinen Arm um ihn und will ihm ein Bier ausgeben, um meine aufrichtige Anteilnahme zu untermauern, worauf auch Rene sofort seine momentane Verfassung in Beziehungsangelegenheiten darlegt. Er sei geschieden, und seine fünfzehn Jahre jüngere Frau lebe mit den beiden Söhnen wieder in der Lausitz.

Na bitte, geht doch!, juble ich innerlich und gebe beiden die nächsten Runden aus. Dann bezahle ich und merke auf dem Nachhauseweg, dass es bereits dunkel geworden ist. Auch meine leicht torkelnde Schrittfolge erklärt sich mir. Wie die Zeit doch unter echten Freunden geradezu verfliegt. Jetzt muss ich nur noch an meinem Männlichkeits- und Arschlochfaktor feilen, und schon ist der Weg frei in meine neue Testosteronzukunft.

Zu Hause geht mein erster Weg zum Kühlschrank, aus dem ich mir vier Yogurette aus der Schachtel nehme. Ich stopfe sie mir alle nacheinander in den Mund. Mein Blick wandert zurück zur Schachtel, auf der sich eine junge Frau in weißem Tennisoutfit zeigt. Mann, Robert, du bist echt ein Lutscher.

Selbst die Schokolade ist nicht wirklich männlich, erkenne ich und beschließe ab morgen nur noch dunkle Herrenschokolade mit mindestens neunzig Prozent Kakaoanteil zu kaufen. Schmeckt zwar scheiße, wirkt aber wenigstens nicht so tuckig wie die rosa Yoguretteschachtel.

Nach einer nur zum Teil gelungenen Blasenentleerung bleibt mein Blick am nächsten Weicheibeweis, dem Wäschehaken neben der Dusche hängen. Ich muss anscheinend wirklich an allen Fronten kämpfen. Ein Relikt aus meiner Kindheit lächelt mich aus zwei kugelrunden, unschuldig blickenden Augen an. Das Bambi auf meinem Glückswaschlappen, den ich schon ewig besitze. Es ist der letzte Überlebende des Waschlappentriumvirats, das einst aus zwei weiteren Flanelllappen mit je einem Frosch- und einem Bärchenaufnäher bestand und mich jeden Samstag in der Badewanne meiner Eltern empfing. Und zwar exakt fünfundzwanzig Minuten vor dem Sandmännchen mit Piggeldy und Frederick. Der Frosch und der Bär quittierten irgendwann in meiner Pubertät ihren Dienst. Nur Bambi blieb mir treu. Bis heute. Durch das jahrelange Waschen ist die einst tiefrote Farbe des letzten Flanellmohikaners mittlerweile eher einem zarten Rosa gewichen. Das kleine Rehkitz am unteren Ende hat die unzähligen Waschvorgänge hingegen erstaunlich gut verkraftet. Anscheinend weiß es nun aber, dass sein Stündlein geschlagen hat.

Ich will und muss es tun.

Wenn ich Steffi zeigen will, welch echter Kerl all die Jahre in mir gesteckt hat, kann ich das nur schwer mit einem tuntigen Kinderwaschlappen beweisen. Ein letztes Mal fahre ich mir mit dem Flanellstoff über mein trockenes Gesicht und fühle den weichen Stoff. Schön waren all die Jahre mit dir. Die endlosen Badewannen-Waschgänge, als es noch ein Sandmännchen Ost und ein Sandmännchen West gab und Eduard Zimmermann im ZDF Verbrecher jagte. Als *Captain Future* im Ferienprogramm lief und *Silas* in der Vorweihnachtszeit seine Abenteuer bestritt. Als Bobby Ewing noch über texanische Ölfelder ritt und Eintracht Frankfurt Pokalsieger wurde. Ich atme einmal schwer, dann wandert Bambi unwiederbringlich in den Schlund des Mülleimers.

Morgen werde ich mir stattdessen so eine kratzige Waschbürste mit langem Holzstiel kaufen. Meine Haut und ich müssen Opfer bringen.

Mit einem etwas flauen Gefühl im Magen setze ich mich an den Schreibtisch und sehe, dass mein Postfach blinkt: POST!

Nervös klicke ich darauf und erkenne schon am Absender, dass meine gerade eben getroffene Entscheidung bereits Früchte trägt: Natascha!

In ihrer Antwortmail erhalte ich alle Informationen, die ich benötige. Treffpunkt, Uhrzeit, eine Handynummer sowie drei weitere Hinweise, die nicht in der ursprünglichen Anzeige aufgeführt waren.

Für Natascha ist eine Flasche Sekt sowie
hundert Euro Taschengeld mitzubringen.
Ein Freund namens »Patrick« wird mich in Empfang
nehmen.

Das zerstört zwar meine Fantasie, nach einer romantischen Nacht mit Natascha zu frühstücken und im Anschluss zusammen mit ihr einen Liebesurlaub auf Rhodos anzutreten. Aber gut, dann nimmt mich Patrick halt in Empfang, mit auf die Reise nehme ich ihn aber nicht. Trotz des verrucht anmutenden Untertons der Anzeige und der Tatsache, dass ein Taschengeld verlangt wird, entscheide ich mich endgültig dazu, mich auf das Abenteuer einzulassen. Ich bin mutig wie nie... was nicht zuletzt auch am Alkohol in meinem Blut liegen könnte. Egal, schon morgen Abend soll das Treffen stattfinden. Yes! Hier bin ich wieder. Zurück auf der Straße der Promiskuität!

6
Du bist ein Hai

Ich muss zugeben, dass ich etwas aufgeregt bin. Es sind nur noch zwei Stunden bis zu dem Treffen mit Natascha. Von nun an will ich auch wie Emile ein Hai sein. Mich rastlos bewegen und verschiedene Sexualpartner verschlingen. Und den Anfang mache ich heute mit Natascha. Im Anschluss an zwei Aspirin, die meine Kopfschmerzen nur rudimentär zu bekämpfen wissen, gehe ich zum Feinschliff über. Nach einer ausgiebigen Dusche rasiere ich mir im Übereifer sogar die Achseln und den Schambereich. Beides Rasurzonen, die ich ansonsten mit der Klinge gekonnt zu umschiffen weiß. Aber ich möchte mich von meiner besten Seite zeigen und eventuell kritische Blicke aufgrund meines nicht zu hundert Prozent durchtrainierten Körpers mit einem gepflegten Äußeren umgehen.

Die Fahrt zum Treffpunkt erlebe ich nur schemenhaft und in einem Duett mit Herbert Grönemeyer: »...*Männer kaufen Frauen, Männer stehen ständig unter Strom.*« Ja, Herbert! Wir zwei rocken es heute Abend. Denn heute beginnt mein Rachefeldzug. »*Männer baggern wie blöde, Männer lügen am Telefon!*« Äh, Moment mal, Herbert. Am Telefon lügen? Hm, was ist, wenn Natascha gar nicht so poppig ist, wie ich hoffe? Wenn sie mich einfach nicht attraktiv findet?

Angst steigt in mir auf. Ich hatte in den letzten sieben Jahren keine andere Frau außer Steffi. In dieser Hinsicht bin ich eher ein Buckelwal als ein Hai. Immer schön im Familienverbund hin und her schwimmen und alle paar Monate in die Bucht zum Paaren kommen.

Mach dich locker, Robert.

Ich denke an Emile und seine Fußballweisheiten. Vielleicht können die mich ja ein wenig erden.

Einfach solide seinen Stiefel runterspielen.

Keine Experimente, sondern sicher von hinten raus spielen, den Ball in den eigenen Reihen laufen und den Gegner erst einmal kommen lassen.

Himmel, kommen lassen! Ob ich sie überhaupt zum Höhepunkt bringen kann? Schließlich habe ich in meiner Liga in den letzten Jahren nur gegen einen einzigen Gegner gespielt. Und dessen Taktik kannte ich im wahrsten Sinne des Wortes in- und auswendig. Ich schaue auf die Uhr und erkenne, dass ich gut in der Zeit liege. Ganz ruhig, Robert. Du bist ein Hai.

7
Manege frei

Exakt vierunddreißig Minuten vor dem eigentlichen Treffpunkt stehe ich hoch konzentriert am vereinbarten Treffpunkt und tippele von einem Bein auf das andere. Ich stelle mir Natascha als eine Mischung aus Heidi Klum und der jungen Brigitte Bardot vor. Es wird mir sofort warm ums Herz, und das, obwohl es saukalt ist. So um die minus vier Grad, vermute ich, was im November ja schon mal vorkommen kann. Alle paar Sekunden schaue ich auf die Uhr. Wo bleibt dieser Patrick denn nur, der mich zu ihrer Wohnung geleiten soll? Die Minuten vergehen nur langsam, und aus einer Mischung aus Nervosität und Langeweile parke ich meinen Wagen mehrmals am Treffpunkt um.

Dann ist die offizielle Zeit tatsächlich abgelaufen, und noch immer ist niemand zu sehen. Kein Patrick und erst recht keine Natascha. Nachdem ich mich mehrmals im Hüft-Leistenbereich kratzen musste, da die frisch rasierte Haut doch erheblich zu jucken beginnt, drücke ich nervös die Tasten meines Handys und hoffe, eine junge, verrucht-geile Stimme am anderen Ende zu hören. Doch stattdessen meldet sich eine eher durchschnittliche Männerstimme mit einem breiten Frankfurter Akzent.

»Ja, hier is de Bäddrick... Wie, es is keiner da? Waddema, isch frach ma die Nadascha, was die mit dir aasgemacht hat.«

»Bäddrick« lotst mich schließlich via Telefon um einige

Ecken, bis ich einen ausgestreckten, haarigen Arm aus dem Flur eines Hauses winken sehe.

Bäddrick steht nur mit einem Bademantel und Flipflops bekleidet im Hauseingang. Ob er Nadascha gerade selbst noch *vorbereitet* hat? Erst jetzt frage ich mich, ob ich denn überhaupt mit Natascha eine intime Zweisamkeit erleben darf oder ob *Bäddrick* die ganze Zeit daneben sitzt und uns mit seinem subtilen Äppelwoiduktus anfeuert.

»Grüüüß disch, moi Libber, komm noi.« Er winkt mich ins Innere des Hauses. Meiner Einschätzung nach dürfte er um die vierzig sein und somit deutlich älter als Natascha, die bekanntermaßen ja gerade erst neunzehn Lenze zählt. Mit meiner Flasche Sekt dränge ich mich verschämt an ihm vorbei in den Hausflur.

»Kannst schon ma dei Klamodde ableesche, wenn de willst.«

»Ja, klar«, entgegne ich ihm gespielt selbstverständlich, überreiche die Sektflasche und entledige mich meiner Kleidung. Dabei bemerke ich, dass sich meine Hautfarbe im Intimbereich in ein sattes Karminrot verwandelt hat und an zwei Stellen sogar leicht verkrustete Blutstellen zu erkennen sind. Diese verdammt scharfen Klingen aber auch. Von wegen *the best a man can get*. Und auch Bäddrick erinnert mich mit Nachdruck an *the best a man can get*.

»Isch krisch dann noch ein Hunnedä von dir. Weißt scho, das Daschegeld für die Nadascha …«

»Natürlich.« Ich nicke und fingere aus meiner Jackeninnentasche den zuvor an einem Geldautomaten gezogenen, frischen Hundert-Euro-Schein.

Bäddrick steckt den Schein ein. Trotz aller erotiktötenden Attitüden ist er mir nicht einmal unsympathisch. Zwar skurril, aber nicht unsympathisch.

»Schicke Schuhe.« Ich deute auf seine Flipflops, über deren Fußbett sich seine Zehen wölben und bedrohlich ins Leere greifen.

»Die sinn subber bequem, verstehste? Extra für misch angebasst worn. Da bekommt mer erst ma so ein rischtische Abdruck von de eischene Füß gemacht, und dann wedde die Schlabbe extra angeferdischt. Nenne sisch Sandwalker.«

»Sandwalker?«

»Genau. Weil sisch des so sandmäßisch anfühlt. Läufst wie uffem Sand in dene Schuh.«

»Aha. Du läufst also gerne so, als hättest du Sand in den Schuhen?«, versuche ich, einen Witz zu machen.

Bäddrick schaut darauf etwas verwirrt, als würde er gerade überlegen, ob man ihn mit den Designer-Sandalen reingelegt hat.

»Ne, aber des is halt subber bequem un ein eschtes Einzelstück. Hat ein Italiener entwickelt un di wisse doch, was modern is.«

»Auf jeden Fall. Die Italiener haben ja auch das Meer und den entsprechenden Strand, um die Sandwalker zu testen.«

Das ist jetzt zu viel für Bäddrick. Er kratzt sich an der Stirn und überlegt erneut. Dann gibt er den Gedanken auf und deutet zur Treppe, die nach oben führt.

»Kannst ja schoma nuff ins Spielzimmä gehn.«

Er nennt es wirklich Spielzimmer. Und ich denke mir, dass sie das wohl doch öfter machen, als ich dachte, und einen Extraraum umgestaltet haben.

Auf der Treppe nach oben höre ich plötzlich eine Stimme. Eine jämmerlich wirkende Männerstimme, die unweigerlich aus dem Spielzimmer kommt. Obwohl ich mich wundere, öffne ich die Tür. Und tatsächlich: Ein auffallend junger Mann, höchstens zwanzig, sitzt in dem schmalen Zimmer und starrt mich dümmlich an. Er ist splitternackt wie ich, und ich frage mich, warum ich seine Stimme überhaupt gehört habe. Telefonieren scheidet wohl aus, da er sein Handy in keine Tasche stecken kann. Also bleiben nur die Alternativen von Onanierbeilauten oder eines Selbstgesprächs. Trotz der damit verbundenen Psychoklatsche bevorzuge ich letztere Option.

Jedenfalls wird eines klar: Das wird hier kein lauschiges Treffen zwischen mir und Natascha, sondern da sitzt tatsächlich noch jemand, der zudem psychisch labil zu sein scheint. Ich versuche mich daran zu erinnern, ob in der Anzeige explizit stand, dass es sich um ein Einzeltreffen handele. Nach kurzer Überlegung spuckt mein Hirn das vernichtende Urteil aus: Nein.

Stattdessen fällt mir ein, dass ich von Anfang an Probleme mit dem Zuordnen der Rubriken hatte und ich wahrscheinlich so auf der Unterseite *Party* gelandet bin. Und noch einmal gehe ich die Kürzel in meinen Gedanken pfeilschnell durch. Komme aber zu keinem anderen Ergebnis.

Und Kneifen ist jetzt ohnehin nicht mehr. Schließlich bin ich doch frei nach Emile ein Stoßstürmer, ein Vollstrecker vor dem Tor. Nur habe ich jetzt halt noch einen Mitspieler, der auch an den Ball will.

Um die Situation zu überspielen, stürze ich mich in eine, wie ich zumindest glaube, sichere Aussage.

»Wo ist denn die geile Natascha?«

Damit kann ich nicht danebenliegen, schließlich hatte sie so inseriert. Der junge Mann, dessen Schambehaarung wild wuchernd in schwarz krauseligem Haar vom Bauchnabel bis zu den Kniescheiben zu reichen scheint, schaut mich irritiert an. Ich schaue irritiert zurück. Erstens, weil er mich dabei ertappt hat, wie ich ihm auf sein Gemächt geschaut habe, und zweitens, da ich neidisch bin, dass dieser offensichtliche Vollpfosten keine Probleme mit Rasurbrand im Intimbereich hat. Mit seiner Brille und der Topffrisur erinnert er mich dazu an eine Figur, die in jeder Schulklasse und fast jedem Teenagerfilm der achtziger Jahre vorkam: der Klassendepp!

Ich tippe gedankenschnell auf den Namen Florian, Alfred E. Neumann oder eventuell auch Joachim. Und nun bewegt er sich sogar noch und macht Anstalten zu sprechen.

»NanaNatascha ist eine j-j-j-junge Frau, der man m-m-m-mit Respekt entgegentreten muss. N-n-n-nur weil sie S-S-S-Sex mag, ist sie keinesfalls ein b-b-b-billiges Flittchen.«

Er ist es! Der Klassendepp! Der arme Kerl stottert also auch noch und erreicht damit auf der nach oben offenen Klischeeskala die volle Punktzahl. Er hat es sicherlich nicht leicht in seinem Leben. Aber immerhin hat er es hierher geschafft. Was mich andererseits nicht wundert. Er vertippt sich sicherlich nicht wie ich im Internet. Wahrscheinlich lebt er im Internet und verlässt nur für Natascha alle paar Wochen seine Welt aus Bits und Bytes. Und er kann bestimmt jedes einzelne verdammte Kürzel, das es auf dieser Welt gibt, entschlüsseln. Außerdem scheint er Natascha bereits zu kennen. Die Arme. Mir kommt die schlüssige Idee, dass sich die beiden vielleicht aus der Berufsschule kennen und er sie mit seinen phänomenalen Internetfähigkeiten im Netz entdeckt hat und sie nun erpresst.

Na ja, vielen Dank jedenfalls für die Richtigstellung, denke ich und setze mich auf einen freien Stuhl. Die Situation wird jedoch noch seltsamer. Es klingelt erneut an der Tür, und der nächste Mitstreiter kündigt sich wohl gerade an. Sind wir nun also schon zu viert.

»Kann ma einer von eusch uffmache«, hallt Bäddricks Stimme durch das Haus. »Isch sitz grad am Klo.«

Florian alias Joachim alias Klassendepp schaut an seinem nackten Körper herunter, dann wandert sein Blick zu mir. Ja, ich bin auch nackt, aber ich bin der Neue, und das qualifiziert mich wohl für den Gang zur Tür. Irgendwie bin ich auch dankbar, diesen Raum für einen Moment verlassen zu können. Freunde sind wir in der kurzen Zeit jedenfalls nicht geworden.

Ich gehe hinunter, öffne die Tür und blicke … ins Nichts. Zumindest in der Höhe, in der ich schaue. Erst beim zweiten Hinsehen bemerke ich, dass ein kleinwüchsiger Mann vor mir steht und darauf wartet, von mir eingelassen zu werden.

»Oh«, stottere ich unsicher und schaffe es sogar, noch ein weiteres *Oh* anzufügen, als ich den Weg freigebe. Doch der kleinwüchsige Mann scheint diese Reaktion gewohnt zu sein und geht damit weitaus entspannter um als ich. Kaum habe ich mich umgedreht, klingelt es schon wieder, und da ich gerade in Übung bin, öffne ich die Tür erneut und blicke, schlau aus Erfahrung, zunächst nach unten.

Guter Gedanke – schlechtes Resultat.

Denn dort sehe ich sportlich getragene Adidas-Badelatschen, in denen nackte Füße mit splissigem Nagelbett stecken. Dagegen ist Bäddricks Sandwalker-Fuß ein Traum. Tragen die hier alle Sandalen und Flipflops im Winter?

Der Rest des dickbäuchigen Mannes ist winterfest in einer Art roten Daunensack gekleidet, aus dessen offenem Ende am oberen Rand mir ein weißbärtiges Gesicht zunickt. Der Weihnachtsmann. Und sogleich sondiere ich die Straße auf der Suche nach einem Rentierschlitten. Ohne etwas zu sagen, drängt Nummer fünf sich derweil an mir vorbei ins Haus. Ich schwöre es hoch und heilig: Nur einen Monat später zur Weihnachtszeit, und ich hätte ihm meine Schuhe vor die Tür gestellt und darauf gehofft, dass er sie mir mit Schokolade und Spekulatius füllt. Doch selbst der Weihnachtsmann trägt ja wohl Stiefel und gönnt sich ein Mindestmaß an Fußpflege.

Was soll's, denke ich, und als ich mich umdrehe, bin ich überrascht, wie schnell der kleinwüchsige Mann sich bereits komplett entkleidet hat. Noch überraschter bin ich jedoch von der Größe seines Genitals. Daran ist nämlich nichts, aber auch rein gar nichts kleinwüchsig!

Ganz im Gegenteil. Das einzig Seltsame an diesem Prachtexemplar ist die pralle Eichel, die sich wie ein ausgewachsener Fliegenpilz knallrot über sein Glied spannt. Und bei ganz genauem Hinsehen bemerke ich zu meinem Entsetzen, dass nicht nur die Farbe, sondern sogar einige kleine weiße Pünktchen die verblüffende Ähnlichkeit mit dem Schattengewächs noch zu verstärken wissen.

Mir wird nun etwas mulmig, und ich wanke wie in Trance wieder hinauf in das *Spielzimmer* zu Florian alias Joachim alias Klassendepp. Ich brauch jetzt einfach etwas Vertrautes.

Außerdem ist dessen Genitalbereich fliegenpilzfrei oder wenigstens gegen Pilzsammlerblicke durch reichlich Gestrüpp im Unterholz bestens getarnt.

Wenige Augenblicke später kommen auch Fliegenpilz und Adilette herein und setzen sich neben Florian alias Joachim alias Klassendepp auf das durchgesessene Sofa. Alle splitterfasernackt und mir – jeder auf seine eigene Weise – unsympathisch. Außerdem glaube ich bei Adilette einen Hauch von Schrittschweiß zu riechen.

Wenn es jemals eine Frauenbewegung geben sollte, die ekelhafte Männergenitalien abschaffen möchte, ich würde die Schilder für die Demonstration eigenhändig zusammennageln und mich in erster Reihe auf die Straße stellen.

Mir wird immer mehr bewusst, dass es an der Zeit wäre zu gehen. Auf der anderen Seite bin ich ja auch nicht wegen dieser Ansammlung menschlicher Absurditäten hier. Nein. Ich habe ein Match zu spielen. Auch wenn sich der Boden eher als Ascheplatz denn als feinster englischer Rasen darstellt.

Aber mein Ziel, meine Mission hat einen Namen: Natascha. Sie ist der Grund, warum ich all dies auf mich zu nehmen bereit bin. Außerdem kann ich nicht leugnen, dass ich gespannt bin, wie skurril diese Situation noch werden kann.

Man nenne mich krank oder pervers, aber jetzt will ich es wissen.

Oder um es noch treffender in Emiles Sprache zu formulieren: Jetzt fresse ich Gras, ich gehe dahin, wo es wehtut. Hier ist nicht mehr One-Touch-Fußball gefragt, sondern die robuste Kreisklassen-Grätsche. Ich versuche, über den Kampf zurück ins Spiel zu finden. Scheißegal, nur noch lange Bälle nach vorn in den gegnerischen Sechzehner schlagen, um vielleicht mit der Brechstange die Situation doch noch zum Guten umzubiegen.

Und dann biegt sich tatsächlich etwas. Allerdings nicht die Situation und schon gar nichts zum Guten. Natascha. Sie kommt zu uns ins Zimmer. Und wie sie kommt. Die Holzdielen biegen sich wie ein Ein-Meter-Sprungbrett und ächzen schmerzdurchzogen, als Natascha, die Teenie-Dreilochstute, einschwebt. Man kann nicht sagen, dass die Annonce eine direkte Lüge war. Eher eine subtile und dehnbare Auslegung der Gegebenheiten. Ähnlich wie man einen schrottreifen VW-Bus bei mobile.de anzupreisen versucht, ließ man auch hier einige kleine, jedoch nicht unwichtige Details einfach weg und beschränkte sich auf die sachlichen Fakten wie das Baujahr. Denn zunächst einmal ist sie tatsächlich jung, meinetwegen sogar neunzehn, aber damit enden auch schon jegliche Übereinstimmungen. Ein Faktor, der mich in diesem Moment ohnehin nur noch am Rande interessiert.

Aber Natascha hat mich bereits entdeckt und steuert auf mich zu. Meine letzte Hoffnung besteht darin, dass ihre beiden schielenden Augen vielleicht den restlichen Teil ihres massigen Körpers fehl- und somit an mir vorbeileiten könnten. Ich halte die Luft an.

In einer Fachzeitschrift habe ich mal gelesen, dass man sich im Falle eines Nashornangriffs einfach ruhig hinstellen soll, da Rhinozerosse zwar gewaltige Lebewesen, aber fast stockblind seien. So verfalle ich in eine Art namibische Safaristarre, die jedes Rhino in den sicheren Wahnsinn treiben würde. Doch Natascha scheint neben ihren schwachen Augen noch über weitere Orientierungshilfen zu verfügen. Entweder ist sie mit einer genetischen Wärmebildkamera ausgestattet, oder sie nennt einen herausragenden Geruchssinn ihr Eigen. Jedenfalls hat sie Witterung aufgenommen, und am Ende ist es wohl mein Angstschweiß, der mich verrät.

Jedenfalls fahren ihre beiden massiven Arme wie ein Gabelstapler auf mich zu und drücken mich fest an ihren Körper. Um mich herum wird es dunkel. Ich bin ihr ganz nah. So nah, dass mein Gesicht eine feucht klebrige Sekundensymbiose mit ihrem Delfintattoo eingeht, welches sich farbenfroh in ihrem Dekolleté abzeichnet. Reflexartig versuche ich, mich von Flipper zu trennen und insgesamt vor ihrem Faltenberg zu versperren, den sie in feinsten Stoff gehüllt hat. Die wulstigen Fleischringe ihrer Hüften versucht sie dabei ebenso aussichtslos durch das schwarze Negligé zu kaschieren wie die Schwangerschaftsstreifen, die mich in ihrer epischen Breite an einen Zebrastreifen erinnern, über den ich keinesfalls gehen möchte.

»Ach guck, des muss der Neue sein«, entlässt mich der

sprechende Zebrastreifen aus seiner Umklammerung, und Flipper taucht in die unendliche Tiefe ihres Dekolletés ab.

Unglücklicherweise habe ich so einen freien Blick auf ihren Mund. Sofort fahre ich zusammen. Mich erinnert die Aussicht an eine südamerikanische Goldmine, in der schon seit sehr langer Zeit nicht mehr geschürft, geschweige denn etwas Wertvolles oder wenigstens Nützliches gefunden wurde. Nein, hier wurde schwerster Raubbau betrieben und die Verwüstung sich dann selbst überlassen. Auf den zweiten Blick erkenne ich aber, dass in dieser Grube doch noch Goldspuren zu finden sind. Neben den gänzlich fehlenden Schneidezähnen und dem fauligen Eckzahn schimmern nämlich die Überreste eines verwaisten Goldzahns.

Man kann es schlecht beschreiben, aber ich kann den Blick einfach nicht von ihr nehmen. Ähnlich wie bei einem schlimmen Autounfall, den man wissentlich übersehen möchte, jedoch einfach nicht wegschauen kann, ist das Grauen, das sich vor mir abzeichnet, gleichzeitig schockierend ekelhaft wie faszinierend. Jedenfalls gibt sie mich für einen kurzen Moment nun ganz frei. Ich atme.

»Ja, der Neue«, sage ich und strecke ihr schützend meine Hand entgegen, um einer weiteren kurz bevorstehenden Umarmung zu entkommen.

»Die Natascha küsst gern«, ruft mir Adilette zu. »Vor allem richtig geile Spermazungenküsse. So wie sie in der Anzeige geschrieben hat.«

SpZk, erinnere ich mich schemenhaft. S-p-Z-k, SpZk, heißt also nicht Spezielle Zärtlichkeit, sondern Spermazungenküsse. Und selbst den Zusatz aktiv und passiv kann ich mir nun ebenso schlüssig wie unappetitlich erklären.

»Und auf Natursekt steht sie auch«, schlägt Fliegenpilz einen weiteren Nagel in meinen Nadascha-Sarg.

NS, scheppert es laut in meinem Kopf. Und auch **GB** hat wohl nichts mit einer Gefühlvollen Berührung gemein. Ich bin inmitten einer Gruppensexorgie gelandet, einem Gangbang. Wobei diese Erkenntnis für mich keinen großen Unterschied mehr macht, da ich mit Natascha auch nicht unbedingt zärtliche Stunden der Zweisamkeit verbringen möchte. Und selbst ein Tête-à-tête zu zweit kommt mit dieser Tonne zwangsläufig immer einem Gangbang gleich. Von unserem gemeinsamen Frühstück bin ich mittlerweile auch meilenweit entfernt. Ganz zu schweigen von unserem romantischen Liebesurlaub.

Natascha, auch wenn du es nicht verstehen wirst und ich dir nun sehr wehtun muss ... aber ... ich mache Schluss.

Zu meinem Glück fallen die anderen sofort über sie her wie ein Rudel hungriger Hyänen, das ein verletztes Flusspferd entdeckt hat. Und Flusspferd Natascha hat ihren Kopf bereits tief in Florian alias Joachim alias Klassendepps Schamgestrüpp gesteckt, der diese Aktion mit einem genussvoll befreienden Seufzer quittiert. Fliegenpilz scheint dies ebenso zu animieren, und sein monströses Schattengewächs stellt sich noch größer auf, als würde es in einer Millisekunde Unmengen von Sonne und Wasser saugen.

Ich nehme dies nur noch entfernt wahr, denn ich nutze die Gunst des Augenblicks und schleiche mich aus dem Zimmer hinunter zu meinen Klamotten. Ich versuche, meinen Abbruch vor mir selbst zu rechtfertigen, und bemühe in meinem Kopf erneut Fußballweisheiten.

Auch mal mit einem Punkt zufrieden zu sein, dass hinten die Null stehen muss und dass es wirklich große Fußballer schon immer ausgezeichnet hat, im richtigen Moment das Tempo aus dem Spiel genommen zu haben.

»Bissde scho fedddisch, odä was?«, reißt mich eine bekannte Stimme zurück aus der großen Welt des erfolgreichen Fußballs. Bäddrick steht vor mir und schaut mich fragend an.

»Also, Patrick«, beginne ich meine Erklärung, ohne zu wissen, in welcher Richtung sie enden wird. »Die Natascha ist ja bestimmt eine ganz Nette, aber irgendwie...«

Bäddrick versteht Andeutungen nicht oder nur sehr wenig davon.

Mensch, denke ich mir, geh doch mal da rauf und schau dir dieses Comedyevent an. Das Mädel hat keinerlei Parallele zu der Anzeige einer attraktiven Frau, und die Jungs sind der Inbegriff eines Off-Turns. Ich schwöre, falls ich irgendwann in diesem Leben noch einmal in den Genuss kommen werde, mit einer attraktiven Frau schlafen zu dürfen, sodass mir eine vorzeitige Ejakulation droht, werde ich mir Florian alias Joachim alias Klassendepp, Adilette und Fliegenpilz vor mein inneres Auge rufen.

In Bäddricks Gesicht tut sich nichts. Ich muss also deutlicher werden.

»Sie ist nicht sooo mein Fall.«

Die Augen von Bäddrick werden sprunghaft groß und drohen fast aus ihrer Verankerung zu flutschen. Und ich merke, dass er Natascha tatsächlich für eine attraktive Frau hält.

»Wäklisch? Na ja, Geschmägge sinn halt unnerschiedlisch.«

»Ja, eben. Also, ich fände es sehr korrekt von dir, wenn du mir die hundert Euro zurückgeben könntest.«

Da habe ich einen empfindlichen Nerv getroffen. Ich merke sofort, wie Bäddrick zurückschreckt und irgendwo ins Nichts blickt, als müsse er nachdenken, was er definitiv nicht tut. Was er gar nicht tun kann.

»Des is jetzt net so einfach. Mir hamm ja au Koste. Des Trinke, die Miet für die Location un so weidä.«

Mich interessiert in diesem Moment wirklich, was sich hinter den *Un-so-weidä-Kosten* verbergen könnte.

Der Topstylist von Natascha?

Ihr Visagist?

Der Flug aus Paris von ihrer Prêt-à-porter-Show, von der sie eigens hier in dieses verträumte Nest im Vordertaunus angereist ist?

Oder sind einfach nur die Bestechungsgelder der Pfleger gemeint, die Natascha für diese eine Nacht hinaus in die Welt ziehen ließen?

Ich entscheide mich dafür, mich auf keine Diskussion einzulassen, und schlage den Weg der Diplomatie ein.

»Okay, verstehe ich. Aber da ich ja nun vor der eigentlichen Aktion gehe und auch die Flasche Sekt hierlasse, schlage ich vor, dass wir uns auf die Hälfte einigen.«

Bäddrick tut erneut so, als würde er nachdenken, und ich gehe ihm dieses Mal sogar fast auf den Leim. Vielleicht denkt er wirklich nach? Doch dann merke ich, dass er wahrscheinlich nur Probleme damit hat, in seinem Hirn die Hälfte von hundert zu berechnen. Wie gesagt, ich mag ihn trotzdem irgendwie.

»Fünfzig Euro, ich denke, das ist fair für uns beide«, übernehme ich die verzwickte Rechenaufgabe und öffne ihm somit die Tür. Komm schon, du brauchst nur noch durchzugehen.

Und zu meiner Überraschung nickt er tatsächlich zustimmend und kramt einen Fünfzig-Euro-Schein aus seiner Hosentasche.

»Is in Oddnung. Hast ja ach die Flasch Sekt middgebrachd und dagelasse.«

»Eben.« Ich nicke verständnisvoll und ziehe mich dabei in einem für mich nie da gewesenen Tempo an.

Als ich die Tür hinter mir schließe und diese Parallelwelt-

Party verlasse, überlege ich mir noch, ob Bäddrick mir vielleicht die fünfzig Euro nur deshalb gegeben hat, da er der Überzeugung war, dass mein Tankstellensekt tatsächlich so viel gekostet hat.

Ich setze mich in mein arschkaltes Auto, lasse den Motor an und fahre los. Es fällt mir schwer, das Erlebte einzuordnen, und ich wünsche mir Emile neben mich. Er wüsste bestimmt eine Lösung oder zumindest eine Erklärung.

Ich versuche, so wie er zu denken: Okay, du bist Deutschland. Und Deutschland ist eine Turniermannschaft. Ein Team, das meist schwach beginnt und sich während eines langen Turniers stets zu steigern weiß, sage ich mir und beschließe jedoch im gleichen Moment, mein Leben nie wieder nach Fußballweisheiten auszurichten.

Mama, Magdalena Neuner und der Weißflog

Eins vorweg: Ich liebe meine Mutter. Ich bin ihr für so viele Dinge unendlich dankbar. Zuallererst natürlich dafür, mich in einer schmerzvollen und stundenlangen Aktion durch ihren Unterleib auf die Welt gepresst zu haben. Zum anderen aber auch für Kleinigkeiten. Zum Beispiel für ihr Verständnis, als ich im Alter von acht Jahren meinen bewegungslos und anscheinend tot im Käfig liegenden Hamster heimlich per Feuerbestattung im Garten verbrannte. Und noch viel mehr dafür, dass sie noch vier weitere Jahre wartete, bis sie mir das Phänomen des Winterschlafs erklärte und mir so ein frühkindliches Trauma als Tiermörder ersparte. Für all diese Dinge danke ich meiner Mutter.

Aber manchmal geht sie mir auch unglaublich auf den Sack. Das ist nun mal so bei Söhnen. Vor allem aber bei den Söhnen meiner Mutter. Es sind meist Kleinigkeiten, die mich schier in den Wahnsinn treiben. So hat meine Mutter zum Beispiel ein neues Hobby für sich entdeckt: Strom sparen!

Jede Doku auf Kabel 1 zum Thema *Strom sparen* öffnet für sie vermeintlich eine weitere Tür zur Welt der Erkenntnis und Erleuchtung. Einzig und allein aus dem Grund, den Gott der Kilowattstunde gnädig zu stimmen. Anfänglich schaltete sie abends nur den Stand-by-Knopf am Fernseher aus. Dann zog sie dazu irgendwann den Netzstecker aus der Dose. Mitt lerweile ist sie dazu übergegangen, nachts die Sicherungen für die gesamte Wohnung herauszudrehen. Alles, um am Jahresende 12,53 Euro vom örtlichen Stromversorger zurückerstattet zu bekommen. Dem gegenüber stehen jährliche Rechnungen des Hausarztes von mindestens zweihundertfünfzig Euro für nächtliche Stürze über geöffnete Spülmaschinentüren und achtlos liegen gelassene Schuhe meines Vaters. Vorläufige Bilanz des allabendlichen Sturzspektakels: zwei angebrochene Zehen und eine klaffende Platzwunde an der linken Schläfe.

Wie gesagt: Dennoch liebe ich meine Mutter.

Denn im Leben eines jeden Mannes gibt es Zeiten, in denen die gemeine Frau als männervernichtender Vamp erscheint, von dem man besser die Finger lassen sollte. Oder das Wesen Frau erscheint einem ab und an im Gewand der Schlampe. Je nach Lebenslage und Grad der Verzweiflung.

Nur eine einzige Frau schwebt wie der Heilige Gral der Unantastbarkeit ein Leben lang über allem und jedem: die eigene Mutter.

Dafür gibt es zwei banale Gründe:

Erstens: Mütter stehen immer und in jeder Lebenslage zu ihren Söhnen. Egal, in welch apokalyptische Situation sich der Junior auch bringen mag. Der warme Schoß der Mutter kennt keine Schuld.

Ich bin mir daher auch ziemlich sicher, dass Mama *bin Laden* aus tiefstem Herzen davon überzeugt ist, dass Sohnemann Osama das mit den Flugzeugen in New York gar nicht so gemeint hat. Und es sowieso nur die Schuld von den Nachbarskindern war, die ihn mal wieder angestiftet haben und er nur mitmachen wollte, um halt auch dazuzugehören.

Zweitens: In den Kochtöpfen einer Mutter köchelt stets irgendwas unglaublich Leckeres.

Gleichzeitig ist die Mutter aber auch das unsexuellste Wesen auf Gottes Erden. Denn genauso stur, wie unsere Mütter immer nur den lieben kleinen Jungen in uns sehen, betrachten wir unsere Mütter als Jungfrauen oder gar geschlechtslos androgynes Wesen. Daher bin ich auch der vollen Überzeugung, die Frucht einer unbefleckten Empfängnis zu sein. Wenn es schon bei Maria und Josef vor zweitausend Jahren ohne Hightech mit der Nummer geklappt hat, warum dann nicht auch bei mir?

Bis zum heutigen Tag kann und will ich mir nicht vorstellen, dass meine Mutter jemals den Hahn meines Vaters zum Krähen brachte. Und obwohl ich weiß, dass fünfzig Prozent der Frauen Masturbation dem Geschlechtsakt mit ihrem Ehepartner vorziehen würden, schließe ich es ebenso kategorisch aus, dass meine Mutter sich jemals in ihrem Leben als Einhandseglerin betätigt hat.

Und somit werde ich es natürlich auch erst mal verschweigen, dass es mit Steffi und mir vorbei ist. Schließlich müsste ich dann auch den unschönen Vorfall mit C-Claus erwähnen, was nicht völlig frei von sexuellem Beigeschmack zu schaffen wäre. Ich möchte mich einfach nur für ein paar Stunden in den emotional angewärmten Schoß meiner Mutter flüchten und vielleicht dazu ein Kotelett mit Bratkartoffeln und leckerem Gurkensalat verputzen. Liebe geht eben nun mal durch den Magen – eine Trennung anscheinend aber auch.

Es ist Sonntag.
Familientag.
Das war er schon immer.
Ich hasse Sonntage.

Und das war auch schon immer so.

Kindheitstraumata.

Als kleiner Junge wurde ich mit kratzendem Pullunder und Kinderkrawatte ausgestattet, um damit Opa und Oma beim Besuch zu beeindrucken. Doch dort gab es dann erst mal mitleidige Blicke ob meiner hageren Figur, die man nun mal als Fünfjähriger hat. Dann folgten mindestens drei Bleche Zwetschgenkuchen mit Schlag sowie kneifende Liebeserklärungen meiner Oma in die Wange mit dem Hinweis: *Junge, iss, damit du was auf deine Knochen bekommst. Du siehst ja richtig krank aus.* Das wollte ich natürlich nicht, und so konnten wir das Blechkuchendrama meist nach zwei bis drei Stunden wieder verlassen, da ich die Zwangsverköstigung in sattesten Farbtönen wieder zurück auf ihren Küchenboden kotzte. Seit dieser Zeit reagiert mein Körper bereits mit einem deutlichen Galleeinschuss, wenn ich in den Dunstkreis eines Blechkuchens gerate oder auch nur einen Zwetschgenbaum sehe.

Die andere Variante des sonntäglichen Schreckens war ein Mittagessen in der Dorfkneipe *Zum grünen Baum*. Gleiche Kleidung, andere Übelkeitserreger. Stets waberte in der Luft ein Gemisch aus Zigarettenqualm, Bierausdünstungen, fettigem Stammessen und jahrzehntelang durchgefurzten Polsterstühlen. Und den Gestank durfte man als Dankeschön noch den restlichen Tag in seiner Kleidung mit sich herumtragen.

Kurzum: Sonntage sind langweilig. Besonders als Kind und als Single. Daher heute die Flucht an den mütterlichen Herd. Ich schlage strategisch geplant um die Essenszeit bei meinen Eltern auf. Ohne Pullunder und ohne Kinderkrawatte. Nach dem Fiasko bei der Natascha-Show eine willkommene Ablenkung. Hier brauche ich nicht einmal etwas zu sagen. Das übernimmt meine Mutter. Und zwar mit einer Konsequenz, die ihresgleichen sucht. Denn Mama kann Stille und Schweigen nur sehr schwer ertragen. Stets sollten sich zumindest rudimentäre Sprachfetzen irgendwo im Raum tummeln. Und meist sorgt sie für deren stetige Vermehrung. Eine Vermehrung, die man nur mit der Zellteilung eines menschlichen Embryos vergleichen kann. Ständig zappelt ein neues Fetzenwort irgendwo in der Wohnung. Hier eine kleine Suggestivfrage in der Küche, dort eine belehrende Phrase im Bad. Schaut man mal für einen winzigen Moment nicht hin – zack, schon ist wieder einem sinnfreien Kommentar Leben geschenkt worden.

Mein Vater hat über die letzten dreißig Jahre eine bemerkenswerte Strategie entwickelt, die ihn diese Nonstop-Audio-Beschallung ertragen lässt. Und somit ein Zusammen- und Überleben an meiner Mutters Seite überhaupt erst ermöglicht hat. Dazu hat er sich anthropologisch gesehen ein eigenes Gen geschaffen, das das Zusammenleben auch in die nächste Ära retten soll und das er, je nach Härtegrad, wahlweise abrufen kann.

Da hätten wir zum einen das filigrane *Nur-mal-kurz-raus-Gen* für die imaginäre Zigarette zwischendurch und zum anderen das kompromisslose *Für-'ne-Stunde-weg-Gen* für das ganz tiefe Luftholen.

Bevor eine Situation zu eskalieren droht, scheut mein Vater nicht davor, eines dieser Gene auch einzusetzen, und verschwindet je nach Bedarf und Schwere für geraume Zeit in seinen Garten. Dann kommt er wieder zurück an die Heimatfront, gibt meiner Mutter einen Kuss – und alles ist wieder gut.

Beneidenswert.

Ich hatte bei Steffi nur das *Auf-den-Sack-Gen* erlebt. Vererbung wird anscheinend überbewertet.

Da ich mich nicht allzu oft in den Schoß meiner Mutter

flüchte, ist ihr Verhalten heute noch liebevoller und damit noch anstrengender als sonst. Schließlich muss sie all die angestaute Mutterliebe nun in gehäufter Form an mir abarbeiten.

Nachdem ich mein Kommen bereits gestern und somit noch innerhalb der allgemeinen Öffnungszeiten der dörflichen Metzgerei angekündigt habe, braten sowohl die bestellten Koteletts als auch deren treue Begleiter, die Bratkartoffeln, in der Pfanne. Während dieses kulinarische Duett in der Pfanne brutzelt, habe ich einen Liegeplatz vor dem Fernseher eingenommen und schaue den Biathlon aus Östersund.

Vor dem letzten Schießen liegt Magdalena Neuner uneinholbar vor der Russin Swetlana Sleptsowa und der heimischen Schwedin Helena Johnson, der vor lauter Anstrengung und Verausgabung wieder mal der Sabber in langen Fäden vom Kinn tropft, als hätte sie im letzten Waldstück die komplette Östersunder Dorfjugend fellationiert.

»Willst du ein Schälchen für den Gurkensalat?«, fragt meine Mutter aus dem gekachelten Küchenquadrat. Und schon bin ich mitten im Spiel.

Was nun?

Antworten?

Abwiegeln?

Überhören?

Ganz egal, wie ich mich entscheide, es wird keinerlei Einfluss auf die Antworten meiner Mutter haben. Dessen bin ich mir bewusst. Dennoch fühle ich mich durch die Koteletts ein wenig unter Zugzwang und leiere mir ein »Nö, brauch ich nicht« aus den Stimmbändern.

»Dann hol schon mal die Schönen von LEONARDO aus dem Esszimmerschrank.«

»Nö, will ja kein Schälchen.«

Nach einer rein taktischen Wortpause, in der ich ihr beinahe auf den Leim gehe und denke, dass sie mich spätestens beim zweiten Mal vielleicht wirklich verstanden hat, sehe ich meine Mutter aus der Küche kommen und zum Wohnzimmerschrank gehen.

»Dir muss man aber auch alles hinterhertragen.«

»Aber ich will doch gar kein Schälchen.«

Zu spät. Meine Mutter ist ins Rollen gekommen. Denn auch sie hat über die Jahre eine Anpassung an ihre Umwelt vollzogen. Sie hat für sich den auditiven Wortfilter entdeckt. Dabei hört die jeweilige Person nur stark gesiebt die Worte des unmittelbaren Umfelds. Der Rest bleibt als leere Worthülse irgendwo im Raum zurück. Sich selbst zum Sterben überlassen.

»Wie Stefanie das nur mit dir aushält?«

Ich schweige. Dafür redet der ZDF-Experte und berichtet, dass die Italienerin Michela Ponza überraschend auf Rang drei nach vorn gerückt ist. Da hat Frau Johnson im letzten Waldstück wohl etwas übertrieben.

»Ponza«, ruft meine Mutter uninspiriert auf dem Weg zurück in die Küche und hinterlässt damit eine dieser teuflischen Sprachfetzen im Zimmer, die nach Fortsetzung schreien. »Ponza«, wiederholt sie erneut, und ich weiß, dass da noch mehr kommen wird. »Wir hatten mal einen Friseur hier um die Ecke. Der hieß auch Ponza.«

»Hmm«, brumme ich und sehe vorbei an einem Stoß LEONARDO-Glasschälchen, wie Magdalena Neuner die ersten beiden Schüsse versemmelt. Dann kommt meine Mutter für die restlichen Glasschälchen und weitere Wortfetzen zurück ins Wohnzimmer.

»Oder hieß der Ponte?«

»Keine Ahnung. Ich kenne ihn nicht.«

Der wuselige Körper meiner Mutter tarnt sich für einen

kurzen Moment im sicheren Umfeld der Küchenzeile, kommt aber sogleich wieder herausgeschossen.

»E ... E ... E ... E !«

Okay, dass meine Mutter anfängt zu stottern, ist neu.

»Was ist mit E?«

»Irgendwas mit E.«

»Ach Mama, ist doch scheißegal. Das ist vierzig Jahre her, und ich kenn den Italo-Friseur weder als Ponza, Ponte noch als irgendwas mit E.«

Wieder verschwindet meine Mutter in den Tiefen des Raums, nur um Sekundenbruchteile später wieder vor dem Fernsehbild aufzumarschieren.

»Emilio Calliguri. So hieß er.«

Ich habe nicht den Hauch einer Idee, wie meine Mutter von Ponza auf den Namen Emilio Calliguri kommen konnte. Auch dieser Gedankensprung wird auf ewig ihr Geheimnis bleiben. Stattdessen nicke ich abwesend, antworte, dass ich gerne den Biathlon weiter sehen möchte, und widme mich wieder dem fröhlichen Scheibenschießen. Es folgen handgestoppte dreieinhalb Minuten Ruhe, bis sich der nächste Geistesblitz meiner Mutter verfestigt und nach einem Leben als gesprochenes Wort schreit.

»Ich fand ja den Weißflog immer so sympathisch.«

Den Weißflog? Eine weitere Meisterleistung meiner Mutter ist das Verbinden von völlig unabhängigen Themengebieten. Was sage ich: Themenkontinenten!

Für jeden rudimentär Sportinteressierten ist diese Aussage ein absolutes *No go*. Nichts gegen Jens Weißflog, aber dieser schnauzbärtige zweiundfünfzig Kilogramm leichte Flugossi hat mit Biathlon so viel zu tun wie der Papst mit dem Gurkensalat meiner Mutter. Aber will ich das jetzt wirklich meiner Mutter erklären? Sie schaut ja nicht einmal hin, sondern wuselt halb im Schrank liegend, halb in der Küche stehend, nach unzähligen weiteren Glasschälchen herum, als würde noch eine Abordnung der Landfrauen zum Essen vorbeischauen.

Frau Neuner hat sich derweil dazu entschieden, auch die Schüsse drei und vier irgendwo ins Unterholz zu ballern. Jetzt bin ich genervt und erliege somit der Verlockung.

»Mama, das hat nix mit dem Weißflog aus Sachsen zu tun, das ist der Biathlon aus Östersund.«

»Der Biathlon aus Östersund?«, hallt es gläsern aus dem Unterschrank. »Na, das finde ich aber toll, dass da jetzt auch ein Grieche aus Schweden mitmachen darf. Das nenn ich Integration.«

Zunächst verstehe ich nicht ganz, dann wird mir klar, dass meine Mutter denkt, *der Biathlon* sei ein griechischer Name und der Kerl käme *aus Östersund in Schweden*.

Ich gebe auf.

Genauso wie unsere Gold-Lena, die auch die letzte schwarze Scheibe ignoriert und es vorzieht, das komplette Strafrundenpaket zu schultern. Warum rät man diesem Laufwunder mit Schießbudenniveau nicht einfach dazu, im Vorbeifahren auf die Scheiben zu schießen? Eine Art Drive-by-Shooting für Biathleten. Es würde Zeit sparen, und noch weniger treffen kann sie ja sowieso nicht.

»Hier!« Ohne Vorwarnung bekomme ich einen Stoß Glasschälchen in die Hand gedrückt. »Stell die mal zu den Tellern. Dein Vater wird auch gleich wieder zurück sein.«

»Wo ist Papa denn eigentlich?«

»Der wollte mal kurz rausgehn. Glaub, in den Garten.«

Respekt, Papa, sehr konsequent. Als würde bei fast Minusgraden mitten im November auch nur irgendwas im Garten gemacht werden müssen. Weder Saat noch Ernte dürften zu dieser schattigen Jahreszeit allzu viel Erfolg versprechen. In meiner Mutters Stimme schwingt dennoch nicht der Hauch von Verwunderung oder gar Kritik.

Als Nächstes sehe ich, wie meine Hände den Tisch eindecken. Mit Tellern, Besteck und einem halben Dutzend LEONARDO-Glasschälchen, die niemand benutzen wird. Nicht einmal meine Mutter. Sie wird die gleiche Ausrede wie immer benutzen: »Ich habe doch schon beim Kochen und Zubereiten so viel davon gegessen.«

Wenn ich dann irgendwann nach dem Essen meinen Heimweg antreten werde, wird sich die Verabschiedung nach einer perfekt einstudierten und sich niemals ändernden Choreografie abspielen: Mama wird mir beim Verabschieden noch eine prall gefüllte Jutetasche in die Hand drücken. Darin wird sich die komplette Sortimentsauswahl der örtlichen Lebensmittelläden wiederfinden. So werde ich mit an Sicherheit grenzender Wahrscheinlichkeit mindestens die drei obligatorischen Dosen Hausmacher Leberwurst mit dem Aufkleber der *Metzgerei Paul Roth* und dem unvermeidbaren Kommentar überreicht bekommen: »Die isst du doch so gerne.« Und das, obwohl ich bereits seit der Grundschule weder Hausmacher noch in irgendeinem anderen Produktionsverfahren hergestellte Leberwurst auch nur riechen kann. Dazu stehen die Chancen auf ein Zwei-Pfund-Bauernbrot mit Kümmel sowie ein halbes Blech Zwiebelkuchen ausgesprochen gut, da das traditionelle Backhausfest der freiwilligen Feuerwehr am geteerten Ortsmittelpunkt erst gestern sein Ende fand. Und alles nur, um den kompletten Schimmelflokati samt Jutetasche nach neun Tagen in einer von gewaltigem Ekel getriebenen GSG-9-Aktion wieder aus meinem Kühlschrank zu bergen und in der Öko-Tonne zu entsorgen.

Ob Steffi auch so geworden wäre und ich mir ein eigenes Gen hätte zulegen müssen? Ein *Mach-ich-Mor-Gen* oder vielleicht ein *Ich-bleib-heute-einfach-mal-im-Bett lie-Gen*?

Bei dem Gedanken daran muss ich unweigerlich schmunzeln und sehe dazu einige Personen vor meinem inneren Auge applaudieren: Magdalena Neuner, Jens Weißflog und einen italienischen Friseur namens Ponza.

Ein Südseeatoll von Steffi

Es war eine furchtbare Nacht, in der ich kaum schlafen konnte. Erst hatte Hubsi nebenan wieder lauten Herrenbesuch, und dann rumorte mein Magen nach dem ganzen Essen bei meiner Mutter. Es ist Montagmorgen, und ich bin seit einer halben Stunde dabei, meinen Körper davon zu überzeugen, sich zumindest in groben Zügen aus dem Bett Richtung Arbeit zu rollen. Lust darauf verspüre ich weiterhin nur peripher, aber immerhin suggeriert mir mein Job eine Illusion von Alltag und Vertrautheit. Ich wälze mich bis an den äußersten Rand der Matratze, wo jedoch mein Gesicht vom haarigen Hintern des grünen Ogers gebremst wird.

»Shrek, willst du nicht heute für mich an die Tanke?«

Doch mein flauschiger Freund scheint auch eher ein Arbeitsmuffel zu sein. Ich kann ihn verstehen. Ich würde auch lieber mitten in einem schön bewachsenen Wald meine tägliche Arbeit verrichten, als in einer dieselgeschwängerten Luft genervte Taxifahrer abzukassieren.

»Okay, ist ja schon gut. Ich geh ja schon.«

Nach Blasenentleerung und zwei Tassen Kaffee ziehe ich mich an und schleppe meinen trägen Körper von der Küche in Richtung Haustür. Doch vorher entdecke ich, dass die eine Ameise wohl Verstärkung geordert hat. Diesmal haben sich die Krabbler zu gut einem Dutzend vor meinem Fenster zu einer Sitzdemo versammelt. Nur scheinen sie alle tot zu sein.

Ich verlasse den Ort des Ameisenmartyriums und kehre nur Sekunden später mit einem Staubsauger im Schlepptau zurück. Und wusch, wie auf den Berliner Demos zum ersten Mai, fege ich die Sitzblockaden erbarmungslos weg.

»Legt euch nicht mit mir an. Ich habe euch einmal rausgeschmissen und werde es immer wieder tun.«

Mit den Worten *Gehet hin in Frieden* verstaue ich den Staubsauger wieder auf seinem angestammten Platz. Bereits halb aus der Tür, unterbricht das Telefon auch meinen zweiten Fluchtversuch. Genervt drehe ich um und nehme den Hörer ab.

»Ja?«

»Herr Süßemilch?«

»Ja, wer soll wohl sonst in meiner Wohnung ans Telefon gehen?«

»Hier ist die Praxis von Doktor Brandtner. Sie hatten sich bei uns Blut abnehmen lassen. Sie wissen schon: für das von Ihnen gewünschte große Blutbild.«

»Äh, ja«, versuche ich, mich wieder zu beruhigen. »Ich erinnere mich. Was ist damit?«

»Kleinen Moment, ich stelle Sie mal zu Doktor Brandtner durch.«

Die Zwischenmusik mit dem Stück »Mack the knife« von Frank Sinatra erklingt. Ein seltsames Lied für einen Arzt, denke ich noch und warte auf die Stimme des Praxishäuptlings. Doch das scheint sich etwas länger zu ziehen. Frankie singt auch die zweite Strophe ohne Unterbrechung souverän runter, und ich mache mir Gedanken, ob es einen bestimmten Grund für den Anruf gibt. Aber was sollte ich schon haben? Die Bluterkrankheit scheidet aus. So oft, wie ich mir schon die Tapete aufgerissen habe und meine Wunden verheilt sind, kann das schon mal nicht sein. Syphilis? Schon lange nicht mehr als Seemann die Häfen dieser Welt angesteuert. Kein außergeschlechtlicher Verkehr in der Beziehung gehabt. Ich bin safe und clean.

»Herr Süßemilch?«

»Ja, hallo, Herr Doktor. Ihre Arzthelferin meinte, dass mit meinem Blutbild etwas nicht stimme.«

»Vielleicht.«

»Was heißt vielleicht?«

»Zunächst einmal sind alle großen Werte so weit im Normbereich. Hämoglobin, Hämatokrit, Thrombozyten und alle weiteren Werte sind okay.« Die einzelnen Infos hören sich für mich zwar wie die Aufstellung der griechischen Fußballnationalmannschaft an, aber solange die Werte okay sind, soll es mir recht sein. »Vielleicht ein etwas hoher Blutfettwert. Weniger Gegrilltes und dafür mehr Sport würden Ihnen guttun. Laufen gehen, Schwimmen oder so etwas in der Art. Aber das wissen Sie ja.«

»Ja. Weiß ich. Aber das ist doch nicht der Grund, dass Sie mich anrufen, oder? Nur um mir zu sagen, dass ich weniger tierisches Fett zu mir nehmen müsste und stattdessen meinen Hintern durch ein verchlortes Schwimmbecken schieben soll, oder doch?«

»Nein, Sie haben recht. Ganz richtig. Wir haben einen erhöhten Immunglobulinwert festgestellt, der darauf hindeuten könnte, dass Sie sich mit Chlamydien angesteckt haben könnten.«

»Chlamydien?«

Wenn ich bei Günther Jauch auf dem Stuhl sitzen würde, hätte ich mich vielleicht für eine Inselgruppe in der Südsee als Antwort entschieden, aber das hier klingt weniger nach Strand als nach einer hässlichen Krankheit.

»Was soll das denn genau sein?«

»Das ist eine Geschlechtskrankheit, die man aber sehr gut mit Medikamenten ausheilen kann.«

»Geschlechtskrankheit?«

»Ja. Hatten Sie vielleicht, na ja, wie soll ich sagen ... wechselnde Geschlechtspartner in der letzten Zeit?«

Sofort schießt mir die Antwort durch meinen Kopf. Ich nicht, aber meine fremd pimpernde Exfreundin hat mich mit einem Piloten betrogen, der wahrscheinlich alles Leben auf der nördlichen Hemisphäre während seiner Flüge gevögelt hat.

»Oder vielleicht im asiatischen Raum Urlaub gemacht?«

Und die südliche Hemisphäre wohl noch dazu. Und das anscheinend schon eine ganze Weile.

»Nein, habe ich nicht. Aber ich habe womöglich eine andere Erklärung dafür.«

»Na ja, wie auch immer. Ich habe jedenfalls einen Termin für Sie beim Urologen zwecks einer Spermaprobe ausgemacht. Der wird sich das Ganze noch einmal genauer anschauen. Und falls sich mein Verdacht erhärtet, wird er Ihnen die nötigen Medikamente verschreiben. Ist Ihnen das so recht, Herr Süßemilch?«

»Spermaprobe? Sie meinen, ich soll eine Probe meines Spermas in die Praxis bringen?«

»Nicht bringen. Das Sperma muss noch sehr frisch sein. Dann sind die Werte viel genauer als die im Blut. Wie gesagt, es besteht bisher nur der Verdacht.«

»Aha.«

»Nur noch eine Sache. Falls dem so ist, sollten Sie bis zum kompletten Abklingen keinen ungeschützten Sex praktizieren. Falls Sie schon Kontakt hatten, sollten Sie diese Person auch von dem Verdachtsmoment informieren, damit sie sich untersuchen lassen kann. Wie gesagt, ist nichts sonderlich Dramatisches, aber man muss es behandeln.«

»Gut, mach ich. Und vielen Dank.«

Nachdem ich den Hörer aufgelegt habe, baut sich in mir ein nie zuvor gespürter Ärger auf.

Ein Hass-Tsunami der Stufe zehn.

Ein Hurrikan des Zorns.

Ein Tropensturm der blanken Wut.

Diese Schlampe hat mich nicht nur betrogen, sondern mir auch noch dieses Südseeatoll an den Penis gezaubert.

10
Im Bett mit Mushishu und Viagra

»Das war 'ne absolute Katastrophe, Emile.«

»Kann passieren, Kollege. Entspann dich. Du musst halt erst mal mit dem Starspieler Training machen.«

»Was meinst du damit?«

Emile legt mir eine Hand auf die Schulter. Sie riecht nach bleifreiem Benzin. Nach dem Fiasko am vergangenen Samstag habe ich ihm natürlich Bericht erstatten müssen. Und so stehen wir heute beim Schichtwechsel in der Tankstelle, und Emile testet seine Motivationskünste an mir. Während er sich aus seiner grünen OIL!-Thermoweste befreit, stehe ich daneben und lausche seinen geradezu philosophischen Ausführungen zum Thema »Frauen verstehen«.

»Ich lass doch Kollege nicht im Stich. Wir zwei heute Abend. Machen wir so richtig Party.«

»Ne, lass mal. Von Party habe ich genug. Ich will nicht noch einmal einen sprechenden Zebrastreifen kennenlernen, der über hundert Kilo Abtropfgewicht auf die Waage bringt und keine vollständige Kauleiste besitzt.«

»Wie meinst du das?« Emile schaut etwas irritiert. Wahrscheinlich, weil er das Wort Abtropfgewicht nicht richtig zuordnen kann.

»Ach nix. Weißt du, Emile, ich will zwar ein wenig Spaß haben, aber nicht so niveaulos wie bei dieser Freakshow. Und außerdem ohne Verpflichtung, verstehst du?«

»Versteh ich. Genau das machen wir. Vertrau mir. Heute Abend nach der Spätschicht hole ich dich ab.«

Er verabschiedet sich, und tatsächlich steht Emile nach meiner Schicht wie versprochen mit seinem getunten Opel Astra in der Einfahrt.

»Wo geht's hin?«, frage ich halb aus Neugier, halb aus purer Angst vor Emiles geheimer Idee.

»Lass dich überraschen, Kollege.«

Er lächelt und gibt Gas. Ich muss zugeben, er nimmt sich meiner geradezu rührend an, und keine Viertelstunde später parken wir in der Hanauer Landstraße und gehen laut Emiles Beschreibung ins *KingKhameamea*. Was sich anhört wie die Hausaufgabe aus einem Logopädenseminar, stellt sich als szeniger In-Klub heraus.

»Hier ist heute *Greek Culture Club*. Genau die richtige Party für dich.«

»*Greek Culture Club*? Aber du bist doch Albaner.«

»Ja, schon. Aber auf den Partys und in der Location sind die schönsten und coolsten Leute der Stadt, Kollege. Genau das Richtige für uns. Also benimm dich.«

Das nenne ich mal Integration. Bei der Schönheit der Frauen hört selbst die schlimmste Erzfeindschaft auf. Mir soll es recht sein. Denn tatsächlich tummeln sich im Inneren des Klubs unglaublich attraktive Frauen. Nur Emile ist bereits nach fünf Minuten verschwunden, und ich stehe mit meinem Cuba Libre allein an der Theke und grinse mir die Mundwinkel wund. Allerdings ist das Resultat niederschmetternd. Nicht eine einzige Frau lächelt zurück. Nach einer weiteren Viertelstunde entdecke ich Emile an der Theke. Und natürlich ist er umringt von zwei Damen, die zwar mit dem

Rücken zu mir stehen, aber deren langes, gelocktes Haar bis zum Gesäß reicht und damit ein Versprechen voll südländischer Leidenschaft aussendet. Er sieht mich und winkt mich herbei. Ist wohl eine Art Zeichen für mich, dass die beiden Mädels von mir klargemacht werden sollen. Und da ich ja auf einer Mission bin, nehme ich all meinen Mut zusammen und gehe zu ihnen. Ich bin zwar in Sachen lockerer Spruch nicht mehr so ganz *up to date*, aber was kann man bei zwei solch rassigen Griechinnen schon falsch machen. Ich lege entspannt meine Arme um die Schultern der beiden und hau mein Sprüchlein in deren Ohrmuscheln.

»Hallo, ihr süßen Schnecken. Na, alles senkrecht so weit?«

Die beiden drehen sich zu mir um, und ich erkenne, dass man doch so einiges mit einem Spruch dieser Art verkehrt machen kann. Emile versucht, die Situation noch zu retten, indem er mich hastig den beiden vorstellt, bevor diese antworten beziehungsweise zuschlagen können.

»Robert, das sind die beiden Yanakis-Brüder Petros und Georgios. Das sind die Veranstalter und Chefs von *Greek Culture Club*.«

»Ahh.« Ich quäle mich zu einem peinlich berührten Lächeln. Zeitgleich ziehen sich meine Arme von ihren Schultern wie die Ebbe vom Sylter Strand zurück.

»Gut, Kollege, wir müssen aber jetzt auch los. Macht's gut, Jungs.« Schon zerrt mich Emile am Ärmel Richtung Ausgang. »Was war das denn, Robert?«

»Na, ich dachte halt, das wären...«

»Mann. Du weißt schon, dass Südländer da nicht so drauf stehen, von Männern angemacht zu werden? Kannst froh sein, keine gefangen zu haben.«

Ich nicke nur betreten.

»Sorry.«

»Na ja, das war hier ja nur zum Warmmachen. Und jetzt gehen wir richtig spielen.«

Noch bevor ich eine weitere dumme Frage stellen kann, sitze ich wieder im Auto. Auf der Fahrt erklärt mir Emile, dass ich seiner Meinung nach erst mal ein Freundschaftsspiel auf neutralem Boden austragen sollte. Das würde mein Selbstvertrauen stärken. Aha. Keine Ahnung, was er damit meint. Aber es hört sich nicht nach einer weiteren Gangbang-Party an, und das beruhigt mich bereits. Jedoch fällt er trotz meiner Einwände, bitte keine Fußballmetapher mehr zu verwenden, ohne Umschweife in das altbekannte Muster zurück. Ich übergehe eine weitere Andeutung zu diesem Thema und höre mir seine Begründung an.

»Mann, Kollege, bist du total unentspannt. Musst du Erfahrung sammeln.«

»Na ja, so unerfahren bin ich nun auch nicht.«

»So? Mit wie vielen hast du denn Sex gemacht schon?«

Erwischt. Ich habe gepokert und verloren. Denn vor meiner siebeneinhalbjährigen Beziehung mit Steffi hatte ich ebenfalls eine vier Jahre lange Beziehung. Veronika war meine erste große Liebe und hat mich entjungfert. Später entschied sie sich für ein Medizinstudium in Hamburg und einen Investmentbanker mit erblich bedingtem Haarausfall.

»Meinst du mit meiner Ex oder ohne?«

»Kollege, wie viele?«

»Zwei«, gebe ich zu und schiele aus den Augenwinkeln zu ihm herüber.

Emile schüttelt den Kopf. Verächtlich wiederholt er die Zahl: »Zwei.« Dann biegt er ab, und wir stoppen auf einem Parkplatz, über dem ein großes Schild angebracht ist: *FKK Club Palace.*

Ich ahne Fürchterliches, doch Emile schiebt mich ohne ein weiteres Wort durch die Eingangstür des Klubs.

»Emile, das ist jetzt aber kein Puff, oder?«

»Nein, is nix Puff. Ist viel besser, und jetzt entspann dich.«

Im Empfangsbereich des Klubs erwartet uns eine circa fünfzigjährige Blondine mit rosafarbenem Lipgloss und einer derart sonnengegerbten Haut, dass sie eine Bereicherung für das Deutsche Ledermuseum in Offenbach darstellen würde. Sie erinnert mich an irgendjemanden, ich komme jedoch nicht darauf, an wen.

Hoffentlich kennt sie mich nicht von der Tankstelle, schießt es mir durch den Kopf. Das wäre dann wohl hoffentlich auch Emile unangenehm. Die Frau macht aber einen netten Eindruck und fragt, ob wir schon einmal hier gewesen wären. In diesem Moment überlege ich mir, welche der Fakten mir eigentlich peinlicher ist: Dass ich zugeben muss, noch nie in solch einem Laden gewesen zu sein, dass sie mich von der Tankstelle kennen könnte oder dass ich den Begriff Lipgloss sofort griffbereit in meinem Kopf gespeichert habe.

»Sind beide Stammgäste«, antwortet Emile für mich mit. Danach erklärt er mir, dass man immer sagen solle, schon mal hier gewesen zu sein. Das würde mich bei den Damen vor Abzocke schützen, da viele der Frauen sonst mehr Geld verlangen würden als nötig.

Aha. Aber ist ja kein Puff. Schon klar, Emile.

Aus den Augenwinkeln erkenne ich, dass die Empfangsdame zum Glück nicht repräsentativ für die aktive Belegschaft ist. Denn tatsächlich, eine absolute Hammerfrau verabschiedet gerade einen Mann, der ihr zum Abschied noch einen Kuss auf den Mund gibt. Und ich dachte immer, dass Damen aus dem horizontalen Gewerbe sich nicht küssen lassen.

»Deine Schuhgröße?«

Ich glaube mich zunächst verhört zu haben und frage daher bei der Lipglosstante nach.

»Wie bitte?«

»Deine Schuhgröße, bitte.«

Die Sonnengegerbte fragt mich tatsächlich nach meiner Schuhgröße, und ich wäge ab, ob dies womöglich eine Metapher für die Ausmaße meines Glieds sein könnte. Dennoch antworte ich wahrheitsgemäß mit Größe zweiundvierzig und warte wahlweise auf einen respektvollen Blick oder schallendes Gelächter. Beides bleibt aus, und ich bekomme tatsächlich Badelatschen gereicht. Sofort muss ich an Adilette von der Natascha-Party denken und stelle für mich die schlüssige These auf, dass er wahrscheinlich direkt von hier zu der Party gefahren ist und einfach nur vergessen hatte, sich der Latschen zu entledigen.

Wir gehen zu den Umkleidekabinen, und auch Emile sieht orientierungslos aus, was mich wundert. Ich hätte wetten können, er haut hier seine gesamte Kohle von der Tankstelle in einer Nacht raus. Ein großer Raum mit unendlich vielen Spinden empfängt uns. Ganz so wie in einer großen Therme. Rasch pellen wir uns aus unseren Klamotten, und ich beobachte, was Emile als Nächstes macht, um nicht negativ aufzufallen. Okay, er wickelt sich sein Handtuch um die Hüften. Ich tue es ihm gleich und verstaue den Rest der Kleider im Spind.

Nach einer kurzen Dusche und einem Handtuchwechsel gehen wir vorbei an einem großen Buffet ins Innere des Klubs. Ich muss sagen, dass ich meine Vorurteile tatsächlich in keiner Weise bestätigt sehe. Keine siffigen Räume mit abgewrackten Frauen, die sich schwitzenden, alten Männern hingeben müssen und sich dann wieder peinlich berührt um die nächste Ecke schieben.

Die Atmosphäre gleicht eher einem Wellnessbereich. Es gibt hier eine Sauna, Dampfbad, Kino, Relaxliegen und Massagebereiche. Und die Frauen sind mit Abstand das Attraktivste, was ich seit Langem gesehen habe.

Wir setzen uns an die Bar, und ich begehe den ersten Fehler, indem ich mir ein Bier bestelle. Die Bedienung erklärt mir, dass es hier keinen Alkohol gibt. Außer Champagner. Und der kostet extra. Aber vierhundert Euro möchte ich im Moment dann doch nicht für eine Flasche Puffbrause ausgeben und entscheide mich daher für eine Cola.

»Die Softdrinks sind frei, ebenso das Essen an unserem Buffet«, erklärt mir die nette Bedienung, die in mir den totalen Newcomer zu erkennen scheint und mich im Anschluss noch über ein paar weitere Grundregeln aufklärt.

Bevor ich den ersten Schluck nehmen kann, schubst mich Emile an und hält mir unter dem Tresen eine Faust entgegen. Als ich meine Hand ausstrecke, drückt er mir eine kleine blaue Pille in die Hand.

»Scheiße, Emile. Was ist das?«

»Kein Problem, Kollege. Nix Drogen. Nur Versicherung.«

»Versicherung? Was für 'ne Versicherung soll das denn sein?«

»Damit du auch in Verlängerung noch Zweikampf machen kannst.«

Ich schaue die rautenförmige Pille an.

»Is Geschenk. Macht nur dein Freund stabil.«

Jetzt verstehe ich. Emile hat mir ein Viagra geschenkt. Als ob ich so etwas brauchen würde.

»Brauch ich nicht«, sage ich deswegen auch gleich und reiche sie ihm zurück.

»Behalt sie. Für Notfall.«

Robert, es ist nicht die Zeit für Angsthasen. Trotz aller

Horrormeldungen, die man schon gehört hat – angefangen von Blindheit und tagelangen Dauererektionen –, entschließe ich mich also zu einem Selbstversuch und spüle die Pille mit meiner Cola runter. Als ich mich wieder umdrehe, hat Emile sich bereits einer der Damen gewidmet.

Unglaublich. Sobald Frauen in unmittelbarer Nähe auch nur die gleiche Luft atmen, setzt sich in Emiles Unterleib automatisch ein Hitze suchender Gefechtskopf in Bewegung.

Sie hat eine gewaltige, brünett gelockte Mähne, in der sie ihre achtköpfige Familie über die grüne Grenze Litauens schmuggeln könnte. Jedoch überprüfe ich aufgrund der Vorgeschehnisse des Abends mit einem weiteren Blick, ob es sich nicht um den dritten Kerl der Yanakis-Brüder handeln könnte, was sich aber als wirre Fantasie erweist, als sie sich umdreht. Sie hat einen absoluten Traumkörper, und ihre Größe variiert zwischen hundertfünfzig und hundertsiebzig Zentimeter. Je nachdem, ob man sie mit ihren High Heels misst oder ohne. Emile flüstert ihr etwas ins Ohr, und sie ruft eine ihrer Freundinnen zu uns herüber und deutet dabei auf mich. Sofort kommt eine zierliche Blondine um die Theke und küsst mich zur Begrüßung links und rechts auf die Wangen. Ich tippe auf das Baltikum.

Sie benutzt *Cashmere* als Parfüm, was ich noch von Steffi kenne. Das ist zwar nicht gerade stimmungsfördernd, gibt mir aber ein seltsames Gefühl von Vertrautheit. Außerdem trägt sie so viel Rouge, Make-up, Kajal und Lippenstift in ihrem hübschen Gesicht, dass man damit den kompletten *Cirque du Soleil* showfertig schminken könnte. Nach der Begrüßung setzt sie sich auf meinen Schoß und erklärt in gebrochenem Deutsch, dass sie aus dem transsilvanischen Teil Rumäniens stamme.

Da lag ich diesmal mit dem Baltikum ja nur unwesentlich falsch.

Sie fragt, ob ich Lust auf etwas Gesellschaft hätte. Mich wundert es, wie in ihrem spärlichen deutschen Wortschatz das Wort *Gesellschaft* Platz finden konnte. Ich wehre aus alter Beziehungsgewohnheit dankend ab, was sie jedoch nicht davon abhält, mir unter das Handtuch zu greifen.

Ich gebe zu, dass ich diese Art der Unterhaltung zwar befremdlich, aber interessant finde, ich bin ein weltoffener Mensch, und wenn man in Rumänien seine Gäste so begrüßt, möchte ich nicht unhöflich wirken.

Sie flüstert mir etwas ins Ohr, was ich aber abgelenkt durch Cashmereduft und wachsender Untenrum-Begeisterung nicht ganz verstehe.

Ich entziffere es als *Mushishu*.

Schöner Name, denke ich, auch wenn er sich eher nach Winnetous Schwägerin anhört als nach Draculas Nachkommen.

»Angenehm, Robert.«

Sie schaut verdutzt. Robert scheint ihr ebenso fremd zu sein wie mir Mushishu. Jedoch schüttelt sie mir die Hand und widmet sich sofort wieder dem Untermieter im Handtuch und säuselt wieder ein *Mushishu* in mein Ohr. Ich zwinkere ihr zu und flüstere nun zurück in ihr Ohr, wobei mir unentwegt ihr Duft in die Nase steigt.

»Schön, Mushishu ist schön.«

»Gefällt dir Mushishu?«

»Ja, Mushishu gefällt mir. Und Mushishu riecht auch verdammt gut.«

Ich habe gelernt, dass es Frauen sehr schätzen, wenn man sie auf ihr Parfüm anspricht. Allerdings scheint die Wirkung bei Mushishu erst verzögert einzusetzen. Sie schaut mich aus ihren großen braunen Augen an und ist für einen Moment sprachlos.

»Mushishu riecht gut?«

»O ja. Ich mag ihren Duft und auch ihre Haare.«

Das zweite große Plus, neben dem Parfüm, um eine Frau zu bezirzen, ist definitiv ein Kompliment über ihre Frisur. Danach kommen mit großem Abstand Augen, Hände und – abgeschlagen – die Figur, da man hierbei in zu viele Fettnäpfchen treten kann.

»Du mögen Haare bei Mushishu?«

»Ja, ich liebe es, darin zu wühlen. Übrigens würden Mushishu Strähnchen auch gut stehen.«

Nun befürchte ich, einen Schritt zu weit gegangen zu sein. Eine Frau aufgrund ihrer Naturhaarfarbe zu kritisieren, ist ein Fauxpas. Das hätte mir nicht passieren dürfen, auch wenn ihr ein paar Strähnen tatsächlich hervorragend stehen würden, da so ihre mandelbraunen Augen noch besser zur Geltung kommen würden. Schon reagiert Mushishu wie befürchtet. Sie setzt sich brüskiert auf und wirft sich in Pose.

»Nix Strähnen färben.«

Emile hat derweil ein Mädchen auf Albanisch angesprochen, die auf den ersten Blick so jung aussieht, dass sie Emiles uneheliche Tochter sein könnte.

Auf den zweiten auch.

Und da ich Emiles ausschweifendes Sexleben kenne, bin ich mir beim dritten Blick schließlich sicher, dass sie es wahrscheinlich auch tatsächlich ist.

Jedenfalls dreht er sich besorgt um und fragt Mushishu, was denn passiert sei. Sie berichtet ihm mit ausladenden Handbewegungen. Erstaunlich, dass ein Kosovo-Albaner auch Rumänisch spricht.

Plötzlich verfällt er in einen nicht enden wollenden Lachanfall. Mushishu schaut erst verdutzt, dann spricht Emile erneut mit ihr, und auch sie überkommt ein Lachanfall. Ich stimme einfach mit ein und bin froh, dass ich kein traditionelles Familiengesetz gebrochen habe und keinen nächtlichen Überfall ihrer Brüder und Cousins befürchten muss.

»Kollege, du bist Spaßvogel.« Emile klatscht mir mit flacher Hand auf die nackte Schulter, was übrigens richtig wehtut.

»Warum, was hat Mushishu denn falsch verstanden?«

»Mushishu?« Emile lacht. »Mushishu hat nix falsch verstanden. Sondern du, Kollege. Sie heißt Sophia un nix Mushishu. Sie hat nur gefragt, ob du eine Muschi-Show willst. Verstehst du, Muschi zeigen und dran rumspielen – mit Dildo und so.«

Herr, lass diesen Boden sich öffnen, damit ich darin versinken kann! Daher auch die seltsame Reaktion im Hinblick auf meine freudige Äußerung zu Geruch und Haare bei Mushishu oder besser gesagt Muschi-Show. Mir ist es unheimlich peinlich, doch zumindest habe ich es mit Sophia nicht verbockt. Sie kommt zu mir zurück, gibt mir einen weiteren Kuss auf die Wange und wiederholt extra langsam für mich.

»Lust auf Muschi-Show?«

Mir ist nun fast alles egal, und ich nicke. Sie greift sich daraufhin ihre Handtasche und schleift mich hinter sich her. Ich drehe mich noch schnell zu Emile um, der mir zuprostet und mir viel Spaß wünscht.

Das Zimmer ist ein Fantasieraum aus Tausendundeine Nacht. Sehr verspielt, mit großem Spiegel und breitem Bett. Sophia, die nicht Mushishu heißt, breitet ein breites Laken aus und legt sich in ihrer vollen Pracht nieder. Ich setze mich neben sie und suche nach passenden Worten, dass ich aufgrund der vorangegangenen Situation vielleicht etwas länger brauche, um in Stimmung zu kommen. Doch als sie mit ihren Fingern meine Innenschenkel hinauffährt, bemerke ich eine angenehme Überraschung. Das Viagrazeug wirkt schneller und vor allem intensiver, als ich dachte. Das Handtuch spannt sich wie ein Segel im Sturm über meinem Schoß, und ich muss zugeben, dass ich stolz auf diese Erektion bin. Sophia löst das Handtuch und streichelt mich weiter an den Innenschenkeln.

Dann holt sie eine kleine Flasche mit Massageöl aus ihrer Handtasche.

»Nix Muschi-Show, Sophia macht Besseres.« Sie lächelt und drückt meinen Oberkörper auf das Bett. Für einen kurzen Moment muss ich an Doktor Brandtners Bedenken bezüglich ungeschützten Sex wegen der Chlamydiengefahr denken, aber Mushishu hat schon einen Kautschukschützer übergeworfen. Gut so.

Es folgt eine Fellatio der Extraklasse, die ich so noch nicht erleben durfte. Nicht bei Steffi und auch nicht bei meiner ersten Freundin. Immer wieder saugt mich Sophia in sich, und ich muss mich zusammenreißen, doch Florian alias Joachim alias Klassendepp sowie Adilette und Fliegenpilz geben ihr Bestes. Immer wieder rufe ich mir ihre Gesichter ins Gedächtnis, um eine vorzeitige Ejakulation zu vermeiden. Und siehe da, bei Fliegenpilz gelingt es mir, und die erste Lustwelle ist überstanden. Dann träufelt sich Sophia etwas von dem Massageöl auf ihre rechte Hand, führt sie zwischen meine Beine und kreist mit dem Zeigefinger um meinen Anus. Bisher hatte ich noch nie das Bedürfnis, meinen Anus entjungfern zu lassen, doch mit dieser Zauberin fühlt es sich seltsamerweise spannend an, und ich gewähre.

Während sie mich mit dem Mund weiter verwöhnt, dringt sie mit ihrem Finger tiefer ein, und ein Teilnehmer nach dem anderen verabschiedet sich von meiner Kopfparty. Erst Florian alias Joachim alias Klassendepp, dann Adilette und zum Schluss sogar Fliegenpilz mit all seinen gepunkteten Details. Ich stehe an der Grenze zum größten Orgasmus der Menschheit. Ich zucke bereits in freudiger Erwartung, und Sophia gibt ihre Bewerbung für ein texanisches Bohrfeld ab, als es genau in dieser Sekunde plötzlich an der Tür klopft.

»Besetzt«, ruft Sophia genervt, und ich feiere sie dafür, dass sie um mein Vergnügen kämpft.

Es kann sich nur noch um Millisekunden handeln, da schwingt die Tür auf, und eine markante Männerstimme ertönt.

»So, jetzt ist mal Schluss hier. Polizeikontrolle. Bitte kommen Sie beide mit.«

Ne, oder?!

Sofort springt Sophia aus dem Bett, legt sich mein Handtuch um die Hüften und rauscht unter rumänischen Flüchen aus dem Zimmer.

Man kann Viagra viel vorwerfen, doch eines sicherlich nicht: dass die Wirkung nicht wirklich umwerfend ist. Ich sitze mit gesetztem Segel auf dem Bett und blicke mittlerweile in vier Beamtenaugen. Die beiden Staatsdiener können sich nur sehr schwer zusammenreißen, um nicht laut loszulachen.

Da sich Mushishu im ersten Schock und voller Scham meines Handtuchs bemächtigte, stehe ich nun vor einem großen Problem. Vielmehr steht *er* groß, und das *ist* mein Problem. Aufgepeitscht durch Emiles Viagraimpfung hat mein Penis die Standfestigkeit der Berliner Siegessäule angenommen und droht, allen Widrigkeiten zu trotzen. Weder Wind, Wetter, der Klimawandel noch die bescheuerte Nutellawerbung unserer Fußballnationalspieler wird dieses Jahrhundertwerk deutscher Baukunst jemals erschüttern können.

Die beiden Beamten geleiten mich durch den mittlerweile hell erleuchteten Innenbereich des Klubs. Da sich unser Zimmer im hinteren Teil des Gute-Laune-Tempels befunden hat, bin ich der Letzte der dämlich dreinblickenden Herren, die in den vorderen Bereich geführt werden.

Dort hat man die Geschlechter bereits sittengerecht aufgeteilt. Die aufgestylten Kolleginnen von Mushishu auf der einen, Geschäftsmänner und dickbäuchige Ehemänner auf der anderen Seite. Die Uniformierten haben sich hingegen die Mittelplätze gesichert und dort eine Art Spalier gebildet, das ich nun, flankiert von meinen beiden Bodyguards, durchschreiten soll. Es folgt der peinlichste Moment meines bisher so gesitteten Lebens.

Obwohl die Situation wohl für alle Anwesenden nicht gerade als angenehm bezeichnet werden kann, bildet sich binnen Sekundenbruchteilen eine erstaunliche Solidarität innerhalb der anwesenden Gruppen. Sozusagen eine Art Achse des Gaffens.

Sowohl die noch eben um ihre Aufenthaltsgenehmigung bangenden Osteuropäerinnen als auch die fettbäuchigen Sumo-Ehemänner bündeln ihre Blicke und schleudern sie mir verächtlich entgegen. Und selbst die Polizisten und Polizistinnen scheinen ihren Spaß an dieser Darbietung zu haben. Mit knallrotem Gesichtsballon, der die Attraktion jedes chinesischen Drachenfests darstellen würde, setzen sich meine Füße wie ferngesteuert in Bewegung. Vorbei an Uniformierten, feixenden Nutten und sich beeimernden Fleischbergehemännern ziehe ich wie ein Satellit meine unausweichliche Bahn. Meine Siegessäulenerektion bildet dabei den absoluten Mittelpunkt der Ovationen. Man könnte hierbei durchaus von *standing ovations* sprechen.

Okay, Robert, denke einfach an was ganz anderes, sage ich

mir, während ich durch den schmalen Gang tippele und aufpassen muss, nirgends anzustoßen. Meine Erektion steht nämlich in einem solch exakten Fünfundvierziggradwinkel nach vorn ab, als würde ich eine Militärparade des Dritten Reiches abschreiten und solcherart in die Führerloge hinauf grüßen.

Es muss an den vielen Uniformen und dem strammstehenden Spalier liegen, dass mein Hirn mir nur diesen schwachsinnigen Vergleich anbietet. Doch mache ich meinem Hirn keine Vorwürfe. Wie soll es mir auch Intelligenteres anbieten, wenn zwei Drittel meines Bluthaushalts sich in den Adern meines primären Geschlechtsorgans zusammengerottet haben.

Nachdem ich die Nutteninfanterie und das 1. Bataillon der fettschürzigen Ehemänner abgeschritten habe, bringt mir die Sonnengegerbte vom Empfang endlich ein Handtuch, mit dem ich mich sogleich bedecke und beschämt in einen Sessel im Eck sinken lasse.

Nun wird mir auch klar, an wen sie mich erinnert.

Sie ist das Abbild von Lin Shaye in ihrer Rolle als Magda in dem Hollywoodfilm *Verrückt nach Mary*. Genau. Die ältere Dame, die sich mit einem Aluhitzeschild auf den Balkon legt und brutzeln lässt. Alle anderen Herren legen derweil ihre Papiere vor.

»Leck mich am Arsch«, sage ich zu mir selbst und überlege, ob eine Situation noch unangenehmer verlaufen kann.

Ja, sie kann. Und das nur Sekunden später. Denn just in diesem Moment fällt mir ein, dass ich meinen Geldbeutel samt Papiere, auf Anraten von Emile, in seinem Auto gelassen und nur Bargeld mitgenommen habe. Mein Personalausweis befindet sich also noch im Fahrzeug auf dem Parkplatz.

Ich gehe zu einem der uniformierten Kollegen, der mir am jüngsten erscheint und womöglich am meisten Verständnis für mich aufbringen kann. Bevor er mich ansieht, bleibt er an meinem prallen Segel hängen und versucht vergebens, sich ein Lachen zu verkneifen. Ich übergehe dies und stelle mich vor ihn.

»Ähm, entschuldigen Sie, ich habe da ein Problem.«

»Ja, das haben wir alle gesehen.« Der Beamte kichert und kann sich diesen unschönen Seitenhieb nicht verkneifen.

»Ja, sehr witzig, aber das meine ich nicht. Meine Papiere befinden sich in einem Fahrzeug vor dem Gebäude. Dürfte ich die wohl holen?«

Der Polizist bespricht sich kurz mit einem weiteren Kollegen, der aber auch nur ein verächtliches Lächeln für mich übrig hat, jedoch nickt.

»Ich begleite Sie nach draußen«, sagt der junge Polizist schließlich. »Gehen Sie ruhig voran. Das ist mir sicherer.«

Witzig. Vielen Dank auch. Ich gehe nach draußen, noch immer nur in das Handtuch gehüllt. Zu meinem Glück sind außer ein paar lachenden Taxifahrern sonst keine weiteren Leute zu sehen. Doch damit verabschiedet sich mein Glück auch schon ins Wochenende. Denn in diesem Moment breitet das Schicksal seinen bunten Fächer der Überraschungen in all seiner Farbenpracht über mir aus und beweist mir, diesen auch humorlos einzusetzen.

Das Auto samt Emile ist weg.

Ich stehe mitten in der Nacht mit nackten Füßen, einem kleinen Handtuch und einer viel zu großen Erektion auf einem schlecht beleuchteten Parkplatz und schaue in die Augen eines Polizisten, dessen Blick ein Versprechen verheißt, das für mich nach einer Nacht auf der Wache aussieht.

Emile, diese alte Knalltüte aus dem Kosovo. Wahrscheinlich ist er damals illegal eingereist und hat sich mitsamt meinen Papieren nun aus dem Staub gemacht. Ich glaube sogar, seine Stimme im Dunkel zu hören: »Sorry, Kollege. Spielabbruch wegen Unbespielbarkeit des Platzes.«

11
Das KLINGELING-Speed-Dating

Der nächste Tag beginnt, wie der letzte aufgehört hat. Mit Kopfschmerzen und einer Erektion, die so hart ist, dass Fabian Hambüchen seine Olympiakür daran turnen könnte. Wenigstens musste ich die Nacht nicht auf der Wache verbringen. Der junge Polizist fuhr mich netterweise zur Tankstelle, wo ich immer einen Zweitschlüssel deponiert habe. Meine Kollegin der Nachtschicht konnte sich nach dem ersten Überraschungsmoment kaum noch einkriegen und wird mich sicherlich dafür noch die nächsten zwei Jahre aufziehen. Danach fuhr mich der Polizist nach Hause, und ich konnte ihn von der Echtheit meines Daseins überzeugen. Da nichts weiter gegen mich vorlag, kam ich mit einer Ermahnung und einem Haufen dummer Sprüche davon.

Ich tue etwas, was ich sonst nie tue und meine verzweifelte Lage besser widerspiegelt als irgendwas anderes. Ich mache mir eine Kanne Tee.

Dann erkenne ich zu meinem Erstaunen, dass sich der Ameisenbefall doch beharrlicher zeigt als zunächst gedacht. Ganz schön hartnäckig, die Biester, das muss ich schon zugeben. Eine ganze Armee von den Tierchen hat diesmal mein Fensterbrett in der Küche erobert und annektiert. Das Seltsame daran wie auch jedes Mal zuvor: Sie sind anscheinend tot, bewegen sich nicht und wirken dadurch wie ein stummes Aktionskunstwerk aus Madam Tussauds Wachsfigurenkabinett. Ich nenne es die Terrakottaarmee der Insekten, hole erneut meinen Staubsauger und sauge das Kunstwerk mit einem lauten *Wusch* in den Schlund des Staubsaugerbeutels. Nur dröhnt der Lärm des Staubsaugers unerbittlich in meinem Schädel.

Aber ich ziehe es durch.

Euch zeig ich es.

Breitbeinig stelle ich mich nach dem getanen Werk vor mein Fenster und nicke selbstzufrieden. Wer ist hier der Boss?

Im nächsten Moment kommt die Erinnerung an den vergangenen Abend, und ich muss erkennen, dass ich nicht so wirklich der Boss bin.

Wie kann man nur so viel Pech haben? Welche dunklen Mächte haben sich nur gegen mich verschworen, dass ich ständig dermaßen in die Kacke greife?

Wahrscheinlich werde ich mich damit abfinden müssen, nie wieder Sex zu haben. Es soll einfach nicht sein. Ich bin ein Arbeitssuchender in Sachen Sex. Ich bin zwar gewillt und könnte, doch finde ich einfach keine offene Stelle, seit Steffi mich aus dem sicher geglaubten Arbeitsverhältnis fristlos gekündigt hat. Für nicht mehr wertvoll und effektiv erachtet. Ich und mein kleiner Freund wurden von der Gesellschaft aussortiert und nicht mehr benötigt. Und jetzt findet er nicht einmal mehr in einer Teilzeitbeschäftigung in einem Puff Verwendung. Die Wahrheit tut weh, aber ich muss ihr ins Auge sehen: Ich besitze einen Hartz-IV-Penis.

Zu allem Überfluss habe ich mir durch die nächtliche Aktion auch noch eine schöne Erkältung und einen Husten eingefangen. So sitze ich nun schniefend beim Tee an meinem Frühstückstisch und blättere in der Zeitung, um zu sehen, was die Welt heute wieder an Stolperfallen für mich aufgestellt hat. Irgendwann muss es doch auch mal wieder aufwärtsgehen. Eines habe ich für mich jedoch entschieden: keine Privatschlampen oder Puffs mehr. Nie mehr. Das Feld soll Emile bestellen. Ich muss zu meinesgleichen.

Einzige Frage: Meinesgleichen – wer ist das überhaupt? Und wo lernt man diese Leute kennen? Frauen um die dreißig, die kein finanzielles Interesse an einem Treffen haben. Versager wie ich, die an solch einem Tag alleine sind und nach Gesellschaft lechzen. Gibt es so etwas überhaupt? Und schon auf der nächsten Seite der Tageszeitung bekomme ich die Antwort auf meine Frage.

Ja, das gibt es.

Es ist zwar kläglich, aber immerhin ein Lichtstreif am Horizont. Ich muss einfach raus. Koste es, was es wolle. Und selbst wenn es den eigenen Stolz kostet. Ich huste mich schnell noch ein wenig frei, nehme den Hörer zur Hand und wähle die Nummer unter dem Artikel, der mit einer Werbeanzeige des Unternehmens endet.

»Speed-Dating Rhein-Main. Mein Name ist Myriam Volkers, was kann ich für Sie tun?«

»Hallo, Süßemilch mein Name. Ich habe gerade den Artikel und Ihre Werbeanzeige gelesen und würde gerne mal zu solch einem Speed-Dating vorbeikommen.«

»Ja prima, gerne. Welcher Termin schwebt Ihnen denn vor? Dezember? Oder soll es im Januar sein?«

»Wie, Januar? Aber das ist doch nächstes Jahr.«

»Ja, wir sind da ziemlich ausgebucht.«

»Ich würde aber gerne heute Abend kommen. In dem Artikel steht doch was von heute.«

»Oh, Sie sind aber ein ganz Schneller.«

»Deswegen will ich ja auch zum Speed-Dating.«

»Wie bitte?«

»Ach nix. Also, wie sieht es aus? Geht das, oder muss ich erst als Single Weihnachten und Silvester feiern?«

»Sie haben unglaubliches Glück, Herr Süßemilch. Es hat tatsächlich gerade vorhin jemand für heute Abend abgesagt, und uns fehlt nun noch ein Mann. Wenn Sie also Lust haben und spontan sind, dann kommen Sie doch heute Abend um sieben ins Bastos. Kennen Sie die Bar? Ist in Bockenheim.«

»Nee, bisher noch nicht. Aber ich finde das. Kein Problem. Und danke.«

»Gerne, also bis dann.«

Das Telefonat wird beendet, und ich habe ein Date am Abend. Ach, was sage ich. Ich habe sieben Dates.

Eine bizarre Situation. Da sitze ich nun mit dreizehn Artgenossen in einer großen Runde und warte darauf, dass der Plumpssack in der Erwachsenenversion endlich beginnen möge. Wir, die Aussätzigen unserer Gesellschaft. Die Singles, die Versager, die sich im trüben Licht einer Hinterhofbar zu einer Art Selbsthilfegruppentreffen zusammengerottet haben, um die letzte Chance zu nutzen, doch noch irgendwie Anerkennung zu finden und in die Riege der vollwertigen Bürger zurückzukehren. Da sitzen wir nun, dreizehn sich wie Aussätzige fühlende Erwachsene und schauen verängstigt in der Bar umher. Eine der Frauen fehlt noch, soll aber noch dazustoßen. Wir werden also zu vierzehnt sein. Sieben Malaria-Single-Männer an sieben kleinen Tischen gegenüber von sieben Lepra-Single-Frauen, und wir warten auf den Startschuss, um in einem Sieben-Minuten-Rhythmus uns gegenseitig unser Leid zu klagen. Nur um darauf wie Ebbe und Flut jeweils einen Tisch weiterzugezeiten und das gleiche Leid nochmals zu wiederholen. Sieben Mal.

Meine Taktik besteht darin, mir nicht im Voraus die beteiligten Damen anzuschauen, um nicht schon vorher das Handtuch zu werfen. Was soll da schon Brauchbares dabei sein? Ich sitze unten im Gully, im Rost, wohin nur das findet, was oben an der Erfolgsoberfläche für nicht wertig befunden und achtlos weggeworfen wurde.

Bei der eigenen Konkurrenz sehe ich das nicht so eng. Die will ich mir schon genau ansehen. Aus den Augenwinkeln checke ich meine Mitstreiter und schätze meine Chancen als gut bis sehr gut ein. Drei der Herren sind offensichtlich aus gutem Grund nicht das erste Mal hier und werden, falls die männliche Rasse nicht bis morgen früh an den Rand des Aussterbens gedrängt wird, auch nicht zum letzen Mal hier sein. Einer wäre bei einem Treffen der Weight Watchers besser aufgehoben, macht aber ansonsten einen durchaus netten Eindruck. Der Typ daneben kaut die ganze Zeit an den Fingernägeln und wirkt dabei so nervös, dass man nicht weiß, ob er auf Entzug oder Freigang ist. Nur der Letzte könnte mir gefährlich werden. Er sieht eigentlich viel zu gut für solch ein Treffen der Gescheiterten aus, ist passabel angezogen und wirkt sehr souverän. Er lächelt mich sogar höflich an und nickt mir zu, wie sich Boxer vor ihrem Kampf noch einmal die Fäuste reichen. Dich werde ich im Auge behalten.

Und dann geht es los. Myriam, die sich als leicht adipös anmutende Enddreißigerin mit progressiver Dauerwelle aus den Achtzigern und herzerfrischend kehligem Lachen herausstellt, begrüßt uns alle mit Handschlag und einem Mini-Hanuta, die sie auch überall auf den Tischen verteilt hat. Nein, wie allerliebst. So gewinnt man also das Herz eines geschlechtsreifen Mitteleuropäers. Mit gebackenen Haselnusstafeln auf Taschenformat.

Wer hätte das gedacht?!

Schon jetzt habe ich also etwas fürs Leben gelernt. Ich kann nur hoffen, dass der Wissensschatz unserer Kupplerin über gebackene Haselnusstafeln hinausgeht.

Kurz erklärt sie die Spielregeln des Speed-Datings.

»Nach genau sieben Minuten werde ich jeweils ein Glöcklein klingeln, das den Männern signalisiert, einen Tisch weiterzurücken. Nach jeder Runde notieren dann alle Teilnehmer den Namen des Gegenübers und machen ein Kreuzchen, ob sie sich ein weiteres Treffen mit dieser Person vorstellen können. Falls es eine Übereinstimmung geben sollte, werde ich Sie in den nächsten Tagen per Mail benachrichtigen und Ihnen die Mailadresse des jeweils anderen zukommen lassen.«

Okay, so weit habe ich das also verstanden: Glöcklein klingeln, hinsetzen, labern, Kreuzchen bei Ja oder Nein machen und dann weiterrücken, damit die nächste gescheiterte Existenz eine Chance auf Reproduktion haben kann.

KLINGELING

Das Glöckchen deutet den Aussätzigen den Beginn des Spiels an. Bewaffnet mit Stift und Block nehme ich an einem der freien Tische Platz und lasse ängstlich meinen Blick nach oben, zu meiner ersten Kandidatin, wandern.

»Hi, ich bin die Kerstin.«

Hm, sie sieht eigentlich ganz normal aus. Gar nicht so, wie ich es mir vorgestellt habe. Sie ist jetzt kein Knaller, aber durchaus tageslichttauglich. Und sprechen kann sie anscheinend auch fließend.

»Robert.«

»Bist du das erste Mal hier bei so einem Speed-Dating?«

»Ja, bin sozusagen eine Sieben-Minuten-Jungfrau.«

Sie lacht und legt ihre weißen Zähne frei. Das bedeutet

wohl, dass ich den ersten Treffer gelandet habe. Irgend so ein schlauer Mann sagte mal, wenn man eine Frau zum Lachen bringen kann, kann man sie auch ins Bett bekommen. Wollen wir doch mal sehen und hoffen, dass der Spruch nicht von einem Zirkusclown stammt.

»Meine Jungfräulichkeit habe ich schon lange verloren.«

»Ach?«, wundere ich mich. »Wie jetzt?«

»Na, ich meine... die Speed-Dating-Jungfräulichkeit.«

»Ach so. Ja, natürlich. Schon klar.«

»Es ist mein viertes Mal. Das erste Mal dachte ich: He, gar nicht so schlecht. Beim zweiten und dritten Termin war es aber echt scheiße.«

»Und beim vierten?«

»Hm, mal schauen.« Kerstin grinst. »Bisher läuft es aber ganz gut.«

»Ja, finde ich auch. Du machst einen echt sympathischen Eindruck.«

»Danke. Du aber auch.«

Mensch, Robert, das läuft hier ja wie geschnitten Brot. Das ist deine Welt. Der Small Talk. Wie an der Tankstelle, nur mit besseren Frauen und Mini-Hanuta. Wir quatschen im Anschluss noch ein wenig, dann nehme ich all meinen Mut zusammen.

»Du, Kerstin, vielleicht sollten wir mal...«

KLINGELING

Das verdammte Glöckchen nervt mich jetzt schon. Das ist doch absoluter Schwachsinn.

»Na dann, Robert. Machen wir mal unsere Kreuzchen.«

»Ja, machen wir. War sehr nett, Kerstin.«

Noch ein letztes Lächeln, und ich rücke weiter. Das Kreuzchen habe ich schon mal sicher. Und eigentlich will ich gar nicht mehr weiterrücken. Kerstin würde mir genügen. Eine nette Affäre mit einer netten Frau. Schnell setze ich hinter den Namen KERSTIN ein dickes Kreuz in das Ja-Kästchen.

KLINGELING

Ist ja gut, ich sitz ja schon. Vor mir ein Tisch mit einer aufgetakelten Rothaarigen mit zu viel Schminke und zu wenig Beinfreiheit. Denn kaum sitze ich am Tisch, habe ich schon einen Fuß zwischen meinen Beinen.

»Hallo…« Sie versucht, Erotik zu hauchen, doch bei mir kommt nur eine dünne Zigarettenfahne mit Balkanakzent an. »Bist du einsam?«

»Wer, ich?« Ich rutsche auf meinem Stuhl zurück und versuche, ihr mit meinen Beinen zu entfliehen. Es entsteht unterhalb der Tischplatte ein wildes Gewühle von Beinwirrwarr. Zwei schwarze Strumpfhosenbeine jagen dabei meine auf der Flucht befindlichen Levisstelzen. Binnen Sekunden entsteht ein gordischer Knoten der Liebesflucht.

»Na klar du. Ich bin es auch, bin eine Frau mit Feuer und weiß, was ich will. Meine Familie gehört seit Generationen zum fahrenden Volk in Rumänien. Deswegen brauche ich auch im privaten Leben immer Abwechslung und Neues. Verstehst du?«

O ja, ich versteh dich ziemlich gut. Du bist eine notgeile Zigeunerin, die für heute Abend einen Begatter sucht und mir daher wie ein rolliger Border-Collie ans Bein will.

Anstatt ihr aber genau das zu sagen, bringe ich nur ein klägliches »Aha« hervor. Ich bin zwar auch auf der Suche nach einem Abenteuer, aber nicht mit dieser Person.

»Ich bin heiß.«

Warum klingelt dieses verdammte Glöckchen denn nicht, wenn man es braucht?

»Lass uns von hier verschwinden und zu dir nach Hause gehen, mein starker, deutscher Mann.«

Ja klar, damit mir deine vierzehn Brüder und die restliche Verwandtschaft hinter dem Rücken die Bude ausräumen.

KLINGELING

Na endlich. Ich hatte mir aus lauter Verzweiflung aus vier Hanutapapieren schon drei Hütchen und ein Kügelchen gebastelt und gehofft, dass ich mit dem Hütchenspiel vielleicht einen Schlüsselreiz bei ihr ansprechen würde.

»Schönen Abend noch.«

Noch am Tisch mache ich das Kreuzchen bei Nein. Und zwar so, dass sie es auch mitbekommt. Bloß keine Hoffnungen schüren. Wehmütig sehe ich zu Kerstin hinüber, die gerade einen der beiden hoffnungslosen Fälle verabschiedet. Unsere Blicke treffen sich, und sie verdreht ihre Augen. Ihr schien es also auch nicht besser ergangen zu sein. Sehr gut, das lässt meine Chancen weiter wachsen.

KLINGELING

Vorsichtig sondiere ich die Frau am nächsten Tisch. Blonde Haare, Brille, Pagenschnitt, Rollkragenpullover. Definitiv keine Zigeunerin oder wie es politisch korrekt jetzt heißt: Rotationseuropäerin.

»Ich bin der Robert«, trete ich die Flucht nach vorn an. Was soll jetzt schon noch schlimmer werden. »Und wie heißt du?«

Nichts.

Zunächst denke ich, dass sie mich vielleicht nicht richtig verstanden hat. Und wiederhole meinen Namen noch einmal.

»Robert. Hi. Und wer bist du?«

Stille.

Sie schaut schweigend an mir vorbei, dann senkt sie den Blick unter den Tisch, wo in diesem Moment auch mein Selbstvertrauen landet. Stinke ich? Kenne ich sie von früher aus der Schule und habe sie gehänselt?

»Tut mir leid, wenn ich irgendwas Falsches gesagt habe.«

Nix.

Ich entscheide mich dafür, sie nicht weiter zu belästigen, und nehme die Position des stillen Beobachters ein. Ganz neutral. Ja, man könnte sagen, ich bin wie die Schweiz, nur mit messbarem Puls und Hanutageschmack im Mund. Stumm sitzen wir uns gegenüber und versuchen, uns dabei nicht anzusehen. Außer zwei kurzen Ausrutschern gelingt mir das ganz hervorragend: Einmal nehme ich mir auch noch das letzte Hanuta vom Tisch, das in der Tischzone mehr auf ihrer, der schweigenden Seite liegt und schaue sie kurz an, um zu sehen, ob sie vielleicht doch Anspruch darauf erheben möchte. Aber sie nimmt keine Notiz von mir, der personifizierten Schweiz, oder auch nur irgendetwas anderem. Den zweiten Blick riskiere ich beim Ertönen des Glöckchens, als ich ihr beim Aufstehen direkt in die Augen schaue und mir einen letzten, bissigen Kommentar nicht verkneifen kann.

»Du hast eine zauberhafte Stimme, lass uns mal telefonieren.«

Fast routinemäßig wechsele ich wieder mit Kerstin einen kurzen Blick. Augenrollen, Lächeln, alles im grünen Bereich.

Die nächsten drei Runden laufen besser als die letzten beiden, aber deutlich schlechter als die erste mit Kerstin. Dann ertönt das letzte Glöcklein.

KLINGELING

Ich setze mich hin und... Wow! Eine super attraktive Brünette sitzt mir im Halbschatten lasziv gegenüber und deutet mir mit einem Augenaufschlag an, doch bitte Platz zu nehmen. Das muss die verspätet aufgetauchte Frau sein. Noch bevor mein Hintern den Stuhl berührt, kreuze ich im Geiste meinen Zettel mit Ja an und zerreiße alle anderen. Auch den mit Kerstin. Okay, sie war nett, aber das hier ist ein Volltreffer. Eine zwölf auf der Skala von eins bis zehn. Eine Meerjungfrau in diesem Goldfischglas. Eine Geheilte unter den Aussätzigen.

»Angenehm, mein Name ist Justine.«

Sie reicht mir höflich die Hand, und ich überlege mir, ob ein Handkuss angebracht wäre, merke dann jedoch, dass auch sie einen kräftigen Händedruck bevorzugt, und lächle sie schüchtern an. Mein Mund trocknet binnen Sekunden zu einer Salzwüste aus, und ich kann ihr kaum antworten. Allein der Name: Justine, ein französisches Versprechen auf Leidenschaft, Liebe und Leben.

»Robert. Hallo, Justine.«

Ich musste den Namen einfach noch mal wiederholen. Ihn nur einmal aussprechen, um ihr damit wenigstens verbal nah sein zu dürfen. Ein Zungenkuss der Phonetik.

»Und, wie läuft es bisher bei dir, Robert?«

»Gut. Nette Leute hier...« Ich glaube selbst nicht, was ich da sage, und auch Justine verengt im Schatteneck skeptisch ihre Augen. »Scheiße, nein, es ist ein Fiasko. Fast alle haben hier einen Dachschaden und würden für ein wenig Aufmerksamkeit fast alles tun.«

Justines Augen hellen sich wieder auf. Die Wahrheit war wohl der richtige Weg.

»Himmel, ja. Ich dachte schon, ich wäre die Einzige hier, die so denkt. Aber auch diese Leute haben das Recht auf ein wenig Glück.«

»Ja, schon, aber halt nicht mit mir.«

Justine und ich plaudern die Minuten locker weg, und ich habe ein extrem gutes Gefühl, ein Kreuzchen von ihr zu bekommen. Dann erklingt das Glöcklein und beendet unsere aufkeimende Liebe.

»Oh, das ging schnell«, sagt sie, »war echt nett, mal mit einem normaleren Mann zu sprechen. Hier, ich gebe dir meine

Karte wie den anderen auch. Aber bei dir würde ich mich tatsächlich freuen, wenn wir uns treffen würden.«

»Wie denn, kein Kreuzchen?« Ich lächle und finde es klasse, dass sie mir direkt ihre Karte gibt.

»Nein, ich mache das nicht mit den Kreuzchen.«

»Ich auch nicht«, antworte ich überschwänglich, zerreiße den Zettel vor ihren Augen als eine Art Liebesbeweis und entsorge ihn in einem Mülleimer. Was soll er mir auch schon bringen? Ich halte die Karte von Justine in meinen Händen.

Leider sieht Kerstin, wie ich den Zettel zerreiße, und wendet sich wieder ihrem letzten Gesprächspartner zu. Dem Attraktiven. Tja, mein Freund, die Goldmedaille geht in dieser Disziplin aber an mich. Auf dem Silberrang ist es aber bestimmt auch ganz nett.

Justine entschuldigt sich kurz und geht in Richtung Toilette. Ich schaue ihr nach. Sie ist größer, als ich dachte, eine wahre Amazone.

»Willst du keinen Zettel abgeben?«

»Was?« Überrascht drehe ich mich um und sehe Myriam vor mir.

»Nein«, antworte ich, »aber danke.«

»Okay«, sagt Myriam, zuckt die Achseln und sammelt die restlichen Zettel ein. Justine kommt zurück und verabschiedet sich von mir mit Küsschen auf beide Wangen.

»Melde dich, wenn du magst, Robert.«

»Mache ich. Ganz bestimmt.«

Justine nimmt ihren Mantel und geht zum Ausgang. Ich möchte den Moment des Sieges noch ein wenig auskosten und bade in den Blicken der anderen, die mich alle überrascht ansehen. Ja, schaut nur her, ihr Versager. Ich habe sie bekommen. Der Schönling von Kerstin kommt ebenfalls gerade von der Toilette zurück und lächelt mir zu. Das ist meine Chance, den Gipfel des Erfolgs zu besteigen. Ich erwidere sein Lächeln und nicke ihm zu.

»Na, wie war es bei dir?«, frage ich.

»Na ja, anfänglich nicht so gut. Aber ganz am Ende habe ich dann Kerstin kennengelernt. Ich denke, das könnte passen. Sie ist echt das Goldstück unter den Anwesenden gewesen.«

»Ja, waren schon einige schräge Vögel dabei.«

»Das kann man wohl sagen.«

Der Schönling lacht. Noch. Langsam und genüsslich werde ich den Todesstoß vorbereiten.

»Hat die eine bei dir auch die ganze Zeit geschwiegen?«

»Ja, verdammt«, antwortet er. »Ich dachte schon, es läge an mir.«

»Und diese triebige Rothaarige.«

Wieder lacht er zustimmend. Gleich setze ich an. Das Lachen wird dir im Halse stecken bleiben.

»Und weißt du was?«, fragt er mich.

»Was?«

»Als ich eben auf der Toilette war, stand diese Transe neben mir am Urinal. Echt komisch, wenn neben dir einer das Kleid beim Pinkeln hebt.«

Ich steige laut mit in das Lachen ein, weiß aber nicht genau, wieso.

»Wen meinst du? Eine von den Bedienungen?«

»Nein, die mit den braunen Haaren, mit der Perücke, die dort hinten in der abgedunkelten Ecke gesessen hat. Weißt schon, die Transe, das Callgirl... Oder soll man da besser Callboy sagen?«

Wieder lacht er laut auf, doch diesmal steige ich nicht mit ein. Stattdessen erstarre ich zur Salzsäule und schaue ihm bewegungslos in die Augen wie ein junger Rehbock ins Abblendlicht eines Achtzehn-Tonners.

»Wie, wie meinst du das?«, versuche ich hilflos von der Fahrbahn zu hoppeln.

»Justine oder wie er sich nennt. Sie ist bekannt dafür, dass sie sich hier immer ein paar Kunden organisiert. Macht das auch ganz offiziell und verteilt ihre Karten.«

Rumms, schon hat er mich überrollt und von der Straße gefegt. Ich taste in meiner Tasche nach dem Papier und fühle die scharf geschnittenen Kanten der rechteckigen Karte. Nein, ich werde sie jetzt nicht rausholen.

»Na ja, ich werde dann mal. Kerstin und ich wollen noch was trinken gehen. Man muss ja nicht immer auf das Auswerten der Zettel warten, oder?«

Ein freundschaftlich gemeinter Klaps auf meine Schulter folgt. Er fühlt sich aber wie ein Faustschlag mitten ins Gesicht an. Die beiden winken noch in die Runde, als sie die Bar verlassen. Nur Kerstin würdigt mich keines Blickes mehr. Zeitgleich fische ich die Visitenkarte hervor.

JUSTINE – Hostess- und Begleitservice –
entdecke die Leidenschaft mit dem besonderen Etwas!

Ich spüre die Blicke der anderen auf meinen Schultern. Auf den Schultern, die sich gerade noch stolz wie das Federrad eines Pfaus spannten. Nun sacken sie an der Theke zusammen, und ich wende mich an den Barkeeper: »Einen Cuba Libre. Doppelt, bitte. Und lassen Sie den Rum am besten gleich hier stehen.«

12
Gekachelter Blindflug

Heute habe ich um halb neun den Termin beim Urologen zwecks Spermaprobe wegen der plötzlich entstandenen Südseeinseln in meinem Schritt.

Immerhin bin ich schon aufgestanden und gehe in die Küche, mache mir ein Brot, stecke wie selbstverständlich den Stecker meines Staubsaugers in die Steckdose und entferne zunächst aufs Neue das tägliche Ameisenschlachtfeld vor meinem Fenster. Irgendwie ringen sie mir immer mehr Respekt ab. Ich überlege kurz, wie es den Ameisen in dem dunklen Sack wohl ergeht, erkenne dann aber die Unsinnigkeit meines Gedankens, da die Ameisen ja bereits tot sind und sich somit relativ wenig Gedanken über die plötzliche Dunkelheit machen dürften. Ob meine möglichen Chlamydien sich in meinem dunklen Säckchen auch komisch vorkommen? Und wie sehen die eigentlich aus? Vielleicht auch so kleine Biester mit vielen Beinchen und Fühlern? Komischerweise spüre ich gar nichts von diesen Chlamydien, aber das hat ja nicht wirklich viel zu sagen. Ich fühle mich schlecht bei dem Gedanken, eine Spermaprobe abgeben zu müssen und würde mir bei der ganzen Aktion gerne wie Sagenheld Siegfried eine Tarnkappe über den Kopf ziehen, um unsichtbar zu werden. Es fühlt sich nicht wirklich gut an, wenn man weiß, dass man 'ne halbe Stunde später in einer Arztpraxis seinen Körpersaft wie auf Bestellung abzapfen soll.

»Ich hätte gerne einen doppelten Süßemilch. Geschüttelt... nicht gerührt.«

»Kleinen Moment, kommt sofort...«

Exakt vierunddreißig Minuten später bewege ich mich mit ähnlich unaufdringlicher Grazie wie einst als Achtzehnjähriger, als ich mich erstmalig mit zittriger Hand und tief ins Gesicht gezogener Baseballkappe in den Erwachsenenbereich einer Videothek gestohlen habe. Und genau so wie einst mit Rocco Siffredis Porno-DVD *Arsch Parade 1* in der Hand, werde ich pfeilschnell mit dem Becher in der Hand meine Mission durchziehen. Wie ein Schatten werde ich durch den Raum wandern und schneller wieder verschwunden sein, als man das Wort *Spermaprobe* oder Roccos *Arsch Parade 2* aussprechen kann. Ich halte es da mit George W. Bush und handele wie die US-Army im Irakeinsatz. Einfach schnell rein in den Laden, Mission erfüllen und zack wieder draußen sein. An sich also eine saubere Geschichte. Nur weiß man ja, wie man mit diesen schnellen Missionen oftmals knapp danebenliegen kann und noch Jahre später in der Kacke steckt. Aber was soll andererseits schon passieren? Die machen dort jeden Tag diese Proben, und außerdem kenne ich weder den Arzt noch werde ich ihn hoffentlich danach jemals wiedersehen.

Denk einfach an deine persönliche Irakmission.

Mit erhöhtem Puls und gesenktem Blick drücke ich die Tür der Praxis auf und dringe in einer Art militärischer Zangenbewegung in Richtung des Grenzpostens in Form des Empfangs vor, um mir meinen zu füllenden Saddam-Plastikbecher abzuholen.

Denk an den Irak, Robert.

Einfach reingehen, Becher nehmen, füllen, abschütteln, heimgehen.

Keine große Sache.

»Robbie. Mensch, dich habe ich ja schon ewig nicht mehr gesehen.«

Was? Was ist denn jetzt los? Welcher Wüstensohn hat da meinen Namen genannt? Und dann auch noch Robbie. So wurde ich früher nur von meiner Mutter und den Klassenkameraden genannt. Zwangsläufig muss ich den Kopf heben und sehe in das Gesicht einer sichtlich überraschten Arzthelferin. Sie kommt mir nicht im Entferntesten bekannt vor.

»Kennst mich wohl nicht mehr. Jutta Sprengler. Wir haben zusammen Abi gemacht. Klasse 12 a.«

Jutta Sprengler. Na klar. Damals Tratschtante, jetzt Partisanenkämpferin, die sich zwischen mich und meine Mission drängt. Das hässliche Mädchen mit pickeliger Stirn und Zahnspange aus dem Matheleistungskurs. Die Spange schimmert nicht mehr in ihrem Mund. Der Rest ist etwas reifer, aber nicht hübscher geworden. Aber das sage ich natürlich nicht. Stattdessen antworte ich politisch korrekt mit einem bis zur Zungenspitze geheuchelten: »Jutta. Gut schaust du aus. Wie geht es dir?«

»Prima. Ist ja witzig, dass wir uns hier treffen.«

»Ja, witzig«, antworte ich und frage mich, was wohl noch witziger sein kann?! Mir fallen spontan fauliger Nagelpilz und Streptokokken ein.

»Was treibst du denn so?«

»Ich? Ach, ich ... ich studiere noch.« Ich möchte ihr nicht mein Leben von der Tankstelle erzählen. Nicht Jutta. Die würde sich das Maul über mich zerreißen. »Und du? Schon lange hier tätig?«

»Ja. Habe damals nach dem Abi direkt eine Lehre hier begonnen und bin dann übernommen worden.«

»Aha«, presse ich hervor und denke an die bevorstehende

Spermamission im Angesicht von Jutta. Mit ihr zeitgleich in denselben Praxisräumen zu atmen, verleiht meiner Libido nicht gerade Flügel. Es ist ungefähr genauso desillusionierend wie Roccos *Arsch Parade 3*, die zu meiner damaligen Enttäuschung lediglich aus einem Zusammenschnitt der beiden ersten Teile bestand.

»Kannst du denn eigentlich kommen?«, werde ich rabiat aus meinen Gedanken gerissen.

Wie kann sie mich das nur fragen? Aber vielleicht müssen sie das ja aus gesundheitlichen Gründen die Personen vor den Spermaproben fragen. Zwar etwas erstaunt über so eine direkte Frage, antworte ich dennoch ganz ehrlich.

»Na ja, weiß nicht. Ich hab das noch nie gemacht. Ist halt schon blöd ... in so einen Becher rein.«

Jutta schaut erstaunt, und ihre glubschigen Krötenaugen drohen, aus den Höhlen zu quellen. Was denkt die alte Tratschtante denn? Dass ich jeden Tag zum Frühstück so 'ne Portion aus Spaß abfülle, weil mich Plastikbecher so anturnen?

»Versteh ich nicht, Robbie.«

»Na ja, wie viele Leute kommen denn hierher, die das öfter machen?«

»Was denn öfter machen?« Sie schüttelt verständnislos den Kopf. »Ich meinte das Abitreffen nächsten Monat. Kommst du da auch hin?«

Abitreffen? Ah. Verdammt. Stimmt, da kam so ein Schreiben mit der Post. Hatte ich sofort in den Mülleimer entsorgt. Okay, das war jetzt peinlich.

»Ach so. Ja. Das Abitreffen. Natürlich. Mal sehen. Denk schon.«

»Ich werde auf jeden Fall hingehen. Gibt bestimmt viel zu bequatschen. Hast du denn noch Kontakt zu irgendwem?«

»Nö, eigentlich nicht.« Okay, ist nicht ganz wahr, aber wie soll ich Jutta erklären, dass ich Peter Silie ab und an mal anmaile, um mich in seinem Leid zu suhlen, damit es mir im Anschluss besser geht. Das könnte eventuell schwer zu verstehen sein.

»Na ja, ich auch kaum. Wie kann ich dir denn helfen?«

»Äh. Termin. Ich habe einen Termin.«

Jutta blättert in der vor ihr liegenden Agenda und bleibt mit ihrem Finger unter meinem Namen kleben.

»Ah, wir brauchen eine Probe von dir wegen Chlamydienverdacht.«

»Genau.« Ich nicke und würde am liebsten über die Rezeption klettern, um ihr eine zu scheuern. Kannst dir ja gleich ein Megafon nehmen, eine Sirene um deinen dicken Kopf schnallen und dich unten an die Kreuzung stellen. »Robert Süßemilch hat vielleicht Chlamydien und wichst sich heute um elf Uhr einen. Heute. Bei uns oben in der Praxis. Kommen Sie vorbei und lassen Sie sich dieses Naturschauspiel nicht entgehen. Heute und nur bei uns!«

Es entsteht einen Augenblick Stille, in dem wir beide dankbar für das aufkommende Gesprächsvakuum zu sein scheinen. Ich versuche, dabei krampfhaft den Gedanken aus meinem Kopf zu verbannen, wie Jutta den Patienten beim Abgeben ihrer Probe *zur Hand geht*.

»Wie schnell brauchst du es denn?«

»Bitte?« Ich fahre erneut erschrocken zurück und hoffe, dass Jutta meine Gedanken nicht lesen konnte.

»Das Ergebnis. Wie schnell brauchst du es denn?«

»Ach so. Na, so schnell wie möglich.«

»Ich frag nur, weil die Praxis ab morgen für vierzehn Tage wegen Urlaub geschlossen ist und dir sonst keiner Auskunft geben kann.«

»Vierzehn Tage? Das ist nicht dein Ernst? Das muss doch irgendwie schneller gehen, oder?«

Ich versuche, so charmant wie möglich zu sein. Was bei einer Frau wie Jutta schon an Selbstvergewaltigung grenzt. Sie verzieht ihren Mund und saugt dabei zischend Luft durch ihre Zähne, als würde ich sie darum bitten, den Papst zu entführen.

»Geht eigentlich nicht.«

»Aber nur eigentlich...«

Sie legt den Kopf in den Nacken und lächelt. Ein gutes Zeichen.

»Na ja, okay, Robbie. Weil wir uns kennen, lege ich deine Probe mal ganz oben auf den Labortisch. Ich ruf dich morgen Mittag pünktlich um zwölf an und gebe dir das Ergebnis durch. Muss mich aber drauf verlassen können, dass du drangehst. Ich darf es dir nämlich nur persönlich sagen.«

»Ehrenwort.«

»Danach gibt's keine Chance mehr. Ich schalte direkt den Anrufbeantworter an, und die Praxis ist für zwei Wochen dicht.«

»Super.«

»Ich verlass mich auf dich.«

»Kannst du zu hundert Prozent.«

»Okay.«

»Danke.«

Danach werden Plastikbecher und Versichertenkarte getauscht und mir eine Kabine zugewiesen, in der ich mein Geschäft verrichten soll.

»Du kannst dann den Becher einfach hier drüben auf die Durchreiche stellen. Wir holen ihn uns dann für die Untersuchung.«

»Okay, danke.«

Die Tür schließt sich hinter mir, und ich bin alleine mit der Toilette samt Waschbecken, einem Plastikbecher, der meinen Namen trägt, einer Schachtel Kleenex und vier Quadratmeter stimulierend weißer Kacheln. Über mir brummt eine Neonröhre in dem ansonsten fensterlosen Raum und zaubert eine romantische OP-Stimmung in die kleine Onaniergrotte. Aber das Schlimmste ist, dass ich nun Jutta im Kopf habe, und das trägt nicht wirklich zur Beschleunigung meines Vorhabens bei. Und eine weitere Sache geht mir durch den Sinn: Wenn ich jetzt auch noch länger brauche als normal, denkt Jutta womöglich, ich sei ein Schlappschwanz. Und das würde dann bei Juttas Tratschqualitäten auf dem Klassentreffen zwangsläufig zu einem Hauptthema werden.

Also los, Robert, zeig, was in dir steckt.

Ich stelle den Becher auf die Durchreiche und schraube den Deckel ab, dann öffne ich Gürtel und Hose. Ich schaue zu meinem kleinen Spender hinab, der indes noch keine Anstalten macht, sich auf das Unvermeidliche besonders zu freuen. Super ist auch, dass man jeden Patienten, der zur Praxistür hereinkommt, bestens hören kann. Selbst Juttas Begrüßungstext auf dem Anrufbeantworter ist so gut zu hören, dass man meinen könnte, einen heimlichen Wichsplatz unter ihrem Schreibtisch bezogen zu haben. Außerdem wird mir bewusst, dass der akustische Weg wohl auch in entgegengesetzter Richtung funktioniert. Das heißt demnach, dass alle Töne aus dem Kachelparadies ebenso ungebremst hinaus in den Vorraum dringen wie hier herein. Demnach können alle wartenden Patienten diesem besonderen Live-Hörspiel beiwohnen. Inklusive Jutta.

Ich beginne mit den klassischen Repetierbewegungen, die jedoch so mechanisch verlaufen, dass es den aphrodisischen Effekt eines HILTI-Schlagbohrers hat. Gedanken an pralle Pobacken kreuzen sich mit Bildfetzen von der pickligen Stirn

Juttas. Auf die Brüste von Scarlett Johannsen folgen Eindrücke vom Matheunterricht der zwölften Klasse. Und selbst Erinnerungen von Mushishu werden durch die Gespräche außerhalb meines Fliesenpalasts zerstört, die ich unweigerlich mit anhören muss.

»Guten Tag, Herr Bohlmann, kommen Sie wegen der Prostatavorsorge oder der Urinprobe?«

»Heute wegen der Urinprobe«, ertönt die Antwort mit brüchiger Stimme. »Soll Mittelstrahl sein, das bekomme ich zu Hause nicht so hin.«

»Kein Problem. Nehmen Sie doch noch einen Moment Platz, die Kabine ist gerade besetzt. Wird aber bestimmt jeden Moment frei.«

Vielen Dank. Wie soll ich mir da einen zeitnahen Orgasmus zaubern, wenn mir Herr Bohlmann im Nacken sitzt? Ich schaue mich um. Dann kommt mir wenigstens schon mal etwas: nämlich eine Idee. Schnell nehme ich mir ein Kleenex aus der Box und forme daraus zwei Pfropfen, die ich mir in die Ohren stecke. Zwar stehen mir die Papiertücher wie die Löffel eines Feldhasen vom Kopf ab, aber hier gibt es ja keinen Schönheitspreis zu gewinnen.

Der erste Sinn wäre damit schon mal ausgeschaltet. Mein Hirn kann ich mir leider nicht mit einem Kleenex stumm schalten, da bedarf es knallharter psychologischer Kriegsführung. Zwei Schalter befinden sich neben der Tür. Ich drücke den oberen, und das Licht mitsamt dem Kachelpanorama erlischt vor meinen Augen. Zweiter Sinn ausgeschaltet.

Okay.

So weit, so gut.

Das sollte helfen.

Dann setz ich mich auf den heruntergeklappten Toilettendeckel und beginne mit meinem zweiten Repetierversuch.

Okay.
Besser.
Ja.
Deutlich besser.
Könnte klappen.

Ich rufe mir die erotischsten Bilder der letzten Monate vors innere Auge in der Hoffnung auf stabilisierende Reaktionen in meinem primären Geschlechtsorgan. Und tatsächlich. Irgendwo zwischen Megan Fox und Magdalena Neuner im liegenden Anschlag reagieren meine Kapillargefäße im Großraum Hüft-Leistenbereich und öffnen dem Blutstau ihre Pforten. Es ist nicht gerade eine Erektion der stählernen Generation, aber immerhin so solide, dass man damit arbeiten kann.

Und genau das tue ich.
Ich arbeite.
Ich gebe alles.

Ich packe Megan Fox zur Unterstützung sogar neben Magdalena Neuner in einen hautengen Biathlonrennanzug und lasse sie nebeneinander die steilsten Anstiege hinaufhecheln. Wir drei atmen alle schwer, aber rhythmisch, gehen an unsere körperliche Leistungsgrenze, und als wir schließlich auf die letzte Gerade zusteuern, setzen wir gemeinsam zum Zielsprint an. Megan schiebt sich an Lena um eine Brustbreite vorbei. Nur noch wenige Meter bis zur Ziellinie, meine Muskeln krampfen und ich taste im Dunkeln hastig nach dem Becher. Gerade noch rechtzeitig erwische ich ihn und lenke den größten Teil des Zieleinlaufs in das Gefäß.

Sieg!
Sieg!
Sieg!

Im Anschluss verharre ich schwer atmend noch einen Moment, um zu mir zu kommen, den Erfolg zu genießen und glaube, sogar mein Herz klopfen zu hören.

Ich muss lächeln.

Unter diesen Umständen habe ich wirklich meine Männlichkeit bewiesen. Auch wenn es ziemlich blöd aussehen muss, sich mit heruntergelassener Hose und Kleenex in beiden Ohren in einen kleinen Plastikbecher zu ergießen. Aber ich habe es geschafft. Herr Bohlmann und der gesamte ehemalige Matheleistungskurs der K 12 werden stolz auf mich sein.

Na ja, wie auch immer. Ich muss weiter. Raus aus dem Irak. Meine Hand drückt den Lichtschalter, doch es bleibt dunkel. Nein, oder? Nicht jetzt, denke ich mir und lasse den Kopf in den Nacken sinken. Jetzt muss ich auch noch im Finsteren den Rest abwischen und mir die Hände waschen.

Just in diesem Moment und mit einer plötzlichen Helligkeit jenseits der Äquatorsonne werde ich unsanft aus meinen Gedanken gerissen. Das Licht flackert auf, sodass ich reflexartig meine Augen zusammenkneife. Zunächst denke ich an eine verzögerte Reaktion der Neonröhre, doch dann erkenne ich die Hand, die mich ins Scheinwerferlicht setzt.

Jutta.

Sie steht mit weit aufgerissenen Augen neben mir und schaut mich entsetzt an. Hinter ihr hat sich Herr Bohlmann postiert und blickt ebenfalls neugierig zu mir herein.

Ich verfalle in eine Art Sekundenstarre. Mit heruntergelassener Hose. Zwei Kleenex-Antennen, die aus den Ohren sprießen, und einem bekleckerten Plastikbecher in der Hand.

Nach einer gefühlten Woche reaktiviert sich mein Körper, und ich zucke beschämt zusammen, ziehe mir die Hose so gut es geht nach oben und schüttle den Kopf.

»He«, stoße ich aus. Doch die Empörung klingt eher weinerlich.

Ich sehe, wie Jutta etwas sagt, verstehe sie aber nicht. Richtig, die Kleenextücher. Erst als ich mich meiner provisorischen Ohrenstöpsel entledige, höre ich sie.

»Sorry, Robbie. Das war keine Absicht. Aber du hast den Notknopf gedrückt.«

Notknopf? Welcher Notknopf? O nein… der Lichtschalter. Scheiße. Ich habe aus Versehen den falschen Schalter getroffen. Dieses Erlebnis wird Jutta sicherlich bunt ausschmücken. Das Klassentreffen habe ich jedenfalls soeben für mich abgesagt.

»Und als du nicht auf das Klopfen reagiert hast, habe ich die Notöffnung betätigt. Ich dachte, es wäre was passiert…«

»Ja, kann ich bestätigen.« Herr Bohlmann nickt und kratzt sich dabei im Schritt. »Sie hat vorher angeklopft.«

»Äh, nee. Es ist alles okay.«

Zwar stottere ich, aber halte ihr wie als Beweis den nur mäßig gefüllten Becher hin. Keine gute Idee. Niemand schaut sich so etwas gerne an und klopft einem dafür auch noch anerkennend auf die Schulter. Aber in Notsituationen handelt man halt nicht immer hundert Prozent rational.

»Schon okay. Also noch mal sorry.«

Jutta zieht die Tür hinter sich zu, und Herr Bohlmann muss dermaßen lachen, dass er sich fast vorzeitig seines Mittelstrahls entledigt.

Als ich wieder alleine im Kachelofen bin, mich gesäubert und angezogen habe, überprüfe ich das eigentliche Ziel meiner Anwesenheit. Den Becher.

Die Befüllung bedeckt gerade mal den Boden.

Irgendwie dürftig.

Und da ich nun zu hundert Prozent das Hauptgespräch auf dem Klassentreffen sein werde, muss ich jetzt wenigstens mein Gesicht als Mann wahren. Mit ein wenig Spucke und einem Schuss Leitungswasser aus dem Waschbecken verändert sich der Inhalt binnen Sekunden zu einem achtbaren Zuchtbullenergebnis. Zufrieden stelle ich den Becher auf das Tablett und verlasse meinen persönlichen Irak. Dass man sich aber auch immer mit diesen Missionen so dermaßen vertut. Selten zuvor habe ich so gut mit Georg W. Bush empfinden können wie in diesem Moment.

Als ich die Kabine verlasse, ist Jutta zum Glück gerade nicht anwesend, und ich schleiche mich aus der Praxis. Wie ein Schatten, der durch den Raum wandert. Ein Schatten, der vor Peinlichkeit gebückt seine Truppen heimlich still und leise aus dem Sperma-Irak abzieht.

13
Handykauf ist Vertrauenssache

Ich nutze den Besuch in der Stadt, um ein weiteres Geschäft zu erledigen. Eines, das mich von einem weitaus größeren Druck befreit, als es jede Spermaprobe könnte. Es geht um das Aufarbeiten von alten Wunden.

Eines der letzten Streitthemen zwischen mir und Steffi war nämlich der Kauf eines neuen Handys. Sie meinte, ich bräuchte keines, da das alte noch seinen Dienst leiste. Ich hingegen war ein Anhänger der These, dass ich mir mit Ablauf meines Vertragszeitraums auch mal wieder ein neues Handy kaufen könnte, da das alte sicher bald den Geist aufgeben würde. Es ist eines der älteren Generationen, und man kann damit telefonieren und Nachrichten schreiben. Das war's. Mein Anbieter hatte mir als Option das neue Sony Ericsson Xperia X10 mini in Aussicht gestellt mit einer monatlichen Zuzahlung von fünf Euro. Ein etwa streichholzschachtelgroßes Meisterwerk finnischer Designerkunst. Steffi fand es nicht ganz so eindrucksvoll. Auf diesen kleinen Dingern könne man keine vernünftige SMS schreiben. Und überhaupt würde ich das Minihandy bei meiner Schusseligkeit doch ohnehin nur verlieren.

Da mein Vertrag noch nicht ausgelaufen war und ich die Diskussion beenden wollte, erklärte ich mich einverstanden und behielt mein Mobiltelefon.

Zunächst.

Doch nun ist mein Vertrag fast ausgelaufen. Und da ich Single bin, kann ich mir das kleinste Handy der Welt zulegen, ohne dass mich irgendjemand mit seiner bescheuerten Meinung davon abhalten kann. Auch wenn ich nicht den blassesten Schimmer von Handys habe.

Mit gestärktem Geist und Willen steuere ich also den nächsten Handyladen meines Anbieters an und schaue mir die verschiedenen Modelle etwas genauer an, bis einer dieser unglaublich jungen Verkäufer auf mich zutritt, der so aussieht, als würde er gleich aus seiner von Mama gepackten Frühstücksdose eine Milchschnitte hervorkramen.

»Kann ich Ihnen helfen?« Der junge Mann grinst mich an, und ich überlege, ob sein Seitenscheitel betoniert ist. *Helge Steinhöfer* steht auf seinem Namensschild, erinnert mich aber an irgendjemand ganz anderen, ich komme aber nicht drauf, an wen.

»Denke schon. Arbeiten Sie hier?«

»Ja.«

»Schulpraktikum?«

»Nein, ich bin stellvertretender Filialleiter.«

»Ach.« Mich reizt es zu fragen, wie alt er ist und wie man in so jungen Jahren an einen solchen Posten kommen kann. Das wäre aber sicherlich unhöflich. »Wie alt sind Sie?«, höre ich mich plötzlich zu meiner eigenen Überraschung fragen.

»Dreiundzwanzig.«

Jetzt weiß ich es. Er ist das Ebenbild von dem Jungen auf der Kinderschokoladenpackung.

»Und wie kommt man in so jungen Jahren an die Position eines Filialleiters?«

»Durch gute Arbeit. Ich bin jetzt seit vier Jahren hier. Mittlere Reife, Ausbildung und seit drei Monaten stellvertretender Filialleiter.«

»Ach.«

»Ja.«

Eine kurze Pause entsteht zwischen uns, in der wir beide nicht sicher sind, ob wir dieses Gespräch wirklich weiterführen wollen. Schließlich beende ich die erdrückende Stille mit einer für die Situation und den Ort geradezu philosophischen Aussage.

»Ich suche ein Handy.«

»Ach.«

»Ja.«

»Na, da könnte ich Ihnen vielleicht helfen. Irgendwas Bestimmtes?«

»Ich hatte von meinem Anbieter das Sony Ericsson X10 mini angeboten bekommen. Das würde ich mir gerne mal ansehen.«

»Das neue Sony Ericsson...«

»Ja.«

»Kleinen Moment«, antwortet das Bübchen und verschwindet durch einen kleinen Vorhang ins Lager. Kurz darauf kommt er mit einem Karton zurück und stellt ihn vor mir auf den Tresen.

»So, das Sony Ericsson Xperia X10 mini. Ein Android-Smartphone, mit fünf Megapixel Kamera und Vierfarbdisplay...«

»Ach.«

»Ja.«

»Und, ist das gut?«

»Absolut. Außerdem verfügt es über eine große Speicherkarte und eine lange Stand-by-Zeit.«

»Ach.«

»Ja.«

Er reicht es mir, und ich wiege es wie bei einem Erbsenschätzwettbewerb in der Hand.

»Ganz schön leicht. Und so klein.«

»Das soll es auch sein. Ist momentan das kleinste Handy der Welt. Sehr beliebt.«

»Ach.«

»Ja.«

»Wenn ich mal kurz dürfte ...« Er nimmt mir das Mobiltelefon aus der Hand, legt eine SIM-Karte ein und zeigt mir einige Anwendermöglichkeiten, die ich mit jedem einzelnen Wimpernschlag gleich wieder vergesse. Natürlich sage ich ihm das nicht.

»Und hier können Sie auch den polyphonen Klingelton verändern oder ein Lied Ihrer Wahl downloaden.«

»Ach.«

»Ja. Warten Sie, ich ziehe Ihnen mal einen Song per Bluetooth rüber.«

»Ach, das geht?«

»Ja klar, dauert nur einen Moment.«

Ich muss zugeben, dass ich in der Welt des digitalen Zeitalters noch nicht so recht den Wecker habe klingeln hören. Dafür klingelt etwas anderes, nämlich das Sony Ericsson X10.

»Hier.« Der Verkäufer hält mir das Handy entgegen. »Ich habe es jetzt mal so eingestellt, dass das Telefon erst viermal vibriert und danach viermal klingelt, bevor die Mailbox drangeht.«

Herr Steinhöfer drückt zwei Tasten. Sekundenbruchteile später vibriert mein Handy wie versprochen viermal und lässt Xavier Naidoo ein polyfones »Dieser Weg« singen.

Ich bin begeistert.

Herr Steinhöfer auch.

»Sorry, bin ein Xavier-Naidoo-Fan.«

»Ach.«

»Ja. Mögen Sie ihn auch?«

»Geht so.«

»Na ja, Sie können den Klingelton und alle anderen Einrichtungen natürlich jederzeit ändern. Für die Mailbox müssen Sie nur bei Ihrem Provider anrufen und gegebenenfalls im Internet mal ein Update downloaden.«

»Ach«, sage ich, und mir wird klar, dass ich niemals im Leben etwas von meiner Mailbox werde abhören können.

»Ja, alles kein Problem, oder?«

»Nö.«

»Also?«

»Also was?«

»Was sagen Sie zum X10. Wollen Sie es haben?«

Die Technik des neuen Handys erschlägt mich. Mein altes hat seinen Dienst immer zuverlässig geleistet, obwohl es keines dieser Schnickschnacksachen konnte. Anstatt Naidoo im polyfonen Dreiklang klingelte mein Handy ein dröges *Für Elise*. Und anstelle von Gigabytenden Speicherkapazitäten benutzte ich hauptsächlich die Tasten, um zu telefonieren. Außerdem hätte ich fünf Euro im Monat an Zusatzkosten. Dann sehe ich jedoch Steffis Gesicht in Zornesröte vor mir, wie sie auf mich einschimpft und mir das Handy ausreden will. Und Til Schweiger musste bestimmt nie in seinem Leben darüber debattieren, ob er sich ein neues Handy kaufen kann. Und was *Mister Keineihase* kann, kann ich doch wohl schon lange.

»Na klar«, sage ich deshalb selbstbewusst zum Kinderschoki-Bürschchen. »Auf jeden Fall nehme ich das.«

14
Herr der Ameisen

Am nächsten Tag habe ich frei. Das passt gut, denn schließlich erwarte ich den Anruf von Jutta. Sie wollte mir ja mitteilen, ob ich körperlich unversehrt aus der Liaison mit Steffi gekommen bin oder eine nette kleine Erinnerung in Form einer Geschlechtskrankheit mein Eigen nennen darf. Es ist kurz vor zwölf. Um mir die Nervosität und Warterei zu vertreiben, beschließe ich, den mittlerweile zum festen Ritual gewordenen Ameisensaugvorgang heute etwas vorzuziehen. Obwohl ich heute etwas zu früh dran bin, schätze ich, dass schon ein paar Exemplare den Weg auf mein Fensterbrett gefunden haben sollten. Und tatsächlich hat sich bereits wieder eine beachtliche Anzahl der Tierchen in gewohnter Starre versammelt.

Ich stecke den Stecker ein, und das turbinenhafte Geräusch meines Staubsaugers erklingt. Nicht ohne Stolz lege ich mein neues Minihandy gut sichtbar neben einigen Münzen Hartgeld ans andere Ende der Fensterbank. Diese exakt sechs Euro erlauben mir in einem Notfall bei *Joey's* eine Pizza Luzifer classic für 5,60 Euro plus Trinkgeld zu bestellen oder dem spontanen Drang nach einem Päckchen Zigaretten nachgeben zu können. Dazu müsste ich allerdings erst mal anfangen zu rauchen. Aber man weiß ja nie.

Jedenfalls klingelt das verdammte Handy immer noch nicht. Ich überprüfe mehrmals, ob ich es nicht versehentlich auf lautlos gestellt habe, und stelle fest, dass dem nicht so ist. Im monotonen Verwirbelungsklang des Staubsaugers verloren, schweifen meine Gedanken ins sinnfreie Nichts. Ich überlege mir, was um alles in der Welt diese Ameisen immer wieder zu mir führt und warum ausgerechnet auf meinem Fensterbrett ihr Lebenslicht erlischt. Ich habe mal etwas Ähnliches bei einem TV-Bericht über Elefanten gesehen. Dabei kamen die Dickhäuter über Generationen an einen bestimmten Ort, nur um dort zu sterben. Sie nannten es Elefantenfriedhöfe. Und genau wie bei diesem Bericht sammeln sich auch meine emsigen Mehrbeiner anscheinend nur, um im Anschluss auf meinem Fensterbrett zu verenden. Aber warum zum Teufel bei mir?

Ist es vielleicht diese wohlig warme Atmosphäre der gluckernden Ölheizung aus den Siebzigerjahren, die den Insekten eine Art Erdwärmeareal vorgaukelt und sie sich im Anschluss die zarten Füßlein verbrennen?

Oder liegt mein Fensterbrett ausgerechnet auf zwei sich überlappenden Kontinentalplatten, die zwar für Menschen nicht wahrnehmbare Gase ausströmen lassen, jedoch für Ameisenvölker eine solch unausweichliche Anziehungskraft entfalten, dass es jeden Tag aufs Neue ein weiteres Volk zu einem Massenselbstmord animiert?

Oder bin ich ohne mein Wissen so was wie »Der Herr der Ameisen«, und sie opfern sich zu meinen Ehren?

Dann fällt mir plötzlich ein, dass es vielleicht auch einfach nur an dem Glas Rum-Cola liegen könnte, das ich mir vor ein paar Wochen nach einem Streit mit Steffi genehmigen wollte und aus Versehen verschüttete. O Gott, erst jetzt kommt mir der Gedanke, dass die armen Viecher vielleicht gar nicht tot, sondern einfach nur besoffen sind und ich sie in ihrem Rausch ermordet habe. Sie sitzen wahrscheinlich neben meinem feuerbestatteten Hamster Goldi im Tierhimmel und schütteln alle verständnislos den Kopf darüber, wie ein einziger Mensch nur so bescheuert sein kann.

Rrrrrring!

Das Geräusch der Türklingel reißt mich aus meiner mörderischen Gedankenwelt, und ich fahre erschrocken herum. Eine nur allzu menschliche Reaktion gepaart mit einer unachtsamen Handbewegung, die jedoch fatale Folgen hat. Mit einem klackernden Geräusch, wie aufspritzende Kieselsteine sie am Bodenblech unter einem Auto erzeugen, verabschiedet sich nicht nur ein weiteres Volk der gemeinen europäischen Stadtameise von der Erdoberfläche, sondern auch sechs Euro in kleinen Münzen sowie mein brandneues Handy. Alles wie von Geisterhand vom Fensterbrett verschwunden oder sagen wir besser: fortgesaugt.

»Scheiße«, entfährt es mir, dem ein weiteres Klingeln an der Tür folgt. Vielleicht ist Jutta ja von meinem Masturbationsauftritt so sehr angetan, dass sie mir das Ergebnis persönlich vorbeibringen möchte. Aber hätte sie nicht fünf Minuten früher klingeln können?

»Ja«, rufe ich in die Sprechanlage, worauf es außen an der Tür klopft. Ich schaue durch den Spion und erwarte das Gesicht von Jutta, doch ich sehe Hubsi.

»Hub... äh, ich meine Herr Scholl. Das ist aber eine Überraschung.«

»Küss die Hand, Herr Süßemilch. Und entschuldigen S' bittschön die Störung.«

»Wie kann ich Ihnen helfen?«

»Ob Sie mir wohl mit a bisserl Zucker aushelfen könnten?«

»Zucker? Klar. Kleinen Moment.«

Ich erspare mir einen dummen Zuckerkommentar à la: *Sie sind mir wohl eher ein Süßer, was?*, eile stattdessen in die

Küche und will gerade etwas Zucker abfüllen, als ein verräterisches Brummen an mein Ohr dringt. Entsetzt fahre ich herum, schnappe mir die komplette Zuckerpackung, stürze zur Tür und drücke sie einem verstörten Hubsi in die Hand.

»Aber i braaach doch nur ...«

»Geschenkt, Hubsi ... ist geschenkt«, rufe ich noch und werfe hinter mir die Tür ins Schloss. Ohne ein weiteres Wort zu verlieren, jage ich zurück zu meinem Schafott, denn ich ahne etwas Furchtbares. Aus dem Innenleben meines Staubsaugers dringt ein unverwechselbares Brummen, das den Vibrationsalarm eines ankommenden Gesprächs signalisiert. Laut Helge Steinhöfer für mich das sichere Zeichen, dass dem viermaligen Vibrieren ein viermaliges Klingeln folgen wird, bevor sich die Mailbox einschalten und mich für mindestens vierzehn Tage in Unwissenheit über meine Gesundheit zurücklassen wird. Und zweimal hat es schon gebrummt.

Und jetzt – das dritte Vibrieren.

Nun sind Kreativität und Entschlussfreude gefragt. Was will ich im Leben? Gewinner oder Verlierer sein? Die Entscheidung fällt instinktiv und schnell. Wie ein Rodeocowboy werfe ich meinen Staubsauger mit einem einzigen, aber gekonnten Wurf auf den Rücken und befreie ihn von der hinderlichen Kabelage, die sich mittlerweile um das Gerät gebildet hat.

Das vierte Vibrieren.

Jeder Handgriff läuft automatisiert und mit chirurgischer Präzision. Ich öffne das Innenleben und sehe das Herz des Geräts, den Beutel, vor mir.

Das erste Klingeln. Xavier Naidoos Stimme dringt an mein Ohr und intoniert die erste Zeile seines Songs.

»Dieser Weg wird kein leichter sein ...«

Hastig sehe ich mich um. Als Erstes bietet sich mir der alte

Röhrenfernseher auf der TV-Bank an, der sicher schwer genug wäre, den Beutel mit einem gezielten Wurf zum Platzen zu bringen. Ein skurriler Gedanke, den ich nicht weiterverfolge. Dann erkenne ich als zweite Option das Brotmesser in unmittelbarer Griffweite im IKEA-Messerblock HAKE stecken. Ein Sidestep nach rechts, und das blitzende Metall der Titanklinge funkelt drohend in meiner Hand. Robert the Ripper.

Das zweite Klingeln jammert an meinem Ohr.

»*Dieser Weg wird steinig und schwer ...*«

Ohne zu zögern, ramme ich wie der Schlächter von London die Klinge mit einem Aufschrei in den bauchigen Wulst des Beutels. Um mich herum eine gewaltige Verpuffung aus Staub, Ameisenkadavern und nicht näher zu bestimmenden Kleinstpartikeln.

Das dritte Klingeln. Verdammt, singt der irgendwie schneller als sonst? Der ist doch sonst so tranig ...

»*Nicht mit vielen wirst du dir einig sein ...*«

Inmitten der Staubwolke fahren meine Hände wagemutig ins Innere des geöffneten Torsos.

Das vierte und ultimativ letzte Klingeln.

»*Doch dieses Leben bietet so viel mehr ...*«

Jetzt oder nie.

Meine Fingerspitzen ertasten etwas Hartes. Es ist jedoch nur ein Zwei-Euro-Stück für *Joey's Pizza*, und ich lasse es enttäuscht aus meinen Händen gleiten. Dann etwas Blankes. Kunststoff. Und nur Bruchteile später transplantieren meine Hände ein Sony Ericsson Xperia X 10 mini samt Xaviers letzten Worten zurück ans Tageslicht. Hoffentlich kann ich das Gespräch noch rechtzeitig annehmen.

»Hallo?«, melde ich mich mit einer Stimme, die sowohl gehetzt als auch stolz klingt. Schließlich habe ich gerade wie ein Löwe um mein weiteres Leben gekämpft. Ich stehe auf, und Staub rieselt an mir herunter. Dabei streiche ich mir eine tote Ameise von der Nasenspitze, als könne mit diesem einzigen Wisch alles wieder gesäubert und in Ordnung gebracht werden.

»Robbie? Hi, ich bin's. Jutta. Wollte gerade wieder auflegen. Stör ich dich gerade?«

»Stören? Du mich?« Ich gehe zwei Schritte und sehe dabei mein Spiegelbild in der Glastür reflektieren. Etwas Mumienhaftes umgibt mich. »Nein, überhaupt nicht. Hab nur gerade Staub gesaugt und deswegen das Klingeln nicht gleich gehört.«

Beim heiteren Arbeitsplatzraten würden wohl die Antworten: *Speedwayrennbahn*, *Wüstenexpedition* und *Unter Tage im Kohlebergwerk* am häufigsten genannt werden.

»Aha. Okay. Wollte dir nur kurz das Ergebnis durchgeben.«

»Und?« Ich schlucke ängstlich und merke, wie meine Kehle mit einem Mal staubtrocken ist. Was nicht nur an dem gesprengten Staubsaugerbeutel liegt.

»Kannst ganz beruhigt sein, Robbie. Es ist alles in Ordnung, der Verdacht hat sich nicht bestätigt.«

»Danke, Jutta. Mensch, ich könnte dich echt knutschen. Und noch mal sorry wegen gestern.«

»Ach, schon okay. Zumindest haben wir hier in der Praxis in den Wochen nach dem Urlaub sicher noch 'ne Menge zu lachen.«

Kurz überlege ich, ob ich ihr sagen soll, dass mir das aber nicht recht ist, wenn solche intimen Dinge Gesprächsstoff werden. Doch dafür bin ich Jutta gerade viel zu dankbar.

»Verstehe. Wünsche dir jedenfalls einen schönen Urlaub, und noch mal danke für deinen Anruf.«

»Kein Thema. Bis dann vielleicht beim Klassentreffen.«

»Ja, bis dann.«

Ich beende das Gespräch, lege das Handy auf den Tisch, atme tief durch und schaue mein staubiges Grubenarbeitergesicht im Spiegel an. Ein Lächeln findet sich trotz allem darin, und ich nicke mir selbst zu.

»Na dann, Glück auf.«

15
Die Hochzeit

Mein Anzug sitzt beschissen, und meine Tischnachbarn unterhalten sich ausschließlich über ihre Kinder und deren fast übermenschlich erscheinende Entwicklungsstände. So habe ich mittlerweile einen erstaunlichen Einblick über die Fähigkeiten von Kleinkindern: Jakob ist demnach drei und bewegt sich im kleinen Einmaleins bereits recht sicher, David steht mit seinen fünf Jahren anscheinend kurz vor der Perfektionierung seiner ersten Fremdsprache, die er von dem Au-pair-Mädchen aus Bolivien lernt, und Sarah-Maria vor dem entscheidenden Durchbruch zum Katalogmodel bei Neckermann.

Nicht nur, dass mit den Namen dieser Kinder das gesamte Alte Testament kurz vor der Einschulung steht, stößt mir unangenehm auf, sondern vielmehr sind es ihre Kackbratzeneltern, die mich beinahe zum Kotzen bringen. Zumindest weiß ich jetzt, dass die Werbemacher tatsächlich eine Zielgruppe treffen.

Ein schwacher Trost.

Es war eine spontane Idee, auf Peters Hochzeit nach Mannheim zu fahren. Und obwohl mir meine Spontaneität die letzte Zeit nicht gerade zu Glücksmomenten verholfen hat, habe ich mich dennoch ins Auto gesetzt. Masochismus nennt man das wohl. Außerdem bin ich neugierig, wie weit meine schwarze Serie noch reichen wird. Jedenfalls hatte ich

Peter dann doch angemailt und gefragt, ob er mir ein Zimmer zur Übernachtung reservieren könnte, was er auch gerne tat und ich nun bereue, da ich lieber zu Hause wäre. Am Eck bei Trude und meinen Hartz-IV-Freunden.

Stattdessen sitze ich nun hier mit den Müttern und Vätern der kommenden Nobelpreisträger. Immerhin habe ich schon während des Essens, bei dem ich mich nur sehr rudimentär an der Tischkonversation beteiligte, intensiv den alkoholischen Freigetränken zugesprochen, die nun auch langsam zu wirken beginnen. Es gibt Bier, Wein und Wodka Lemon. Bis zum Hauptgang hatte ich alles durchprobiert und mich ab der Nachspeise nur noch konsequent an den Wodka gehalten. Der ballert am schnellsten, und seit ich mit dem Barkeeper ein Agreement getroffen habe, dass er mir so lange die Dinger hinstellen soll, bis ich abwinke, ertrage ich die Hochzeit sehr mannhaft.

Nachdem das gefeierte Brautpaar einen Nagel in einen Holzpflock geschlagen, Herzblatt gespielt und ein zwei Meter großes Herz aus einem Bettlaken geschnitten hat, um anschließend durchzuschlüpfen, hat sich die Gesellschaft mittlerweile unter den Klängen einer fragwürdigen Musikkapelle bunt vermischt.

Die meisten tanzen.

Ich sitze.

Alle sind fröhlich.

Ich saufe.

Alle lachen und sind total cool drauf.

Ich sitze weiter am Tisch und saufe mit mir selbst.

Nun sogar alleine.

Denn wenigstens haben sich diese nervigen Erfolgseltern verabschiedet. Sie müssten nach Hause – wegen der Kinder. Na klar, die Heiligenriege will gepflegt und betreut sein.

Nicht dass die Eltern mal eine Nacht weg sind und die Fratzen bis zum Frühstück die Relativitätstheorie widerlegt haben, ohne auf ihre Eltern zu warten.

Erschrocken fahre ich zusammen, als mich unvermittelt jemand an die Schulter tippt.

»Hallo, ich bin die Schwiegermutter von Peter. Wir haben hier ein Buch, in dem alle Gäste ihre Wünsche an das Paar eintragen können.«

Die äußerst wohlbeleibte Dame reicht mir ein ledergebundenes Buch mit zwei sich küssenden Tauben. Mir wird schlecht.

»Nur Sie fehlen noch.«

»Aus gutem Grund.«

»Wie meinen Sie das?«

»Ich mag so was nicht. Und romantische Reime kann ich auch nicht bieten.«

»Ach, nun seien Sie doch nicht so. Irgendwas Persönliches wird Ihnen doch einfallen.«

»Na gut, Sie geben ja doch keine Ruhe.«

»Was?«

»Ach, nichts. Geben Sie her.«

Ich nehme den Stift in die Hand und überlege mir, welch lyrischer Text mir in meinem benebelten Hirn zu meinem neuen Lieblingsthema »Hochzeit« noch einfällt. Die Schwiegerkugel ist mir keine große Hilfe. Sie reckt zum Rhythmus der Band ihre wulstigen Arme stimmungsvoll in die Höhe und symbolisiert so wohl ihre überbordend gute Laune. Ich schüttele genervt den Kopf und setze den Kuli an. Je schneller ich meinen Senf in das Buch gekleistert habe, umso schneller bin ich wieder bei meinem Wodka Lemon.

Lieber Peter, liebe Jessica!
Die Liebe ist wie ein endlos brennendes Licht ...
... und in der Ehe bekommt man die Stromrechnung dafür.
Herzlichst
Robert

»Hier.« Ich klappe das Büchlein mit den beiden weißen Tauben zu und reiche es der Hundertkilopartymaus.

»Na sehen Sie, war doch gar nicht so schwer.«

»Stimmt. Kommt von Herzen.«

Gerade als ich das Glas ansetze, tippt mir wieder jemand auf die Schulter.

»Lust zu tanzen?«

Mensch, lasst mich doch alle einfach in Ruhe saufen und haut ihr weiter Nägel in Baumstämme oder tanzt euren Ententanz. Genervt drehe ich mich um. Wenn ich jetzt auch noch den Schwiegerpanzer über das Parkett schieben muss, geh ich nach Hause ins Hotel.

»Ne, lass mal, ist nicht so mein ...« Ich stocke, als ich in das Gesicht einer attraktiven Frau blicke, die mich höflich anlächelt.

»Schade.«

»Na ja ...« Ich reiße mich zusammen und ziehe meine Krawatte wieder enger, nachdem ich sie nach dem Essen lässig geöffnet habe. »Ich meinte, die anderen Tänzerinnen sind nicht so mein Ding, aber Tanzen an sich mag ich seeehr gerne.«

»Na dann.«

Sie nimmt mich an der Hand und zieht mich zur Tanzfläche, ohne weitere Worte zu verlieren. Es dürfte geschätzte zwölf Jahre her sein, dass ich Teil einer Tanzperformance war. Doch ich versuche, es mir nicht anmerken zu lassen.

Der Alkohol in meinem Blut hilft mir und bringt meine

Beine dazu, sich ebenfalls an der Darbietung zu beteiligen. Ich gebe alles, mache die Schlange, den Taucher, gefolgt vom Moonwalk – und für eine Millisekunde überlege ich sogar, dass es doch nicht so schwer sein kann, einen Spagat zu machen. Lasse es dann aber doch erst mal.

»Ich bin übrigens die Jana«, haucht sie mir warm ins Ohr.

»Robert«, antworte ich und fühle, wie das Testosteron mein Blut überflutet.

»Schön, jemanden in meinem Alter zu treffen, der nicht die ganze Zeit über Job oder Kinder redet.«

Das gibt meiner Motivation den letzten Antrieb.

Ich bin schon ein toller Typ – und zack spreizen sich meine Beine in Richtung des Parkettbodens. Der folgende etwas übermütige Spagat endet mit dem einen Knie hart auf dem Tanzboden, während das zweite Bein knapp eine Bierkistenhöhe über dem Boden seine Dehnbarkeitsgrenze erreicht. Und auch der darauf folgende Sturz wird nur sehr schwach durch meine Hände abgefangen. Alles in allem ist dieser Spezialmove nicht eindeutig als Spagat zu identifizieren, dennoch bin ich erstaunlich schnell wieder auf den Beinen und davon überzeugt, dass die stechenden Schmerzen nur von vorübergehender Dauer sein können.

»Alles okay bei dir?« Jana legt mir ihre Hände auf die Schultern und schaut mich verwundert an.

»Na klar.« Ich lache und spüre, wie mein aufgeplatztes Knie zu nässen beginnt. »Bin nur ausgerutscht.«

Wir tanzen noch zwei Lieder, bis die Kapelle ein paar langsamere Schlager für die ältere Generation anstimmt. Ich bin dankbar für den Rhythmuswechsel. Und auch mein Knie wehrt sich nicht gegen eine Unterbrechung, in der es weiter anschwellen kann. Jana kommt einen Schritt auf mich zu und legt den Kopf an mein Ohr.

»Wollen wir uns setzen?«

Gott sei Dank. Noch zwei Minuten länger, und ich werde diese Sauerstoffschuld nie wieder begleichen können. Ich hole tief Luft, damit meine folgenden Worte sich nicht allzu schnaubend anhören, und nicke.

»Echt? – Okay, wenn du willst.«

Langsam humple ich hinter ihr zurück an den Tisch. Auch von hinten gibt Jana in ihrem Kleidchen eine tolle Figur ab. Wenn mich Emile jetzt nur mit so einer Frau sehen könnte.

»Bist ja gut in Form, Robert. Ich brauche aber erst mal 'ne Pause und 'ne Zigarette. Machst wohl viel Sport, oder?«

»Viel.« Ich neige abwechselnd den Kopf von einer Seite auf die andere. »Was ist schon viel?«

Jana zündet sich eine Zigarette an und bläst den Rauch aus.

»Ich hoffe, das stört dich nicht.« Jana deutet auf den Rauch.

»Kein Problem.«

Eigentlich kann ich Zigarettenqualm auf den Tod nicht ausstehen, aber bei ihr stört es mich tatsächlich nicht. Im Gegenteil, es wirkt irgendwie sogar sexy.

»Ich rauch nur ganz selten mal eine auf 'ner Party oder wenn es mir schlecht geht.«

»Schon okay.«

»Kann ich was von dir trinken?«

»Klar«, antworte ich und schiebe ihr meine Wodka-Lemon-Mischung rüber. Mit einer unvergleichbaren Grazie trinkt sie einen Schluck und stellt das Glas wieder zurück. Schlau aus Erfahrung, scanne ich sie dabei vorsichtshalber nach Cashmereduft oder männlich wirkenden Händen ab.

Nichts.

Sie ist weder Nutte noch Transe.

Dann sehen wir uns in die Augen, und ein Schweigen tritt ein, das mich verunsichert. Ich kenne mich in diesem Business einfach echt nicht mehr aus, und mein Alkoholspiegel sinkt durch das Tanzen auch wieder. Sofort versuche ich, unser Gespräch wieder aufzunehmen, um kein peinliches Vakuum aufkommen zu lassen.

»Und was machst du so?«

Super Frage, Robert, und auch so ausgefallen.

»Ich bin als QFC tätig.«

»Du arbeitest beim Verkaufsfernsehen?«

»Nein, nicht QVC. QFC!« Jana lacht und zieht erneut an ihrer Zigarette. »Das bedeutet Qualified Financial Consultant. Hat was mit Bank zu tun. Und du?«

Nicht dass ich noch immer dabei bin, die genannten Wörter zu einem schlüssigen oder zumindest mir bekannten Beruf zusammenzustellen. Bank. Das habe ich verstanden. Der Rest hörte sich darüber hinaus wichtig an. Und dann die berechtigte, aber für mich etwas blöde Frage nach mir und meinem Beruf.

Und ich?

Wer bin ich?

Und noch viel wichtiger.

Was bin ich?

Ja, was eigentlich?

Ich kann so einer Frau doch nicht sagen, dass ich eine immer noch andauernde Studienpause genommen habe und als Teilzeitkraft an der Tankstelle jobbe. Aber was soll ich ihr sagen? Auf welchen Beruf fahren Frauen ab?

»Pilot«, höre ich meine eigene Antwort und zur eigenen Bestätigung wiederhole ich sie auch noch einmal. »Pilot, ich bin Pilot.«

Dass mir ausgerechnet dieser Beruf, der mir nur Schmerz

und Qual gebracht hat, einfällt, ist zwar traurig, aber wirkungsvoll. Immerhin schaut mich Jana geradezu ehrfürchtig an.

»Wow, das hätte ich jetzt nicht gedacht. Wobei man ja immer hört, dass Piloten gerne mal einen trinken.« Sie deutet auf mein Glas, was nicht nötig gewesen wäre, denn ich sehe bestimmt genau so aus, wie ich mich nach dem ganzen Alkohol auch fühle. »Muss ein spannender Job sein und nicht so langweilig wie meiner.«

»Ach, geht so. Ist überbewertet.«

»Aber die ganzen Länder. Stelle ich mir toll vor.«

»Ja gut, man sieht schon viel von der Welt...«

»Wo fliegst du denn als Nächstes hin?«

Gute Frage, wo fliege ich denn als Nächstes hin? Dass ich bei so einer einfachen Frage schon strauchele, ist bedenklich für das Lügenkonstrukt, das ich mir gerade aufzubauen versuche. Hilfesuchend blicke ich mich um und bleibe bei der Band hängen, die gerade die Anfangsakkorde von Michael Holms »Mendocino« anstimmt.

»Mexiko.«

»Cool.« Jana greift wieder zu meinem Glas und trinkt es aus. »Kannst du mir einen Gefallen tun?«

»Klar, wenn ich kann.«

»Das klingt jetzt zwar echt bescheuert, aber... na ja, ich sammle Postkarten. Könntest du mir von deinen Zielen mal 'ne Karte schicken? Warte, ich schreib dir meine Adresse auf.«

»Kein Problem.«

Was soll ein Mann in solch einer Situation machen? Ich habe die Möglichkeit, die Adresse einer wunderschönen Frau zu bekommen. Dem Mexikoproblem stelle ich mich später.

»Super. Hier hast du meine Telefonnummer und Adresse, Ist 'ne WG.«

Unter der Nummer steht ihr Name: Jana Westhoff. Gefällt mir. »Hast du eine Visitenkarte oder so was?«

»Eine Karte, äh, nee, die habe ich gerade nicht dabei. Kann dir aber so meine Nummer geben, wenn du magst.«

»Okay. Du schreibst deine Nummer auf, und ich besorge uns in der Zeit was zu trinken.«

Jana drückt ihre Zigarette aus und zwinkert mir zu, während sie aufsteht und zur Bar geht. Ich bin so nervös, dass mir meine Nummer zunächst nicht einfallen will. Dann kritzele ich sie auf eine Serviette und lege sie auf Janas Tischseite. Ich nehme die Serviette noch zweimal zurück und überprüfe sie, da es nicht sein darf, dass mein Sexleben von einem Zahlendreher abhängig ist. Dann kommt Jana auch schon wieder zurück an den Tisch. In der Hand zwei Gläser Wein.

»Ich hoffe, du magst Wein.«

»O ja, ich liebe Wein.«

»Ein Fachmann also?«

»Na ja, wenn man schon auf der ganzen Welt unterwegs ist, dann kann man das Angenehme auch mit dem Nützlichen verbinden und sich die besten Weine der Welt kaufen, oder?«

Jetzt kenne ich kein Erbarmen mehr. Weder mit Jana noch mit mir und meiner Lügengeschichte. Jana ist toll, und tolle Frauen muss man beeindrucken, wenn man landen möchte. Und da ist ein Pilotenjob genau der richtige.

»Kennst du dich also richtig aus mit Weinen?«

»Ist eher ein Hobby von mir, aber meine Freunde vom Weinklub holen sich bei mir schon ab und an mal einen Rat, wenn es um einen guten Wein geht.«

Gibt es so etwas wie einen Weinklub überhaupt? Egal, wenn nicht, gründe ich morgen einen.

»Dann hoffe ich, dass der Wein überhaupt deinen Ansprüchen genügt.«

»Wird er schon«, sage ich und nehme einen großen Schluck. Ich habe keine Ahnung, was gut oder schlecht ist, und schmecken kann ich nach dem ganzen anderen Gesöff sowieso nichts mehr. »Ja, der ist okay.«

»Toll, von der ganzen Welt nur die tollsten Sachen genießen zu können.«

»Ja, Wein aus Chile, Sushi aus Tokio und Olivenöl aus der Toskana. Ist schon was anderes, wenn man die ganzen Sachen frisch vor Ort kaufen kann.«

Mit dieser Aufzählung habe ich mein gesammeltes Fachwissen über Lebensmittelherkunftsländer ausgebreitet. Kurz überlege ich noch, wo zur Hölle in der Toskana ein Lufthansa-Airbus landen soll, aber Jana scheint dies nicht aufzufallen. Und zum Glück setzt auch in diesem Moment die Band wieder mit der Version eines Rihanna-Lieds ein, und Jana springt daraufhin sofort auf.

»Das ist mein Lieblingslied. Komm, wir tanzen.«

Wieder zieht sie mich hinter sich her, und meine Schmerzen sind wie weggeblasen.

Ich spüre nichts mehr davon.

Allerdings rieche ich etwas. Nämlich meinen Achselschweiß, der sich nach der letzten Showtanzeinlage gebildet hat. Es ist mir peinlich. Daher verzichte ich diesmal auf einen Spagat und verfolge ihre Bewegungen. Sie sind katzenartig und weich. Ab und zu schließt sie die Augen, nimmt die Arme in die Luft und lächelt dabei. Vielleicht bin ich ja gar nicht ihr Typ? Würde mich nicht wundern, ich bin ja nicht mal meiner. Doch die Gesetze des normalen Lebens scheinen gerade ausgehebelt.

Sie ist schön.

Ich nicht.

Sie strahlt etwas Faszinierendes aus.

Ich strahle lediglich Schweißgeruch aus.

Und genau dagegen muss ich nun etwas tun. Ich möchte meine Chance nicht aufgrund von mangelnder Körperhygiene verspielen. Also handele ich und tippe Jana auf die Schulter.

»Ich komme gleich wieder.«

»Okay, ich warte hier auf der Tanzfläche.«

Sofort schlage ich den Weg zur Toilette ein. Falls dies hier und heute meine Nacht werden sollte, muss ich präpariert sein. In dem Toilettenraum, der im stilsicheren Arrangement der frühen Achtzigerjahre daherkommt, steht erwartungsgemäß kein Deodorant mit meinem Namen darauf für mich parat. Aber irgendwas muss ich tun. Meine Augen suchen nach einer Lösung und finden sie. Oberhalb des Waschbeckens hat die Putzfrau des 80er Urintempels netterweise ihre Arbeitsutensilien gebunkert. Darunter auch eine Dose mit der Aufschrift:

35 grüne Urinalbeckensteine mit Waldmoos-Duft. Gegen schlechte Gerüche, wirken selbsttätig. Benzol- und phosphatfrei.

Das klingt gut. Benzolfreies Waldmoos klingt deutlich angenehmer als Schweiß. Ich öffne mein Hemd und greife in die Dose meiner Rettung. Es ist zwar etwas eklig, aber immerhin ein Ausweg. Doch schon Sekunden später löst sich meine Urinalbeckensteinlösung auf wie ein Urinalbeckenstein. Zu meinem Entsetzen ist die Dose nämlich leer. Die Putzfrau scheint kurz vor den Feierlichkeiten noch aktiv geworden zu sein. Und ein weiterer Blick in die Herrenurinale bestätigt dies. Da liegen sie. Meine fünfunddreißig grünen Freunde. Aufgereiht und waldmoosduftend. Die Entscheidung fälle ich schnell und mit nur erstaunlich geringer Hemmschwelle. Ich greife in das Porzellan und angele mir zwischen Daumen und Zeigefinger den am wenigsten aufgelösten Stein heraus, lasse etwas Wasser im Waschbecken darüberlaufen, was wohl mehr eine Alibifunktion hat, und reibe mir den Würfel links und rechts kreisend durch meine Achselhöhlen. Im Anschluss rieche ich prüfend an beiden und stelle fest, dass der Duft erstaunlich angenehm ist. Dieses Ergebnis motiviert mich auch zur Reinigung des zweiten Krisenherds. Zufrieden schaue ich in den Spiegel und nicke mir selbst zustimmend ein *Okay, mach es, Robert* zu. Dann öffne ich meinen Gürtel, und der grüne Freund verbreitet auch in meinem Schrittbereich den betörenden Duft eines deutschen Mischwalds.

Das ist der Startschuss für einen älteren Herrn, der just in diesem Moment durch die Tür hereinkommt und sich direkt neben mir an einem der Pissoirs positioniert. Ertappt ziehe ich schnell meine Hand aus der Hose, schließe diese samt Urinalbeckenstein und wasche mir die Hände. Doch der alte Mann hat mich und meine Hand in der Hose sehr wohl gesehen.

»Machen Sie sich nichts draus, junger Mann. Ich kenne das. Du kannst schütteln und kannst klopfen, in die Hose geht der letzte Tropfen.«

Dazu lacht er kehlige Töne, die im Porzellan des Pissoirs nachbeben.

»Sie sagen es«, lache ich mit. Doch aufgrund meines noch nicht gänzlich abgeklungenen Rasurbrands spüre ich gerade, wie sich neben dem Waldmoosduft auch noch ein mittelgroßer Waldbrand in meinem Schritt ausbreitet. Der Rentner klopft sich gefühlte vierzig Minuten lang sein Gemächt ab, bevor er endlich ans Waschbecken tritt. Ich warte, bis er die Hände gewaschen, am Gebläse getrocknet und sich durch die Tür verabschiedet hat. Schnell greife ich mir umgehend den Urinalbeckenstein aus den Shorts und werfe ihn zurück zu seinen vierunddreißig anderen Freunden. Das Ende des flammenden Infernos. Zur Beruhigung lasse ich mir etwas Luft vom Gebläse in die Waldmoos-Feuerschneise pusten und hoffe, dass der Greis nicht noch mal zurückkommt, um sich die restlichen Milliliter abzuschütteln. Doch er bleibt fern. Dann fühle ich mich stark genug, um den Weg zurück in die Manege zu gehen. Wieder schaue ich mich im Spiegel an.

Du bist bereit, Robert.

Sei nur ein einziges Mal mutig und kein Weichei.

Los jetzt.

Der Weg von den Toiletten zurück in den Saal ist wie ein Gang durch einen Tunnel. Und am Ende dieses Tunnels erblicke ich sie. Mein Licht. Jana. Wie in Trance gehe ich auf sie zu und umfasse ihre Hüften. Sanft und doch bestimmend ziehe ich sie fest an mich. Sie schaut mich zunächst verdutzt an, doch im nächsten Moment lächelt sie, streicht mir über das Gesicht und zieht mich noch näher zu sich.

Ich schlucke.

Es funktioniert.

Ich fühle mich wie ein Grundschüler, der voller Nervosität den Notenspiegel von der Tafel liest und keine Ahnung hat, wo er sich wiederfinden wird.

Ich schlucke ein weiteres Mal.

Dann höre ich Janas Stimme. Allerdings vernehme ich diese nur wie durch einen Schleier und glaube, mich im ersten Moment zu verhören.

Doch es ist die Realität.

Und die Worte klingen wie eine Erlösung.

Sie bedeuten das Ende meiner Pechsträhne.

Das Ende alles Schlechten.

Der Wendepunkt.

Der Beginn von etwas Gutem.

»Komm, Robert, lass uns gehen!«

16
Postkarten für die Crew

Der nächste Morgen ist wie eine Wiedergeburt für mich.

Ich fühle mich großartig. Dennoch muss ich mich zusammenreißen. Nicht dass Jana denkt, ich sei verliebt und wolle gleich mit ihr eine Beziehung eingehen. Bloß nicht. Ich bin ja gerade erst zu meiner Mission gestartet. Werde mich doch nicht gleich wieder der Erstbesten versprechen.

Oder?

Nein.

Nein, ich genieße meine Freiheit.

Will sie atmen.

Etwas erleben.

Ein Hai sein.

Aber ich muss zugeben, dass ich Jana echt mag. Nach der Trauung und der anschließenden Feier hatten wir jedenfalls unsere ganz eigene Hochzeitsnacht in meinem Hotelzimmer. Und um es mit einem Wort zu beschreiben: Es war der Hammer! Waldmoos de luxe! Es war toll. Toll, weil ich keine Mushishu oder irgendeine Nadascha dazu im Internet oder sonst wo auftun musste, sondern weil es sich einfach so ergab. Ich kam, sah und siegte. Oder besser. Ich wurde gesehen, kam dann und fühlte mich wie ein Sieger. Jana verabschiedete sich von mir nach dem Frühstück, jedoch nicht, ohne mich noch mal daran zu erinnern, dass ich ihr ja versprochen habe, eine Postkarte von meinem nächsten Flug schicken zu wollen.

Ich und meine große Schnauze!

Gott sei Dank weiß ich nicht mehr so ganz genau, was ich ihr noch alles erzählt habe.

Als ich später auf der beschwingten Rückfahrt am Flughafen vorbeikomme, habe ich aber schon die passende Lösung des Problems parat.

Ich bin halt ein kleines Füchschen.

Ich biege ab und fahre zum Terminal eins, wo ich mein Auto parke. In einem Lufthansashop kaufe ich mir zunächst mal einen Pack Postkarten mit dem Foto einer Boeing 747 vorn drauf. Anschließend setze ich mich kurz auf eine Bank im Wartebereich und überlege, was ich schreiben soll. Irgendwas Witziges, das aber auch nicht zu viel Freude ausstrahlt. Sonst weiß sie gleich, dass ich sie klasse finde, und das ist nie gut. Schließlich bin ich Pilot einer 747, mich beeindruckt so schnell nichts.

Liebe Jana... Zack, und schon werfe ich die erste Karte weg. Liebe Jana? Das hört sich an, als wollte ich sie zum Kindergeburtstag samt Topfschlagen einladen. Nein, das muss maskuliner und cooler klingen.

Hi, Jana!
Sind gerade in Mexiko angekommen und auf dem Weg ins Hotel. Wollte nur mein Versprechen einlösen und dich lieb grüßen.
   Alles Liebe, Robert.

Ja, das ist gut.

Zur Sicherheit lese ich mir aber die Zeilen erneut durch.

Doch, das passt.

Nicht zu schwulstig, auf den Punkt und doch nett.

Ich stecke die anderen Karten wieder ein, gehe zurück in

den Shop und kaufe eine Briefmarke. Zurück in meinem Auto finde ich meine Idee so dermaßen gut, dass ich überlege, ob man sich so was patentieren lassen könnte. Im Anschluss fahre ich weiter an das sogenannte Drehkreuz. Das ist der Platz, an dem ich Steffi nach ihren Flügen immer abgeholt habe. Hier gehen fast alle Flugbegleiter rein oder raus, wenn sie arbeiten müssen. Und genau das mache ich mir zunutze. Nach nicht einmal zwei Minuten taucht schon der erste Flugbegleiter auf, den ich ansprechen kann. Dunkle Haare, junger Typ, könnte passen.

»Tschuldigung...« Ich winke ihn zu mir. »Ich hätte eine Bitte. Klingt zwar blöd, aber könntest du mir einen großen Gefallen tun?«

»Um was geht's denn?«

»Um eine Frau, wie immer.« Ich lache einnehmend.

»Fast immer. Manchmal geht's auch um Männer.« Er erwidert das Lächeln, und ich bemerke seine exakt gezupften Augenbrauen und das leichte Lipgloss. *Schwul* steht unübersehbar in pink leuchtender Schrift auf seiner Stirn, nur habe ich es vor lauter Übereifer nicht lesen können.

»Äh, ja. Richtig. Fast immer. Auf jeden Fall habe ich einer Frau gesagt, dass ich nach Mexiko fliege und ihr eine Karte von dort schicke.«

»Bist du ein Kollege?«

»Nein, das ist ja das Problem.«

»Also ein Fremdgeher, oder was?«

»Nein, nein.«

»Und warum überhaupt so 'ne blöde Karte mit einer 747 drauf?«

Okay, es wird doch etwas schwieriger als vermutet. Wusste ja nicht, dass ich mir ausgerechnet einen schwulen Moralapostel aussuche.

Scheiß drauf, denke ich und packe meine unsagbar blöde Lügengeschichte in vier Sätzen zusammen. Erstaunlicherweise ergreift der Flugbegleiter nicht sofort die Flucht, sondern hört sich alles an.

»Und du willst jetzt, dass ich die Karte mit an mein Reiseziel nehme und sie dort einwerfe.«

»Genau.«

Er schüttelt kurz den Kopf, nimmt mir jedoch die Karte aus der Hand und nickt schließlich.

»Dann sollte sie aber auch in Mexiko abgestempelt werden und nicht in München. Da flieg ich nämlich hin. Aber ich hab was für so Spinner wie dich übrig. Ich schau mal, wann die nächste Crew nach Mexiko fliegt und lege sie einem Kollegen ins Postfach. Versprechen kann ich aber nichts.«

»Das würdest du wirklich tun? Super, das ist echt nett von dir. Kann ich mich irgendwie dafür bei dir bedanken?«

Da klingen auch schon meine Alarmglocken. Das könnte im wahrsten Sinne des Wortes *in die Hose gehen*.

»Nein, passt schon. Vielleicht sieht man sich ja mal. Bist du aus Frankfurt?«

»Ja.«

»Ich auch. Bin übrigens der Oliver.«

»Robert.« Wir schütteln uns die Hände, und Oliver verschwindet durch das Drehkreuz.

Mein Plan muss also für die nächste Postkarte noch etwas verbessert werden. Es gibt noch kleine Lücken, aber Jana wird in den nächsten Tagen Post von mir erhalten. Von Robert Süßemilch. Pilot einer Boeing 747.

17 Der MuscleMaster X 2000

Aufgrund meiner ausgefeilten Postkartentaktik lebe ich in den nächsten sechs Tagen auf einer Welle der Euphorie. Ich perfektioniere mein Vorgehen und frage die meist weiblichen Flugbegleiterinnen, die ich abfange, zunächst, wo sie denn hinfliegen. Erst dann gebe ich ihnen die Karte mit und sage Jana im Anschluss, wo mein nächster Flug hingeht. Jana und ich schreiben uns SMS, da sie beruflich diese Woche viel zu tun hat und ich ja sowieso unterwegs bin. Eine großartige Masche. So bleibt alles schön unverbindlich. Das schreit nach einer Belohnung. Schließlich habe ich eine tolle Frau kennengelernt, Sex mit ihr gehabt und werde sie wahrscheinlich auch wiedersehen. Der Sex war echt gut. Sehr gut sogar. Zumindest für mich. Und ich glaube, dass ich mich an einige überzeugende Lustschreie ihrerseits erinnern kann.

Und so zieht es mich am heutigen Abend mit Emile in ein paar Äpplerwirtschaften in Sachsenhausen. *Zum Gemalten Haus, Wagner, Kanonesteppel* und wieder zurück zum *Wagner*, der uns allerdings rausschmeißt, weil es schon so spät ist. Mehrere Bembel und Mispelchen später befinde ich mich wieder auf dem Heimweg und erkenne eine relativ große Streuung meiner Schritte.

Mann, was bin ich voll. Ich kann mich nicht daran erinnern, in den letzten zehn Jahren auch nur ein einziges Mal annähernd so besoffen gewesen zu sein. Und ich weiß, wovon ich rede: Ich hatte Abstürze auf Stefanies Familienfeiern, verursacht durch ihren Onkel Willi, der ein großer Freund des Hörnerwhiskeys ist. Er besitzt sogar eine eigens dafür konstruierte Jägermeister Kühl- und Zapfanlage, die er nicht müde wird, auch ganz gezielt gegen die Zivilbevölkerung einzusetzen. Aber selbst auf der Hochzeit von Stefanies Cousine Franziska, auf der ich mit Onkel Willi neue Maßstäbe in Sachen Jägermeister und damit verbundenen Kollateralschäden setzte, behielt ich mir zumindest den animalischen Trieb zur Selbsterhaltung der eigenen Art. Heute Abend nicht. Ich habe es übertrieben und möchte nun sterben. Scheiß auf die Gattung der Süßemilchs. Sollen wir doch aussterben und ein für alle Mal von diesem sowieso schon kaputten Planeten verschwinden.

Nachdem ich die tückische Falle des Türschlosses überlistet habe, stolpere ich durch den Flur und mache mich über den kompletten Vorrat an der neu zugelegten Herrenschokolade mit neunzig Prozent Kakaoanteil her. Schmeckt nicht so gut wie meine Yogurette, ist aber männlicher. Aus den Augenwinkeln erkenne ich währenddessen, dass das unbeugsame Volk der Ameisen noch immer unbeugsam ist. Jetzt reicht es mir. Ich greife zum Hörer und rufe die Auskunft an. Trotz der späten Stunde und meines Lallens stellt mich die nette Dame direkt zu einem Kammerjäger durch. Erstaunt und verärgert darüber, dass dieser um kurz nach drei Uhr nachts nicht mehr in seinem Büro ist, spreche ich ihm einen Terminvorschlag auf den Anrufbeantworter, den ich im gleichen Moment aber wieder vergesse. Mit dem Telefon in der Hand und Reststücken von Herrenschokolade um die Mundwinkel steuere ich erstaunlich zielsicher mein Schlafzimmer an. Die Automatismen funktionieren noch immer bestens, und mit irgendeinem Körperteil schalte ich den Fernseher ein. Schnaufend lasse ich mich ins Bett fallen, lege meinen Arm um Shrek und drehe mich so, dass ich dem deutschen Nachtprogramm in seine furchtbare Fratze schauen kann. Denn nachts braut sich der gesammelt-gesellschaftliche Hirnfurz unserer Nation zu einem beachtlichen Sturm zusammen, in dessen Zyklopenauge ich nun blicke. Entweder eine Gruppe junger Frauen spielt zu dieser Uhrzeit im Sportfernsehen sinnfrei nackt Badminton, oder eine scharfe Rentnerin jenseits der siebzig mit mintfarbenem Lidschatten will mich durch subtile Wortschöpfungen davon überzeugen, sie sofort anzurufen.

Ich schalte den Videotext ein. Mal sehen, was die Welt in den letzten Stunden ohne mich so getrieben hat.

Beziehungsdrama in Rüsselsheim.

ZACK, hingezappt.

In einem Eissalon in Rüsselsheim hat ein Mann seine Exfrau und deren neuen Freund mit einem Obstmesser erstochen. Da wird wohl in den nächsten Tagen keiner einen Früchtebecher oder ein Bananensplit bestellen.

ZACK, weg.

Skandal bei der Bundeswehr.

ZACK, hingezappt.

In einer Kaserne der Gebirgsjäger wurden einige Soldaten von Kameraden gemobbt und dazu genötigt, gegen ihren Willen Befehle auszuführen, die ihnen unsinnig erschienen.

Nein, gibt's das denn?!

Bei der Bundeswehr werden also Dinge befohlen, die einem unsinnig erscheinen? Wer hätte das gedacht?! Wo die doch sonst immer alles durchdiskutieren und dann per demokratischer Abstimmung entscheiden, ob das für alle auch so okay geht, sie ins Manöver ziehen sollen oder doch lieber auf der Stube weiterhäkeln. Am Ende kommt noch raus, dass die dort bei der Bundeswehr Alkohol trinken.

ZACK, weg.

Auf Tafel 600 wird eine TED-Umfrage zur Fußball-Bundesliga gemacht.

ZACK, hingezappt.

Frage: Glauben Sie, dass Bayern München erneut Deutscher Fußballmeister wird?

Was für eine Scheißfrage! Erstens steht die Antwort doch ohnehin fest, und zweitens ist es eine Frechheit, auf diese Art und Weise den Leuten das Geld aus der Tasche zu ziehen. Aber es kommt noch besser. Als ich aus reiner Neugier die Seite aufrufe, befinden sich dort nicht nur die zu erwartenden Antworten JA oder NEIN, sondern noch *drei* weitere Optionen.

Für JA stimmen erwartet hohe dreiundsiebzig Prozent, für NEIN immerhin zwölf Prozent. Und tatsächlich rufen unter der angegebenen Nummer irgendwelche Vollkasper an, um WEISS NICHT mit acht Prozent, MIR EGAL mit vier Prozent und VIELLEICHT mit drei Prozent zu unterstützen.

Wie unterbelichtet muss ein Mensch sein, um sein Telefon in die Hand zu nehmen und an einer Befragung teilzunehmen, deren Ergebnis ihm EGAL ist, oder nur um mitzuteilen, dass er es NICHT WEISS oder es VIELLEICHT für möglich hält? Da ich mich gerade in einer Phase gesteigerten Selbstvertrauens befinde und mein Telefon greifbar neben dem Bett liegt, rufe ich spontan bei dem Sender an, um weitere Vorschläge einzureichen. Und tatsächlich, nach kurzem Warten erreiche ich sogar um diese Uhrzeit einen netten Mann vom Kundenservice.

»Servicezentrum, mein Name ist Sören Ruppenscheidt, was kann ich für Sie tun?«

»Robert Süßemilch. 'n Abend, Herr Rippenschneid.«

»Ruppenscheidt, Sören Ruppenscheidt.«

»Soll mir recht sein. Ich hätte jedenfalls noch zwei Vorschläge für Ihre TED-Umfrage zum Thema Fußball-Bundesliga«, lalle ich in den Hörer. Doch das scheint den Servicemitarbeiter nicht zu stören, und er gibt sich professionell interessiert.

»Das ist schön. Gerne notiere ich Ihre Vorschläge und gebe sie an die dafür zuständige Redaktion weiter.«

»Machen Sie das, Herr Rüdenschleim, machen Sie das. Mit so einer vorbildlichen Motivation werden Sie noch Karriere in Ihrem Haus machen.«

»Ruppenscheidt war mein Name, Herr Süßemilch. Aber vielen Dank. Ich höre.«

»Was hören Sie?«

»Ihre Vorschläge, Sie wollten mir Vorschläge für unsere TED-Umfrage machen.«

»Richtig. Richtig, Herr Schuppenreich…« Ich hebe belehrend den Finger, den Herr Schuppenreich am anderen Ende aber leider nicht sehen kann. »Also zu den Antworten auf die Fußballmeisterfrage würde ich gerne noch *ICH SCHWANKE NOCH, KÖNNTE SEIN* und *WER WEISS DAS SCHON SO GENAU* hinzufügen. Der Zuschauer hat doch sonst gar keine Wahlmöglichkeiten.«

»Das sind sehr schöne Vorschläge, Herr Süßemilch.«

»Danke, bekomme ich dafür auch einen Teil der Einnahmen an diesem Blödsinn, Herr Rippenscheich?«

»Ruppenschleich, ach Quatsch, ich meine Rippen… ist ja auch egal, jedenfalls geht das leider nicht, Herr Süßemilch.«

»Aber wenn Sie jetzt zum Beispiel als weitere völlig sinnfreie Antwort auf die Frage sagen wir mal… *KASACHSTAN* hinschreiben würden, riefen doch bestimmt immer noch irgendwelche Idioten an, an denen Sie verdienen, Herr Suppenreich!«

»Ich persönlich wohl kaum, Herr Süßemilch.«

»Na, wenn es Ihnen doch egal ist, können Sie mir doch auch was von dem Kuchen der Idioten abgeben.«

»Ich werde Ihre Vorschläge weitergeben. Mehr kann ich da nicht für Sie tun.«

»Ich danke Ihnen, Herr Schleicher, gute Nacht.«

»Gute Nacht, Herr Süßemilch.«

Ich hätte gerne noch weiter mit Herrn Scheich gesprochen, doch ich verspüre in meinem Hüft-Leistenbereich einen zunehmenden Druck und verschwinde elfengleich auf die Toilette. Nachdem ich mich von Schuhwerk, Hemd, Hose und meinem Blaseninhalt befreit habe und wieder nackt im Bett liege, wird gerade ein Werbespot der Extraklasse abgeliefert. Ein Produkt, das in seiner Wirksamkeit und Einmaligkeit nicht von dieser Welt zu sein scheint.

Der *MuscleMaster X 2000*.

Mehrere MuscleMaster-Kunden berichten nacheinander von ihrem durchschlagenden Erfolg mit diesem Bauchwegwunder der Neuzeit. Man schwitzt hierbei einfach nur passiv das Fett aus Bauch und Hüfte und kann dabei weiter faul vorm Fernseher liegen bleiben. Während man sich also oben fleißig Bier und Chips reinschiebt, wird unten durch kleine Stromstöße der Muskel zum Kontrahieren animiert. Doch das ist bei Weitem noch nicht alles. Die Anpreiserin, die wie ein Streifenhörnchen auf Koks aus ihren Pupillen schaut, erklärt, dass mit zehn Minuten Training am Tag nicht nur die vorderen Bauchmuskeln trainiert werden, sondern auch die hinteren. Ich habe zwar in meinem ganzen Leben noch nie etwas von Bauchmuskeln am Rücken gehört – diese werden wohl nur noch im Volksmund fälschlicherweise Rückenmuskeln genannt –, dennoch bin ich beeindruckt, und fünf Millionen verkaufter Exemplare sprechen dazu eine deutliche

Sprache. Außerdem kann man laut Streifenhörnchen heute und *nur heute* satte einhundertfünfzig Euro sparen. Und nicht nur das, heute und *nur heute* bekommt man darüber hinaus noch Tragetasche, Diätplan, Batterien sowie den Minigürtel für die Wadenpads dazu. Außerdem bekommen die ersten hundert Anrufer heute und *nur heute* ein zweites MuscleMaster-X-2000-Set umsonst dazu. Ich schaue an meinem nackten Körper bis zu den Waden herab und erinnere mich an den gestählten Körper des Piloten in Stefanies Bett.

Hm, einen Hauch definierter dürfte es schon sein. Ich könnte den Gürtel während der Arbeit an der Tankstelle tragen. Oder könnten die elektronischen Impulse eventuell eine Explosion der Zapfsäulen nach sich ziehen? Quatsch, und selbst wenn, auch egal, denke ich mir und sehe, wie meine Hand erneut zum Telefon wandert.

18
Eine Uniform, eine Uniform

Eine markante Frauenstimme, die mir aus einem nicht erklärbaren Grund vertraut vorkommt, reißt mich aus dem Schlaf. Sie beschimpft mich, und dies in einer beachtlich ätzenden Tonlage. Mit geschlossenen Augen suche ich nach Erklärungen dafür.

Wer um alles in der Welt steht frühmorgens in meinem Schlafzimmer, um mich zu beschimpfen?

Eine berechtigte Frage, auf die ich spontan im Halbschlaf keine schlüssige Antwort finde. Eine keifende Freundin habe ich ebenso wenig wie eine Erinnerung an den Vorabend. Wen habe ich denn da nur mit nach Hause genommen? Und war ich in der vergangenen Nacht tatsächlich so schlecht, um nun am Morgen dafür beschimpft zu werden?

Die ersten halbwegs klaren Gedanken schleichen sich heimlich über das Tal der Großhirnrinde in mein Kleinhirn. Das Langzeitgedächtnis wird stoßweise reanimiert und tatsächlich, da fällt es mir ein: Die Stimme hat eine beängstigende Ähnlichkeit mit Peggy Bundy. Dies lässt nur zwei Erklärungsmöglichkeiten zu:

1. Ich habe in der vergangenen Nacht tatsächlich Peggy Bundys deutsche Synchronsprecherin mit nach Hause genommen und sie im Anschluss sexuell so bitter enttäuscht, dass sie mich nun zu Recht beschimpft.

2. Der Fernseher läuft noch und zeigt eine Folge der seit nun fast zwanzig Jahren immer wieder in einer Art Endlosschleife laufenden Serie *Eine schrecklich nette Familie*.

Als kurz darauf Frank Sinatra »Love and married« singt, bin ich beruhigt, denn *good old blue eye* saß gestern sicher nicht mit mir und der Synchronstimme Peggy Bundys bei Äppler und Mispelchen in Sachsenhausen.

Mein Schädel dröhnt wie das Nebelhorn eines friesischen Leuchtturms. Mit noch immer geschlossenen Augen greife ich neben das Bett, auf der Suche nach der Flasche Wasser, die dort eigentlich immer steht. Heute steht da aber anscheinend keine. Dann mache ich einen ersten Versuch, die Augen vorsichtig gegen das gleißende Tageslicht zu öffnen, da ich am Vorabend anscheinend wohl etwas übereilt zu Bett gegangen bin und dabei vergessen hatte, die Jalousien herunterzulassen. Eine kleine Unachtsamkeit, die mir jetzt schmerzlich zu stehen kommt.

Aua.

Ich breche den ersten Versuch ab und starte einen zweiten Aufklärungsangriff in Richtung Wasserflasche. Und tatsächlich. Ich ertaste einen Flaschenhals, greife danach, und im nächsten Moment kippt die komplette Flasche um, und ein dreiviertel Liter herrlichstes UrQuellWasser ergießt sich über meinen Parkettboden. Das ist zum einen ärgerlich für das Holz, zum anderen für mich, denn jetzt muss ich aufstehen und den Mist wegwischen. Die Augenlider heben sich dabei so langsam wie ein japanischer Sonnenaufgang über der Hochebene des Fudschijamas. Und ebenso wie bei diesem Vulkan baut sich auch unter meiner Schädeldecke ein beachtlicher Druck und ein stechender Schmerz auf, der sich langsam von den Augen bis zum Hinterkopf ausbreitet, um dort schließlich mit kolossaler Wucht an die Oberfläche zu brechen. Robert Süßemilch, der einzig aktive menschliche Vulkan mit hohem Ausbruchsrisiko. Aus meinem Schädel könnte jeden Moment kochend heiße Lava hervortreten und alles in einem Umkreis von mehreren Kilometern mit in den Tod reißen. Bevor jedoch die Seismografen meinen Ausbruch aufzeichnen, wische ich besser erst mal das Wasser auf. Notdürftig verwende ich dazu Shreks saugfähigen Stoffhintern, da er das Einzige ist, was in greifbarer Nähe liegt. Und da ich nun schon mal auf bin, muss ich den Tag wohl auch komplett durchstehen. Ich mache mir als Erstes einen starken Kaffee und überlege, ob als Warnung vorab Rauchwolken aus meinem Kopf aufsteigen würden, bevor ich ausbreche. Zeitgleich rattert mein Faxgerät los und spuckt eine Seite aus.

*Wir beglückwünschen Sie
zum Kauf Ihres MuscleMaster-X-2000-Bauchwegtrainers!
Egal ob am Strand von Rio de Janeiro oder
am heimischen Badesee.
Mit dem MuscleMaster-X-2000-Bauchwegtrainer
machen Sie immer eine tolle Figur.*

Es folgen weitere Beweihräucherungen meiner Person und ein weiteres Glückwunschschreiben, dass ich unter den ersten hundert Anrufern gewesen sei und somit einen weiteren MuscleMaster X 2000 für Freunde und Bekannte gratis dazubekäme. Als Letztes finde ich auch den Rechnungsbetrag über 99,95 Euro, der über meine Kreditkarte bereits abgebucht sei. Ein Bauchweggürtel? Für mich? Ich schüttle verständnislos den Kopf, werfe das Fax in den Mülleimer und wundere mich, wie die zu meiner Faxnummer kommen konnten, als das Telefon klingelt.

»Süßemilch.«

»Hi, Robert, ich bin es, Jana.«

»Jana«, wiederhole ich erfreut und bemerke zu meiner eigenen Überraschung, wie sehr ich mich tatsächlich darüber freue. Schnell rufe ich alle verfügbaren Erinnerungen meines Schattenspiels ab: Pilot, Weinkenner, eloquent, Frauenversteher und trotzdem ein tougher Typ. Okay, ich bin bereit. »Schön, von dir zu hören.«

»Ist ja ein Ding, dass ich dich tatsächlich erreiche. Hattest du nicht geschrieben, du seist unterwegs? Wollte dir nur was auf deinen Anrufbeantworter sprechen.«

»Äh, ja. Hab die Rufumleitung eingeschaltet.«

»Aha. Na ja, ich wollte mich auch nur für die Karten aus Mexico City, Neu-Delhi und Yokohama bedanken. Du bist ja in den letzten zwei Wochen echt ganz schön unterwegs gewesen, was? Wo erwisch ich dich denn gerade?«

»In der Küche«, sage ich gedankenlos und könnte mich im nächsten Moment dafür ohrfeigen. Denn jetzt fällt mir ein, dass ich ihr geschrieben hatte, ich wäre dieses Wochenende auf einer Tour.

»In der Bordküche des Fliegers, oder seid ihr noch im Hotel?«

Ich stelle die Tasse ab und kehre kurz in mich. Wo bin ich? Hatte ich das ihr gegenüber überhaupt erwähnt? Ich hoffe nicht.

»Hotel«, höre ich mich sagen. »Hotelküche.«

»Was machst du denn in der Hotelküche?«

»Ja, was mache ich eigentlich hier?« Ich lache beherzt und versuche, mir so einige Sekunden des Nachdenkens zu verschaffen. »Ich geb 'nen Crashkurs darin, Rühreier zu machen, die kennen das hier nicht.«

»Du steckst ja wirklich voller Talente. Aber sag mal, wo ist denn der Ort, an dem man keine Rühreier kennt?«

Verdammt. Hilfesuchend sehe ich mich um, bis mein Blick am MuscleMaster-X-2000-Fax im Mülleimer hängen bleibt. Ich reagiere schnell.

»Rio.«

»Rio? Wow, super.«

»Ja, Rio. Da kann ich mein Portugiesisch etwas auffrischen.«

»Und da seid ihr heute Abend schon wieder zurück in Frankfurt? Hattest du nicht in der letzten SMS geschrieben, dass ihr heute wieder zurückkommt?«

»Ja, klar«, presse ich hervor und schüttle dabei den Kopf.

»Super, ich wollte dich nämlich fragen, ob du Lust hättest, mit mir was essen zu gehen.«

Sie findet mich wirklich gut oder zumindest das, was sie von mir zu kennen glaubt. Sie findet also den Weinkenner und Piloten gut. Trotzdem. Ich bin wieder im Geschäft, ich biege wieder auf den Highway der Promiskuität ein.

»Na klar. Gerne.«

»Ich bin nämlich heute Abend ganz in der Nähe und könnte dich vom Flughafen abholen. Oder ist dir das zu stressig nach dem langen Flug?«

»Stressig? Nein, Quatsch. Kein Problem.«

»Wann landet ihr denn?«

Ja, wann landen solche Flieger denn immer?, frage ich mich und finde neunzehn Uhr zwanzig eine unglaublich gute Landezeit.

»Neunzehn Uhr zwanzig.« Und da meine Ex ja Flugbegleiterin war, mache ich die Illusion nun nahezu perfekt, indem ich Fachbegriffe einfließen lasse. »Kennst du das Drehkreuz? Dort sind so Kiss&Go-Abholerparkplätze für Freunde und Bekannte der Crew.«

»Nee, kenn ich nicht, finde ich aber. Dann bin ich so um halb acht da. Freu mich, bis dann.«

»Ja, freu mich auch. Bis dann.«

Ich lege auf, lächle mein breitestes Siegerlächeln, das ich mit meinem Vulkankopfschmerz noch hervorbringen kann, und gehe ins Bad, um eine Europalette Aspirin aufzulösen. Robert, du alter Fuchs! Heute Abend mit der S-Bahn zum Flughafen, gegen halb acht zum Drehkreuz tappeln und einen ermüdeten, aber glücklichen Eindruck machen. Ich schaue in den Spiegel, und was ich sehe, ist zwar nicht schön, aber erfolgreich. Doch dann erstarrt mein Lächeln plötzlich zu einem eisigen, ja ich muss zugeben, dümmlichen Gesichtsausdruck. Mir wird klar, dass Jana einen Piloten am Parkplatz abholen möchte und keinen Robert Süßemilch. Und ich kenne keinen Piloten, der in Sportschuhen und Straßenkleidung seinen Airbus auf den Frankfurter Landebahnasphalt drückt.

Mir fehlt etwas ganz Entscheidendes: eine Pilotenuniform.

19
Mainz, wie es singt und lacht

Trotz meiner Kopfschmerz-Lavaströme, die durch die Aspirin-Invasion nur bedingt an Fließkraft verloren haben, habe ich eine zündende Idee, die die Situation retten könnte. Und nur dreißig Minuten später sitze ich bereits im Auto und befinde mich auf dem Weg in die Narrenhochburg Zentraldeutschlands: Mainz.

Zwar bin ich weit davon entfernt, ein Fastnachtsnarr zu sein, doch heute bin ich dankbar dafür, dass es in der unmittelbaren Nachbarschaft von Frankfurt diese verstrahlten Schwellköppe gibt. Sie sind meine letzte Hoffnung. Sie und ganz besonders einer: Kostümverleiher Karl-Heinz Kowalski, genannt »Lumpen-Charly«. Das sagt zumindest das Internet.

Doch leider will dort niemand meinen Anruf entgegennehmen. Also fahre ich die paar Kilometer über den Rhein und stehe wenig später vor dem Geschäft, das in den Schaufenstern mit einem Biene-Maja-Kostüm sowie einem Ganzkörper-Toiletten-Anzug seine Kunden in den Laden zu locken sucht. Beim Betreten überlege ich mir noch, wie so ein Geschäft das restliche Jahr überleben kann, wenn nicht gerade »dat Trömmelsche jehd«, wobei ich das hier in Mainz wohl nicht laut sagen darf. Der Laden selbst besticht durch Old-School-Einrichtung und vor allem Old-School-Verkäufer.

»Wie kann ich Ihnen helfen?«, fragt mich ein Mann mit

Vollbart und dicker schwarzer Hornbrille. Ich bin zunächst nicht sicher, ob es eine Maske ist, die den Kunden vorgeführt werden soll, und schaue dem Mann daher leicht kritisch in die Augen.

»Uniform. Ich brauch eine Uniform.«

»Verstehe.«

Irgendwie schaut mich der Typ so herablassend an. Da muss man nachhaken.

»Ich brauch eine für private Zwecke.«

»Ist klar. Wieder so einer.«

Erneut bin ich über seine Antwort irritiert, und als er seine Hornbrille kurz absetzt, weiß ich, dass er diese auch das restliche Jahr auf seiner Nase spazieren trägt.

»Was meinen Sie damit?«

»Ach nix. Aber so Leute wie ihr nehmt den echten Narren doch die ganzen Kostüme weg.«

»Leute wie ich?«, wundere ich mich. »Ich brauche doch nur eine Uniform.«

»Ist schon in Ordnung. Also, mein lieber guter Mann, wir haben hier einen Haufen Uniformen. Soldat, Polizist, Feuerwehr, Arzt...«

»Haben Sie Kapitänsuniformen?«

»Zur See, zur Luft, Ausgehuniform?«

Du lieber Himmel, das hatte ich mir einfacher vorgestellt. Wusste ja nicht, dass man erst drei Semester Uniformologie studiert haben muss, um hier was auszuleihen.

»Eine blaue Pilotenuniform. Aus dem zivilen Luftverkehr. So wie ein Pilot von der Lufthansa sie trägt.«

»Oh, da muss ich schauen.« Der Mann dreht ab und verschwindet in den Tiefen der Kostümwelt. Nach ein paar Minuten kommt er mit leeren Händen zurück.

»Ne«, er schüttelt den Kopf, »alles verliehen.«

»Was? Aber wir haben November. Da kann doch unmöglich alles verliehen sein.«

»Haben Sie mal auf den Kalender geschaut? Der 11.11. ist vor ein paar Tagen gewesen, und wir haben ab jetzt volles Programm bis Aschermittwoch.«

Verdammt, das hatte ich nicht bedacht. Die Bekloppten-Zeit hat bereits ihre kalte Hand ausgestreckt und meine Chance auf eine Uniform minimiert.

»Ja, aber ich brauch die Uniform, und zwar heute.«

»Tut mir leid, die letzte haben wir gestern an einen Kollegen von Ihnen verliehen.«

Einen Kollegen von mir? Von der Tankstelle? Was will Emile denn mit einer Pilotenuniform? Und woher kennt der Mann mich?

»An einen Kollegen von mir? An was für einen Kollegen?«

»Na, auch so einer wie sie. So ein Stripper.«

»Stripper? Ich?« Jetzt verstehe ich. Räuber Hotzenplotz denkt, dass ich die Uniform für einen Auftritt als Stripper benötige. »Nein, da haben Sie mich falsch verstanden. Ich bin kein Stripper. Aber ich brauch diese verdammte Uniform.«

Ich schildere stichpunktartig meine Situation. Ich bin verzweifelt, und dieser Mann ist meine letzte Hoffnung, um auf dem Highway der Promiskuität weiterfahren zu können.

»Wer gackert, sollte auch Eier legen können.« Der Mann lacht beherzt und schüttelt dann sein bärtiges Gesicht. »Passen Sie auf, ich mach Ihnen einen Vorschlag. Ich habe noch 'ne kaputte Uniform hinten im Lager. Der Reißverschluss ist kaputt, und es ist 'ne weiße Schiffskapitänuniform. Die können Sie haben. Und wenn die Kleine doch ohnehin keine Ahnung hat vom Fliegen, wird das schon klappen. Ist doch egal, ob blau oder weiß. Sie holt Sie ab, Sie ziehen sich zu Hause um, und danach gehen Sie mit der Dame lecker was essen.«

»Na ja, es bleibt mir wohl nix anderes mehr übrig. Ist echt nett von Ihnen. Was kriegen Sie denn dafür?«

»Lassen Sie stecken. Sie brauchen mir nichts dafür zu geben, aber ich will wissen, wie die Sache gelaufen ist. Wenn ich das meiner Frau erzähl, schmeißt sie sich weg. Die nimmt das glatt für ihre Büttenrede mit ins Programm.«

Ich erkläre mich einverstanden, und wenige Minuten später bin ich Besitzer einer kaputten, schneeweißen Uniform. Eine Ausgehuniform eines Kapitäns zur See.

20
Am Drehkreuz

Es ist zwanzig nach sieben, und ich habe eine Horrorfahrt in der S-Bahn hinter mir. Ja, Blicke können verletzend sein. Wobei mir auch noch nie ein Kapitän in schneeweißer Schiffsuniform in der B-Ebene der Hauptwache begegnet ist.

Am Flughafen angekommen, habe ich bereits den Souvenirshop im Terminal 1 besucht und mir noch einen Lufthansa-Kranich-Anstecker gekauft, den ich mir sofort ans Revers hefte. Außerdem habe ich hundertneunundsechzig Euro in einer Reiseboutique für eine Pilotentasche ausgegeben. Schließlich bin ich Pilot und komme von einem Flug, da kann ich nicht mit Thermoskanne und Butterbrotpapier im Turnbeutel ankommen.

Der Flughafen an sich ist schon ein Ort, an dem man sich eigentlich nicht gerne aufhält. Überall genervte Reisende, Sicherheitsvorkehrungen, die einen möglichen Terroranschlag vereiteln sollen, und in der Luft wabert dieser unvergleichbare Duft der Freiheit, des Fernwehs und der Leichtigkeit des Fliegens: Kerosin!

Wenn man sich das Ganze nun noch in weißer Ausgehuniform und brummendem Schädel vorstellt, kann man erahnen, wie ich mich ungefähr fühle. Ich habe Stellung vor dem Drehkreuz am Abholerparkplatz bezogen, und innerhalb kürzester Zeit flaniert diverses Flugpersonal an mir vorbei: Flugbegleiter, Purser, Piloten, Kopiloten auf dem Weg zu ihren

Fliegern. Und allesamt in schönstem Lufthansablau gekleidet. Und wirklich jeder schenkt mir wenigstens einen, meistens jedoch ein Dutzend irritierter Blicke. Zweimal glaube ich, dass Steffi um die Ecke biegt, täusche mich aber jedes Mal. Als sich erneut zwei Piloten nach mir umdrehen, wird die Situation noch unangenehmer. Nach Anblick ihres Kollegen zur See starren sich die beiden an, und ich versinke fast im Boden vor Scham.

Es nutzt nichts, sie kommen auf mich zu, und als sie auf meiner Höhe sind, fragt der Ältere der beiden: »Warten Sie auf die Sintflut? Denn ansonsten sind Sie hier falsch, junger Mann. Der Flughafen heißt zwar Rhein-Main-Airport, aber falls sich der Meeresspiegel in den nächsten fünf Minuten nicht um ein Vielfaches anhebt, ist es hier wassermäßig nicht allzu gut bestellt.«

Ich ringe mir ein gequältes Lächeln ab.

»Danke für den Tipp.«

Der Ältere schaut amüsiert und mustert mich weiter. Der Jüngere hingegen sieht aus, als hätte er nicht einmal das Alter, um einen Autoführerschein zu machen, deutet aber mit dem Finger auf mich und lacht.

»Außerdem ist Ihre Hose offen. Oder üben Sie für den Freischwimmer?«

Weiß ich doch, ihr Spacker, die Uniform ist halt kaputt. Verschämt nicke ich ein weiteres Mal. Während der Erste sich noch zurückhielt, schaut der Jüngere mich so dermaßen arrogant an, dass ich ihm am liebsten den Kranich rupfen würde. Doch nicht genug. Er legt noch nach.

»Soll ich Ihnen ein Taxi rufen, oder fahren Sie mit der Fähre nach Hause?«

Sehr witzig, denke ich, als es hupt und ein Auto auf den Parkplatz fährt. Jana winkt hinter der Scheibe, und ich gehe eilig auf das Fahrzeug zu. Schnell stelle ich meinen leeren Pilotenkoffer auf den Rücksitz und steige auf der Beifahrerseite ein.

»Wollte dich und die Herren nicht stören.« Sie nickt durch die geöffnete Tür in Richtung der beiden Piloten, die immer noch verständnislos auf dem Parkplatz stehen.

»Nein, nein, sind nur zwei Kollegen von dem Flug gewesen. Kein Problem.«

»Die schauen aber so amüsiert. Ist das wegen mir?«

»Nein, nein. Die sind eben so. Der Winni ist mein Kopilot, und der Jürgen macht gerade ein Praktikum bei uns.«

Das Schöne an einem Lügenspiel wie diesem ist, dass es fast keine Regeln und Hemmungen gibt, und so kann ich den beiden auch Namen und Funktionen geben, die ich mir ausdenke.

»Praktikum? Der macht ein Praktikum bei euch im Cockpit?«

»Ja, Schülerpraktikum von der integrativen Gesamtschule. Weißt schon, geistig zurückgeblieben.«

»Finde ich ja toll, dass ihr euch solcher Leute annehmt.«

»Ja, so sind wir halt. Ist wie eine große Familie.«

Als wir losfahren, kurbele ich noch schnell das Fenster herunter und winke den beiden zu.

»Winni, grüß deine Frau von mir. Und Jürgen, leg mir dein Praktikumsheft einfach ins Fach. Ich telefoniere dann morgen mit deiner Lehrerin. Und vergiss nicht, deine Epilepsietabletten zu nehmen.«

Ich kann mir ein Grinsen nicht verkneifen, als wir vom Parkplatz rollen und im Rückspiegel zwei verdutzte Gesichter verschwinden. Ich schnalle mich an, und wir fahren endlich weg von diesem schrecklichen Ort.

»Der Jürgen. Na ja, wir haben ja alle mal klein angefangen.«

21
Rispenhirse und das Walsterben am Main

Jana sieht echt klasse aus. Ich dagegen komme mir in meiner geliehenen Kapitänsuniform unsagbar dämlich vor. Zunächst scanne ich aus den Augenwinkeln das gesamte Restaurant auf der Suche nach auffälligen Personengruppen, die meine klägliche Maskerade durchschauen könnten. Dazu zählen neben zivilem Flugpersonal auch jegliches Personal der Seefahrt sowie Kostümverleiher und karnevalistische Klugscheißer, die mir mit ihrem besoffenen Kopf noch vorlallen könnten, dass ich ja ein Schiffskapitän und deshalb der Lufthansa-Kranich-Anstecker völliger Blödsinn sei.

Doch außer dem respektvollen Blick eines kleinen Jungen, der mit seinem klebrigen Finger auf mich zeigt, kümmert man sich nicht weiter um mich.

»Hast bestimmt einen Bärenhunger nach so einem langen Flug. Wie lange seid ihr denn geflogen?«, möchte Jana wissen.

»Fünf Stunden«, antworte ich wie aus der Pistole geschossen und denke, dass man mit einer fünfstündigen Flugzeit einen Großteil der anzufliegenden Reiseziele von Rhein-Main abdecken sollte. Von Skandinavien über Russland bis nach Nordafrika. Alles machbar. Sehr gut, Robert, weiter so.

»Wow, da wart ihr aber schnell. Sagtest du nicht was von Rio?«

Verdammt. Ertappt.

»Jaaa«, sage ich gedehnt und suche in meinem völlig überforderten Hirn nach einer plausiblen Erklärung, warum Rio plötzlich auf der Weltkarte so erschreckend nah an Europa gerückt sein könnte.

Merke: Wenn man schon lügt, sollte man sich wenigstens einigermaßen behalten, welchen Stuss man von sich gegeben hat. Doch schon mit der folgenden Äußerung jage ich den nächsten Nagel in meinen Lügensarg und steuere mich damit endgültig in ein geografisches Fiasko.

»Ja, Rio. Aber nicht das Rio in Brasilien, sondern das in… in… Algerien.«

»Algerien? Sagtest du nicht, dass du dich freust, wieder dein Portugiesisch aufzufrischen?«

Alzheimer? Mangelnde Durchblutung des großen Hirnlappens? Frühfolgen des Alkoholkonsums? Egal welchen Schaden mein Gedächtnis erlitten hat, es ist unglaublich, mit welcher Präzision es mir immer wieder wichtige Fakten vorenthält und komplett auszublenden versteht. Wie kann man solche Äußerungen vergessen? Und dieses verdammte Nordafrika hat mich konzeptionell in eine zusätzliche Schieflage gebracht. Ich und mein vorlautes Mundwerk. Streng dich an, Hirn! Langzeitgedächtnis hin oder her, durchblute jetzt wenigstens den kleinen Spontanlappen.

»Das Rio, das ich meine, ist eine portugiesische Enklave«, sprudele ich auch schon aus.

»Rio in Algerien. Ist ja ein Ding, dass die überhaupt eine Stadt dort haben, die zufällig genauso heißt wie die Stadt an der Copacabana.«

»Ja. Rio in Algerien ist einst ebenfalls von den Portugiesen gegründet worden. Ist den meisten aber unbekannt.«

»Wow, was du so alles weißt. Ich hatte noch nie davon gehört.«

Ich auch nicht. Schließlich hat diese geschichtsträchtige Gründung ja auch erst in den letzten zwei Minuten stattgefunden. Dennoch nicke ich recht überzeugend. Das einzig Gute an Algerien ist, dass man so gut wie nichts von diesem Land weiß und somit fast alles möglich erscheint.

»Na ja, jedenfalls habe ich wirklich großen Hunger«, versuche ich das Gespräch weg aus Rio, zurück in dieses Restaurant und damit in Bahnen zu lenken, in denen ich mich besser auskenne.

Und Essen gehört definitiv dazu.

»Freut mich, dass du Hunger hast. Ich hoffe, du magst Rohkost.«

Ich lache laut auf, bis ich an Janas Miene erkenne, dass dies nicht als Scherz gedacht war.

»Rohkost«, wiederhole ich ganz langsam. Wohl, um mir dieses Wort selbst noch einmal durch den Kopf gehen zu lassen. Dann lasse ich meinen Blick durch das Restaurant schweifen. Durch meine kleine Geografie- und Geschichtsexkursion habe ich gar nicht mitbekommen, in welches Restaurant mich Jana entführt hat.

Zum Goldenen Halm steht auf der Speisekarte. Und direkt darunter: *Frankfurts erstes Rohkost- und Healthfood-Restaurant.*

Es gibt einige wenige Dinge, die ich bei der Nahrungsaufnahme in einem Restaurant partout nicht ausstehen kann.

Erstens: Aufgebauschte Menüansagen wie: Karamellisierte Chitara-Jakobsmuschel mit gehobeltem Fenchelsalat an Tonkavinaigrette und Perigord-Trüffel-Remoulade.
Und als Nachspeise noch ein geachteltes Tahiti Topfeneissor-

bet. Weil zwar keiner weiß, was der Mist im richtigen Leben war, aber es bestimmt unglaublich lecker ist.

Zweitens: Wenn meine Partnerin bei einem Restaurantbesuch mit der besten Steakkarte der Stadt sich für ein kleines Wellnessmenü, bestehend aus vier Dezimetern Bio-Hecke, dem einem Massaker zum Opfer gefallenen Maiskolben und einer naturtrüben Apfelschorle, natürlich mit stillem Wasser gemischt, entscheidet.

Drittens: Rohkost und Sushi, was für mich irgendwie auf das Gleiche hinausläuft.

»Ich dachte mir, dass du bestimmt auf deine Gesundheit achten musst. Piloten müssen doch schließlich körperlich fit sein.«

Fit ja, aber kein Laufstegmodel mit neunundvierzig Kilo, denke ich mir und lächle weiter stumm.

Jana schiebt mir derweil die Speisekarte zu, die formschön in ein braunfaseriges Kokosblatt eingefasst ist. Das Auge bestellt schließlich mit. Neben den Speisen kann man demnach auch Schleuderhonig und kalt gepresste Öle sowie diverse Nussarten im hauseigenen Shop käuflich erwerben. Man könnte sich natürlich auch alternativ einen Beutel Zoofutter am Automaten direkt neben dem Bärengehege ziehen, wenn man es sich schon unbedingt schlecht machen möchte. Das wäre billiger, und man würde den asiatischen Kragenbären noch was Gutes tun.

»Hier!« Jana deutet mit dem Zeigefinger auf die Hauptgerichtseite. »Rispenhirse zum Beispiel. Das ist total gesund und aufgrund des hohen Eigenölanteils an ungesättigten Fettsäuren wahnsinnig nahrhaft. Und es ist auch noch reich an lebenswichtigen Mineralien wie Magnesium, Kalium oder Eisen.«

Prima, denke ich. Noch ein wenig Ammoniak und Lauge dazu, und ich habe einen Chemieexperimentierkasten zusammen, mit dem ich Zaubertinte und andere verblüffende Dinge herstellen kann.

»Es soll auch gut für Personen mit Magen-Darm-Problemen sein.«

Die bekomme ich höchstens, wenn ich diesen Rollrasen esse. Aber das denke ich nur und sage stattdessen: »Super!«

»Und weißt du, was das Beste ist?«

Ich schüttle ängstlich den Kopf. Kann es denn tatsächlich noch etwas Besseres geben? Vielleicht einen Furunkel im Gesicht oder eine eitrige Zyste am Hintern?

»Die haben hier Bier...«

»Aha.«

Okay, das klingt tatsächlich besser. Zunächst freue ich mich auch darüber. Schließlich gibt mir dies die Chance, den Abend eventuell wenigstens im Rausch halbwegs ertragen zu können. Doch dann erkenne ich, dass dies nicht alles gewesen ist, denn Jana hat auf einmal diesen besonderen Blick, der sagt: *Es kommt noch was!*

»...aus Rispenhirse. Die brauen hier ein eigenes, glutenfreies Bier aus Rispenhirse.«

Glutenfreies Bier. Aus Hirse. Was zur Hölle das auch immer zu bedeuten hat, es wird definitiv nicht in einem Rausch enden. Schweinerei, dass jetzt anscheinend auch schon Bäcker und Müller Bier brauen dürfen. Was ist mit diesem Reinheitsgebot, für das immer auf den Bierdeckeln geworben wird? Für was haben sich Generationen von deutschen Bierbrauern denn den Kopf zerbrochen? Bestimmt nicht, um eine glutenfreie Plörre aus Rispenhirse zu kreieren, die nicht mal ein klein wenig ballert.

Eine Bedienung, die mit ihren drei bunt geflochtenen Rastazöpfen wie der Refrain von »Let it be« aussieht, tritt zu uns an den Tisch. Zu meiner Verblüffung schafft sie es aber, unsere Bestellung ohne Notizblock und weitere Nachfrage aufzunehmen. Da sage noch einer, Kiffen mache dumm.

Jana bestellt sich Hirsotto mit Waldpilzen an geriebenem Parmesan. Ich entscheide mich für die Hirsebratlinge. Und das aus zwei Gründen:

Erstens: Es ist das einzige Gericht auf der Karte, das den Zusatz *Brat* enthält und somit zumindest die Illusion eines echten Essens suggeriert.

Zweitens: Ich hoffe, dass dem Koch ein Malheur passiert und er aus Mangel an Hirsekörnern ein wenig Hackfleisch in den Bratling hineinmogelt.

Während ich die Wartezeit mit der Frage überbrücke, ob es im Goldenen Halm überhaupt einen richtigen Koch gibt, erklärt mir Jana die Grundzüge der Rohkosternährung.

»Eigentlich ist das hier gar kein reines Rohkostrestaurant. Denn sonst dürfte man die Lebensmittel überhaupt nicht erhitzen.«

Nein, einen Koch benötigt man nicht. Wahrscheinlich sitzt ein Bäckerlehrling im ersten Lehrjahr in der Küche. Schließlich muss man ja mehr von Körnern und deren Innenleben verstehen als vom Kochen.

»Man darf die Lebensmittel weder kochen noch braten noch backen.«

Oder ein Eremit mit um die Hüften gebundenem Büffelfell sitzt mit Mörser und Stößel bewaffnet in der Küche und zerreibt die Körner. Wir stammen von Jägern und Sammlern ab. Ich bin ein Jäger – zu Gast bei Sammlern.

»Aber kalt geräuchert ginge.«

Vielleicht ein Schamane, der Voodoorituale mit Waldkräutern und psychedelischen Hülsenfrüchten feiert? Nee, der würde zumindest das Blut eines abgeschlagenen Hühnerkopfs für seine Rituale benötigen, und das dürfte wohl kaum den internationalen Rohkostregeln entsprechen.

»Aber da gibt es immer verschiedene Definitionen.«

Jetzt hab ich's. Der Pfleger aus dem Bärenhaus. Er kennt sich bestens mit dem Körnerkram, dem kalt geschleuderten Honig und den Nüssen aus. Und wenn was übrig bleibt, bekommt's der Kragenbär morgen zum Frühstück.

Doch die Ökobedienung zerstreut meine Gedanken, als sie nach nicht einmal fünfzehn Minuten bereits mit dem Essen zurückkommt. Was zwar irrsinnig schnell, aber auch kein Wunder ist, da Gras und Baumfrüchte eben deutlich schneller brennen als ein Schwein oder eine Kuh.

»Wünsch euch 'nen guten Appo.« Die Bedienung stellt unsere Essenswahl auf den Tisch. Auf meinem Teller befindet sich eine Art platt gesessener Meisenknödel in der Größe einer Abendmahloblate.

»Lecker.« Voller Vorfreude reibt sich Jana die Hände.

Und auch ich reibe mir etwas... nämlich die Augen, um den Mini-Meisenknödel überhaupt erkennen zu können. Meine Freude hält sich in überschaubaren Grenzen, und ich brumme Jana etwas zu, das man nur mit viel Wohlwollen als Zustimmung interpretieren könnte.

»Sieht doch super aus, oder?«

Was für eine Frage! Wenn man eine platt gefahrene Hauskatze am Straßenrand mit *Sieht doch super aus* tituliert, dann ja. Mein Meisenknödel weist zwar keinerlei Reifenprofilspuren auf, doch selbst eine noch so ausgehungerte Winter-Amsel würde wohl den grausamen Hunger- und Kältetod diesem Hülsenfruchtmassaker vorziehen.

Während Jana bereits damit begonnen hat, ihr Hirsotto mit Waldpilzen zu verspeisen, wäge ich noch ab, ob ich Messer und Gabel oder doch lieber einen Löffel als Waffe wählen soll. Die beste Möglichkeit wäre zweifelsohne das Aufpicken der Körner mittels eines mobilen Schnabels, doch diesen entdecke ich trotz ernsthaften Interesses nicht neben dem restlichen Besteck auf dem Tisch.

Mit einer nie zuvor erlebten Langsamkeit führe ich die erste Gabel des Meisenknödels zu meinem Mund und beginne zu kauen. Eine weitere Tugend, die ich beim Essen meist zu vernachlässigen weiß. Ich gehöre eher zu den Schlingern als zu den Kauern. Aber wenn ich schon Nahrung mit dem Gesichtsausdruck einer Kuh aufnehme, kann ich mich auch beim Vertilgen der Nahrung wie eine solche verhalten.

Kauen.

Schön langsam.

Und ich kaue.

Dreißigmal.

Schööön langsam.

Ich kaue nicht menschenlangsam. Es ist vielmehr die Art von Langsamkeit, wie die Kontinentalplatten kaum messbar aufeinander zudriften oder ein Gletscher sich über Jahrzehnte schwerfällig gen Tal schiebt.

»Schmeckt's nicht?«, fragt eine deutlich schneller kauende Jana. Sie sieht etwas besorgt aus.

»Doooch«, lüge ich und zwinge mich, das überzeugendste Lächeln auf mein Gesicht zu zaubern, das diese Situation hervorbringen kann. »Wirklich. Ist gar nicht schlecht.«

Doch die Wahrheit sieht anders aus: Ich habe Hunger, lebe im 21. Jahrhundert, inmitten einer zivilisierten europäischen Großstadt, und dennoch kaue ich wie im Mittelalter auf einer körnigen Hülsenfrucht herum. Aber ich mag Jana, und so kaue ich. Für sie. Das Leben. Und die Liebe.

»Freut mich.«

Apropos Mittelalter. Gab es da nicht eine verheerende Krankheit, die einen Großteil der deutschen Bevölkerung auslöschte und die durch verdorbenes Getreide übertragen wurde?

Exakt in diesem Moment glaube ich mich an kleine schwarze Punkte bei einigen Hirsekörnern zu erinnern.

Und schon im nächsten Augenblick wird es mir plötzlich schummrig und übel.

»Ich finde, man sollte öfter mal einen Körnertag einlegen.«

»Unbedingt.« Ich nicke, denke dabei aber eher an einen Doppelkorntag, streiche mir über den Bauch und erinnere mich, dass auch Wahnvorstellungen zu den Symptomen der Seuche zählten.

»Mensch, da bin ich aber beruhigt, dass du das gerne isst. Ich wollte erst mit dir zu *Surf 'n' Turf*, diesem Steakhaus im Westend. Kennst du das?«

Das Wort *Steakhaus* reißt mich aus meiner aufkeimenden Mittelalterseuche und leitet binnen Sekundenbruchteilen eine Blitzheilung ein.

Surf 'n' Turf? Ob ich das kenne? Meine Vorstellung vom Paradies ist es, dort mitsamt meiner Schrankwand einziehen zu dürfen. Oder, um es noch besser zu verdeutlichen: Wenn ein Rind jemals einen Spenderausweis für Körperteile ausstellen könnte – es würde definitiv Surf 'n' Turf als Empfänger eintragen lassen. Denn das Beste, was ein Filet werden kann, ist ein Steak in der legendären Zehn-Kräuter-Krustenmarinade dieses Restaurants.

»Schon von gehört«, antworte ich mit gespielter Gleichgültigkeit und schlucke mühsam die nächste kleinkörnige Gabelspitzendosis herunter, als hätte ich eine hartnäckige Angina zu verkraften, die jegliches Schlucken zu einer schmerzvollen Qual werden lässt.

Nach zwanzig weiteren wiederkäuenden Minuten habe ich es geschafft und meinen eigenen Slow-Food-Rekord gebrochen. Der wurde bisher von einem versalzenen Hühnchenragout gehalten, das ich in einem nach Urin riechenden Vorort von Marseille zu mir nehmen musste. Ein Mann sollte nichts essen, das phonetisch nach Tofu oder Quark klingt.

Die Rasta-Bedienung kommt zu uns an den Tisch, um die Teller abzuräumen. Dabei schafft sie es sogar, noch entspannter auszuschauen als bei der vorherigen Bestellungsaufnahme. Könnte gut sein, dass sie dem Koch sämtliche Kräuter weggeraucht hat und das vielleicht der Grund für mein geschmacksneutrales Essen war.

»War alles tutti bei euch?«

»Alles prima.« Jana nickt, und ich bin zu schwach, um zu widersprechen.

»Könnte ich dann bei euch gleich kassieren?«

»Kein Problem.« Jana unternimmt den Versuch, die Rechnung zu begleichen, was ich als Kapitän natürlich nicht zulasse und meinen Geldbeutel aus der blütenweißen Innentasche meiner Uniform ziehe.

»Sorry, wenn ich euch hetze, aber ich muss noch zu 'ner Aktion.«

Ich begleiche die Rechnung und überlege, wo mitten im Winter zu dieser späten Stunde in Frankfurt noch eine Aktion stattfinden könnte. Die Startbahn West ist gebaut, und am Main stranden zu dieser Jahreszeit nur sehr wenige Wale, die man zurück ins Wasser schieben müsste.

Ein seltsamer Abend neigt sich dem Ende zu. Ich sitze in einer geliehenen Kapitänsuniform in einem Rohkostrestaurant und habe in vollem Bewusstsein Seuchen auslösende Nahrung zu mir genommen.

Spätestens in diesem Moment wird mir bewusst, dass ich Jana wirklich gern haben muss. Sehr gern sogar.

Der Held der Spätschicht

Es war ein toller Abend. Nach dem Körnerinferno haben Jana und ich uns ein Zimmer in einem Innenstadthotel genommen. Ich bin mir nicht sicher, ob jemals die aphrodisische Wirkung von Hülsenfrüchten getestet wurde, aber ich muss sagen, mein Maiskolben reagierte durchaus angetan auf Kleie und Co. Wir hatten eine äußerst belebte Nacht voller fleischlicher Gelüste. Veganisch gesehen also eine Katastrophe. Komischerweise hatte Jana damit aber keine Probleme. Sie musste früh aufstehen, und ich fuhr nach Hause, um in meinem heimischen Bett wenigstens ein Mindestmaß an Schlaf zu erhalten.

Ich muss mich irgendwo zwischen Tiefschlaf- und REM-Phase befunden haben, als mich ein netter UPS-Mitarbeiter mit sprachlich unüberbrückbaren Hürden darüber informieren will, dass er ein Paket für mich habe und mit einer Klingelorgie meine nicht vorhandene Nacht beendet.

»Habe Pake fur Sußemil, konne aufmache?«

Wahrscheinlich, weil ich mich noch im Traumland wähne, drücke ich den Türöffner, und ein Mann in brauner Uniform schlüpft in den Hausflur. Kurz darauf hält mir ein Pakistani ein Display unter die Nase und grinst breit.

»Habe Pake fur Sußemil, konne annehme?«

»Ein Paket für mich?«, erwidere ich halb erstaunt, halb schlaftrunken.

»Sußemil?«

»Ja, das bin ich.«

»Okay, dann habe Pake fur dik. Konne annehme?«

Schnell überprüfe ich noch die Anschrift auf dem Paket und stelle fest, dass es tatsächlich für mich bestimmt ist. Vielleicht ist es von meiner Mutter, die mir noch die restlichen Lagerbestände an Leberwurstdosen der Metzgerei Paul Roth zukommen lassen will.

Ich unterschreibe, und der pakistanische Paketfahrer verschwindet wieder im Treppenhaus.

Als ich das Paket öffne und ein überdimensioniertes Logo meine Netzhaut blendet, wird mir schlagartig bewusst, was ich hier in Händen halte.

Das MuscleMaster-X-2000-Set. Inklusive Batterien, Wadenpads sowie eines kompletten zweiten Sets. Habe ich den Mist tatsächlich im Vollrausch bestellt? Es scheint so. Doch noch bevor ich mich meinem neu erstandenen Trainingsgerät widmen kann, klingelt es erneut.

»Ja?«

»Der Kammerjäger.«

»Wer?«

»Der Kammerjäger. Sie hatten telefonisch einen Termin mit uns ausgemacht.«

Hatte ich?, frage ich mich selbst und drücke automatisch den Türöffner. In diesem Moment stiehlt sich gerade ein weiterer Lustknabe aus der Wohnung meines Nachbarn.

»Morgen.« Der junge Mann lächelt mir zu und verschwindet gut gelaunt durch das Treppenhaus.

Nur Augenblicke später steht der Kammerjäger vor mir. Ein Mann Mitte fünfzig, stämmig, mit einem imposanten Schnauzbart.

»Herr Süßemilch?«

»Ja, der bin ich. Kommen Sie rein.«

»Kostler mein Name. Wo haben Sie denn das Ameisenproblem?«

Ah ja, wenigstens weiß ich jetzt, warum ich angerufen hatte.

»Hier drüben.« Ich deute dem Mann den Weg in die Wohnung. »Am Küchenfenster dort vorn. Sehen Sie?«

Herr Kostler kniet sich vor den Tatort, an dem sich wie auf Bestellung erneut die toten Ameisen zeigen. Er wischt kurz mit seiner Hand über das Fensterbrett.

»Haben Sie mal einen nassen Lappen?«

»Äh, ja. Na klar.«

Ich vermute, dass er eines seiner elektronischen Geräte leitfähig machen muss, damit er den Ameisen ein für alle Mal den Garaus machen kann. So etwa wie ein elektrischer Stuhl gegen Insektenbefall.

»Hier.« Ich reiche Herrn Kostler den Lappen. Er wischt damit ein paar Mal über das Fensterbrett und sprüht im Anschluss ein Spray auf die glatte Fläche. Dann notiert er etwas auf einen Block, reißt das Blatt ab und reicht es mir.

»Macht dann 142,60 Euro.«

»Was? Müssen Sie denn nicht irgendwas scannen, röntgen oder so?«

»Ne, war nur verklebt. Die Ameisen haben die pappige Masse aufgeleckt, sind hängen geblieben oder haben das Zeug nicht so gut vertragen, was sie aufgeleckt haben.«

Rum-Cola halt, denke ich, erspare mir aber die peinliche Erklärung.

»Na ja, ich hab jedenfalls noch ein Desinfektionsspray drüber gesprüht. Das sollte genügen.«

»Und für diese zwei Minuten wollen Sie fast hundertfünfzig Euro?«

»Hätten Sie es selbst gemacht, wäre es billiger gewesen.«

»Aber das ist doch nicht Ihr Ernst. Für einmal wischen und auf den Knopf Ihrer Sprühdose drücken?«

»Ich kann Ihnen auch die Wand aufstemmen und die Wohnung mit Pestiziden einnebeln, wenn Ihnen das lieber ist. Behebt das Problem aber auch nicht besser.«

Zähneknirschend bezahle ich, und der Kammerjäger verschwindet wieder so schnell durchs Treppenhaus, wie er gekommen ist.

Nur verklebt. Ich schüttle den Kopf und widme mich wieder meinem UPS-Paket.

Nachdem ich alles fein säuberlich vor mir ausgebreitet habe und eine kindliche Neugier von mir Besitz ergreift, lese ich die Gebrauchsanweisung sorgfältig durch.

Dieses Top-Trainingsgerät deutscher Herstellung wurde nach streng wissenschaftlichen Untersuchungen konstruiert und stimuliert auf elektronischer Basis sanft Ihre Muskeln. Er ist komfortabel und einfach in der Anwendung. Mit nur dreißig Minuten täglich werden Sie erstaunliche Ergebnisse erzielen. Entspannen Sie sich, lehnen Sie sich zurück und lassen Sie den MuscleMaster X 2000 für sich arbeiten. Mit dem MuscleMaster X 2000 lassen sich Ihre Fettpolster problemlos in den Griff bekommen. Nicht nur im Bauchbereich, sondern auch an Oberarm, Hüfte, Oberschenkel, Gesäß, Brustmuskulatur und sogar den Waden wird dieses Wundergerät tolle Ergebnisse für Sie erzielen. In nicht einmal zehn Minuten kontrahiert Ihr MuscleMaster X 2000 Ihre Muskeln circa sechshundert Mal. Die Handhabung des MuscleMasters X 2000 ist kinderleicht, und die Intensität des Geräts lässt sich in fünf Stufen regulieren. Verzichten Sie auf teure Verträge im Fitnessstudio, gelenkschädigende Übungen an

Hanteln und Zeitverschwendung. Verwandeln Sie einfach nebenbei und im Handumdrehen Ihr Fett zu Muskeln. Legen Sie einfach die Pads wie beschrieben an den gewünschten Partien Ihres Körpers an und lassen Sie den Rest der Arbeit den MuscleMaster X 2000 für Sie tun. Nutzen Sie Ihre Trainingszeit doch einfach effektiver. Gehen Sie mit Freunden aus, lesen Sie ein Buch oder nutzen Sie den MuscleMaster X 2000 während Ihrer Arbeitszeit.

The MuscleMaster X 2000 welcomes you to a new work out generation!

Ihr MuscleMaster-X-2000-Team!

Nachdenklich ertaste ich den kleinen Ring, der sich in den letzten Jahren klammheimlich um meine Hüften geschlungen hat. Wobei er sich gar nicht mehr so klammheimlich anfühlt, sondern sich eher großkotzig wie ein Kringel Fleischwurst von Metzger Paul Roth über meinen Gürtel wölbt.

Warum nicht?, gestehe ich mir ein und rüste mich mit dem kompletten Set der stromdurchlässigen Pads aus. Und da ich ja ein zweites Set dazubekommen habe, klatsche ich mir die restlichen Klebestreifen auch gleich an den Körper. Das Ganze geht einfacher als gedacht. Pads befeuchten, auf die Haut kleben, fixieren und fertig. Waden, Bauch, Hüfte, Bizeps und Trizeps sowie ein fachmännisch nicht ganz korrekt angebrachtes Pad am Nackenbereich lassen mich wie einen Eishockeyspieler vor dem Stanley-Cup-Finale aussehen. Aber wenn schon, denn schon. Ein kleiner Controller ist ebenso beigefügt, den ich mir mithilfe eines Gürtels am Steiß befestige. Man soll sich damit ja auch bewegen können.

Schauen wir mal.

Bei Stufe eins glaube ich zuerst noch, dass das Gerät eventuell einen Transportschaden hätte, weil ich rein gar nichts spüre. Bei Stufe zwei jedoch breitet sich ein angenehmes Kribbeln unterhalb der Pads aus. Der MuscleMaster X 2000 verfügt insgesamt über fünf Stufen, und ich entscheide mich für Stufe drei. Dabei kann ich mich noch normal bewegen, während ich jedoch die einzelnen Kontraktionen der Muskulatur intensiv spüre. So präpariert, kann ich einen ersten Testlauf am Arbeitsplatz beruhigt angehen und vielleicht am Abend schon Ergebnisse erkennen.

»Okay, du hast ja recht.«

Ich komme pünktlich zum Schichtwechsel an die Tankstelle. Meine Kollegin Silke nimmt ihre Kassenlade heraus, und ich setze meine eigene Wechselgeldkasse stattdessen ein.

Silke ist nicht das, was man landläufig eine Naturschönheit nennen würde. Sie besticht eher durch ihre menschlichen Werte wie Ehrlichkeit und Offenheit. Und zwar so, dass es auch manchmal wehtut. Aber sie ist eine Person, die mir in den letzten Jahren ans Herz gewachsen ist.

»Dass ich mein Studium noch nicht zu Ende gebracht habe und stattdessen nebenbei an der Tankstelle jobbe, ist nicht das, was sich Steffi gewünscht hat«, führe ich mein Klagelied weiter aus, während sich La-Ola-förmige Muskelzuckungen unter meiner grünen OIL!-Thermoweste abspielen. Auch wenn Silke es nicht merkt, ich trainiere ja nebenbei.

»Schön, Sie bei OIL! zu sehen«, begrüßt Silke die nächste Kundin mit unserem Standardsätzchen. Dann wendet sie sich wieder mir zu. »Du jobbst nicht nebenbei, du hast hier einen 40-Stunden-Job mit Schichtdienst und schlecht bezahlten Wochenenddiensten. Und von der Uni kennst du auch nur noch den Weg zur Mensa, weil du dort billig essen kannst.«

»Na ja, wenn ich aber erst mal genug Kohle verdient habe...«

»*Wenn-ich* wohnt in der *Hätt-ich-Straße*. Vergiss es, du bist stinkfaul. Ich hätte auch mit dir Schluss gemacht.«

Hättest du nicht, antworte ich in Gedanken und spüre, wie sich meine linke Wade unter Strom zusammenzieht. Außerdem ist Silke nur neidisch. Sie wäre froh, wenn sie nur in dem Dunstkreis eines Mannes wie mir atmen dürfte. Außerdem hat Steffi nicht mit mir Schluss gemacht. Ich wette, mittlerweile bereut sie es schon. Aber das werde ich Silke nicht sagen. Die Umstände, warum Schluss ist, werde ich für mich behalten.

»Sie hat nicht Schluss gemacht.«

»Nee, verstehe. Der Pilot ist nur auf ihr notgelandet. Mann, der Typ hat seinen Jumbo in ihren Hangar geschoben.«

Ich zucke zusammen. »Woher weißt du das?« Doch im nächsten Moment weiß ich die Antwort. »Emile, diese Labertasche. Den werde ich mir noch vorknöpfen.«

»Na ja, dein Auftritt neulich abends mit der Polizei hat einige Fragen aufgeworfen. Da musste ich doch nachfragen. Ich mach mich jetzt los, schönen Dienst noch.«

»Ja, ciao«, verabschiede ich Silke. Wir wechseln die Wechselgeldkassen, und ich nehme meine Arbeitsposition ein, die ich auch in den nächsten sechs Stunden nur unwesentlich verändern werde. An einer Tankstelle passieren halt einfach keine unvorhergesehenen Dinge, auf die man spontan reagieren müsste. Ein Auto zu betanken, stellt nur die wenigsten Menschen vor eine unlösbare Aufgabe. Auch das Bezahlen von Kaugummis beherrscht der Großteil unserer Kunden relativ sicher.

Die meisten Kunden kenne ich bereits seit Jahren, und sie finden bei Wind und Wetter den Weg zu ihrer Promilletränke. Deutschland säuft auch bei widrigsten Temperaturen.

Besonders zwei treue Kunden finden täglich den Weg zu ihrer ganz persönlichen Zapfsäule.

Rolf. Er arbeitet bei der Deutschen Bahn, und obwohl wir nicht direkt auf seinem Heimweg liegen, kommt er sowohl *vor* als auch *nach* seiner Arbeit auf Bier und Korn vorbei. Irgendwie mag ich ihn, denn er hält einfach wohlerzogen seine Klappe beim Saufen. Ein nicht zu unterschätzendes Attribut, das man nicht von all unseren Alk-Junkies behaupten kann.

Denn dann hätten wir da noch Henning, den alle nur Henninger nennen, weil er früher bei der Henningerbrauerei gearbeitet hat und sich heute der Vernichtung deren Gerstenprodukts verschrieben hat. Das ist seine Art, sich an seinem ehemaligen Arbeitgeber für seine Entlassung zu rächen. Er nervt komplett durch schlechtes Benehmen und blöde Sprüche bezüglich unserer *Foodcorner*. Dennoch kommt er jeden Tag aufs Neue vorbei, bestellt Currywurst, Pommes und Bier. Dazu kauft er sich seine Tagesration Kippen, die immer aus zwei Päckchen HB und einem Bigpack West Light besteht. Zu guter Letzt gibt es noch eine schöne Portion geistigen Dünnpfiff als Sahnehäubchen obendrauf. Henninger ist außerdem Gelegenheitsfahrer bei einer Offenbacher Spedition, trägt die dünne Haartolle auf Sechzigerjahre gegelt, und in seiner Nase wohnt ein Glühwürmchen. Jedenfalls leuchtet sie so.

Rolf hat seinen Stammplatz bereits während Silkes Dienst bezogen und ist Henninger schon mit drei Bier voraus. Aber durch das Fenster sehe ich schon, wie sich dessen Fahrrad ächzend die kleine Anhöhe hochschiebt.

»Gehab disch wohl, mein Libber.« Die Schiebetür schließt sich wieder, und Henninger leuchtet sich mit seiner Nase den Weg zu mir nach vorn.

»Abend, Henninger.«

Bei ihm verzichte ich mal ausnahmsweise auf unsere Begrüßungsfloskel *Schön, Sie bei OIL! zu sehen.* Er würde mich wahrscheinlich nur verstört anschauen und fragen, ob ich sie noch alle hätte. Das Sätzlein lassen wir sonst bei jedem Gast los und meinen es sogar bei dem Großteil der Leute so.

»Isch krisch so ein' geschnittenen Periodenlümmel«, deutet er auf eine der Bratwürste in der Glasauslage, die dort schon seit fünf Stunden einen langsam-qualvollen Sauna-Dürretod sterben. Unsere Lebensmittel sind ansonsten aber frisch und meist gut genießbar. Sie bilden sogar einen Großteil meiner eigenen Nahrung. Aber Henninger braucht halt einfach etwas zum Meckern. Und als guter Dienstleister lasse ich auch das über mich ergehen. Heute also wieder mal der Periodenlümmel. Okay. Dieser Begriff nimmt aber nur Rang drei von Henningers Currywurstbezeichnungen ein. Auf den Bronzerang verdrängt von Bottroper Schlemmerplatte und Roter-Rotz-Riemen an OILschen Fettstäbchen. Immerhin bietet Henninger ein Mindestmaß an Kreativität.

»Unn dann nehm isch noch ...«

Sag es einfach. Nur einmal, bitte. Ganz flüssig und ohne erst eine gefühlte Ewigkeit zu glotzen: zwei Päckchen HB und ein Bigpack West Light, die eigentlich schon seit Jahren Silver heißen, aber das ignoriert Henninger mit der Aussage, dass er ja was Leichtes rauchen und keine Silbermine in seinen Lungenflügeln eröffnen will. Doch Henninger leuchtet mit seinem Glühwürmchen das gesamte Kippenregal ab, als wäre gerade die Mauer gefallen und das Angebot des Klassenfeinds breite sich in diesem Moment das erste Mal in seiner gewaltigen Vielfalt vor seinen Augen aus. Dabei wippt sein Kopf von einer Seite auf die andere. Er bläst seine Backen auf, als würde er wirklich überlegen, welche Marke er nehmen solle. Vielleicht will er ja tatsächlich mal was anderes probieren. Warum auch nicht? Marlboro und Lucky Strike pressen ihr Tabak-Teergemisch ebenfalls ganz passabel zu Pappglimmstängeln zusammen.

»… zwei Päksche HB und ein West Leischt Bigpack.«

Wäre ja auch zu schön gewesen. Dieses Gelaber nervt mich einfach kolossal. Am liebsten würde ich ihm meinen MuscleMaster X 2000 um das Glühwürmchen wickeln und auf maximale Leistungsstufe hochdrehen, nur dass er einmal seine Klappe hält. Stattdessen kassiere ich ab, reiche Kippen und den Periodenlümmel über den Tresen, und Henninger greift sich ein Bier aus dem Kühlfach. Es werden vier bis acht folgen; entgegen seiner Zigarettenbestellung ist Glühwürmchen hier wahnsinnig flexibel.

Henninger prostet Rolf zu, und nachdem er die erste Flasche halb geext hat und mit dem Spruch »Alles raus, was keine Miete zahlt«, einem mächtigen Rülpser die Freiheit geschenkt hat, schiebt er sich Bier und Wurst in den Rachen, dass es jeder Würgeschlange Respekt abfordern würde.

»Schmeckt's?«, rufe ich ihm zu, nur um zu sehen, ob er neben dem Bier-Currywurst-Pommes-Gemisch gleichzeitig auch noch atmen und reden kann.

»Schmeckt wie Oma unnerm Arm, un aus der Fettsoß gucke ja mer Auge naus als nei.«

»Fett ist ein Geschmacksträger, machen wir extra nur für dich«, erkläre ich ihm und sehe, wie er den nächsten Rülpser in seiner Gier halb verschluckt.

Während sich Rolf und Henninger also wie jeden Abend gepflegt einen reinknistern, schaue ich pflichtbewusst hinaus zu den Zapfsäulen, die um diese Uhrzeit meist wenig Anklang finden. Die umliegenden Unternehmen setzen alle frühmorgens ihren Fuhrpark in Bewegung, die einzige Zeit, in der sich diese Tankstelle rechnet.

An Säule drei steht eine süße Blondine mit dem Rücken zu mir und zapft sich ein wenig Bleifrei in ihren Peugeot 306. Ja, manchmal hat auch der Oktangott ein wenig Mitleid mit mir. Dann dreht sie sich um, und mich trifft der Schlag, denn das Gesicht kommt mir nur allzu bekannt vor.

Es ist Jana.

Die Jana.

Meine Jana.

Richtig. Sagte sie nicht in einer der letzten SMS etwas von einem neuen Job im alten Industriegebiet? Aber viel schlimmer ist das, was ich sagte. In ihren Augen bin ich immer noch ein Pilot.

»Heilige Scheiße«, entfährt es mir, und ich ducke mich pfeilschnell hinter den Tresen, dass sie mich nicht durch das Fenster sehen kann. Kann ja nicht sagen, dass ich hier immer abends meinen Airbus auftanke, wenn es am Flughafen zu voll ist. Krampfhaft suche ich nach einer einigermaßen plausiblen Ausrede, mir fällt aber keine ein.

Eine Entschuldigung – undenkbar.

Die Wahrheit – für'n Arsch.

Dann bin ich sie gleich wieder los.

Plötzlich kommt mir ein abweger Gedanke, und meine Verzweiflung ist groß genug, um ihn nicht gleich zu verwerfen. Es ist verrückt, aber die einzige Chance. Eine besondere Situation bedarf einer besonderen Aktion. Was bleibt mir auch anderes übrig. Jeden Moment wird der kleine Franzosentank gefüllt sein und Jana zum Zahlen hereinkommen. Für einen Moment hoffe ich noch, dass sie vielleicht eine der Tankbetrüger ist, von denen wir schon des Öfteren heimgesucht wurden, doch das ist mehr als unwahrscheinlich.

Stattdessen krieche ich auf allen vieren um das Süßigkeitenregal herum, reiße vier Hanutas und einen kompletten

Pack Bountys zu Boden und merke in diesem Moment, dass auch mal wieder unter dem Regal feucht durchgewischt werden sollte.

Rolf und Henninger schauen mich aus großen, glasigen Augen an. Sie haben mich schon ab und zu in seltsamen Situationen erlebt. Jedoch noch nie mit panischem Gesichtsausdruck im Vierfüßlerstand hinter dem Regal kauernd.

Ich muss mich schnell und instinktiv entscheiden und aus rational nicht nachzuvollziehenden Faktoren entscheide ich mich für Henninger. Ich liege also vor ihm und schaue zu ihm hoch. Aus irgendeinem Grund rede ich nur im Flüsterton mit ihm.

»Du musst mir jetzt einen riesigen Gefallen tun, Henninger.«

Er sagt nichts, doch aus seinen Augen kann ich ein klar formuliertes »Hää?« lesen.

»Bitte frag jetzt nicht, warum, aber du musst unbedingt die Kundin, die gleich reinkommt, abkassieren.«

Statt einer Antwort ernte ich einen eigenartigen Blick, irgendwo zwischen Nullstellung und purer Angst. Ich weiß, dass Henninger nicht gerade die tiefen Teller erfunden hat, dennoch hat er gegenüber Rolf einen klaren Vorteil: Er beherrscht die menschliche Sprache.

»Du musst nur die Kohle entgegennehmen und vielleicht rausgeben. Du kannst doch rechnen, oder?«

Noch nie habe ich Henninger sprachlos erlebt. Das mache ich mir zunutze. Ich schlüpfe aus meiner grünen OIL!-Thermoweste und strecke sie ihm entgegen.

»Hier, nimm.«

Und tatsächlich. Er streift sie sich über, und ich schiebe ihn an den Waden in Richtung Kasse.

»Und was ist, wenn sie mit Karte zahlen will?«

Rolf? Das war Rolfs Stimme. In den letzten sieben Jahren ist dies der erste vollständige Satz mit Subjekt und Prädikat, wenn man mal absieht von: »Gib ma den Schlüssel fürs Klo.« Und ausgerechnet mit diesem ersten Satz stürzt er mich in ein tiefes Tal der Hilflosigkeit.

Henninger schaut zu mir nach unten und zieht fragend seine Schultern nach oben.

»Dann sag einfach, das Kartenlesegerät ist kaputt, und schreib dir ihre Nummer auf. Du kannst doch schreiben?«

In diesem Moment höre ich, wie die Schiebetür auseinandergleitet und die Bühne für eine Show freigibt, die so noch nie unter dem Zapfsäulen-Himmel präsentiert wurde.

In der Hauptrolle: ein nerviger Alkoholiker mit Currywurstflecken im Gesicht.

In der Nebenrolle: Silent-Rolf.

Und ich als Souffleur unter dem KitKat-Regal.

Es wird das größte Highlight dieses OIL!-Theaters seit dem versuchten Überfall eines kahl geschorenen Hartz-IV-Nazis, der vor dreieinhalb Jahren eines Abends mit gezücktem Messer vor mir stand und die Tageseinnahmen verlangte. Er konnte nicht ahnen, dass just an diesem Tag in der benachbarten Rudi-Mörlitz-Turnhalle die Hessischen Kickboxmeisterschaften ausgetragen wurden und der Offenbacher Kämpfer Yüksel Emre alle drei Titel in der Schwergewichtsklasse abräumte. Noch viel weniger konnte er ahnen, dass der frisch gekürte Champion und seine türkischen Klubkameraden ausgerechnet bei uns darauf anstoßen wollten.

Kurzum: Ich konnte dem Bomberjackenspacko noch die Hälfte seines Kiefers sowie sein sonstiges Leben retten, indem ich ihn nach einer Tritt- und Schlagsalvenserie von Herrn Emre in die Toilette sperrte, bis die Polizei eintraf.

Gerade schaffe ich es noch, mich abzuducken, als ich schon

Janas Stimme höre. Dabei rutsche ich mit den Händen weg und falle auf den Steiß. Oder zumindest auf den Ort, an dem mein Steiß sitzen sollte, denn dieser ist durch das Steuerungsmodul meines MuscleMaster X 2000 besetzt, der den Sturz abfedert. Doch leider verstellt sich dadurch auch der Controller, und ich spüre nur Nanosekunden später eine gewaltige Kontraktionswelle durch meinen Körper schießen. Nun entfaltet der MuscleMaster X 2000 sein wahres, höchst erstaunliches Leistungsvermögen, und ich frage mich, wie so ein Gerät jemals durch den deutschen TÜV kommen kann. Die Stromschläge sind so heftig, dass ich mir geistesgegenwärtig ein Snickers aus dem Regal greife und mir samt Verpackung als Beißriemen zwischen die Zähne stecke. Doch selbst meine Gesichtsmuskeln, die völlig padfrei sind, beginnen, sich durch die Power des MuscleMaster X 2000 rhythmisch zu verselbstständigen.

»Guten Abend.«

Mein Puls schießt nach oben, als wäre der Hau-den-Lukas-Hammer auf mich herabgefahren. Dazu ziehen sich meine Mundwinkel immer wieder nach unten, als ob ich katzenartig einen Wollknäuel auf die Fliesen würgen wollte. Mit aller Macht unterdrücke ich einen Schrei, beiße noch fester auf den Snickersriegel und schaue zu Henninger hinauf.

Der nickt Jana nur zu, sagt aber kein Wort.

»Ich hatte die Säule drei. Müssten genau vierzig Euro sein.«

Wieder nickt Henninger, und ich sehe erst in diesem Moment, dass mein Name fein säuberlich vernäht auf der linken Brusttasche der Thermoweste prangt.

R. Süßemilch. Verdammt!

Aber immerhin scheint sie es passend zu haben, denn ich höre Geldscheine rascheln. Ganz ruhig, Robert. Der Bluff könnte tatsächlich funktionieren. Schweißperlen bilden sich auf meiner Stirn, und Spucke läuft mir links und rechts über den Schokoriegel, dessen Konsistenz soeben kapituliert und in einem Schoko-Erdnuss-Gemisch zu Boden tropft. Ich verdamme die Erfinder des MuscleMaster X 2000 für die Idee der Stufenschaltung und versuche, den Schmerz in den Unterbauch zu atmen. Doch dann höre ich wieder Janas Stimme.

»Und dann nehm ich noch ein Päckchen…«

O nein! Ich zucke zusammen. Und zwar ganz ohne die Abnehmwunderpads an meinem Körper. Passendes Geld entgegennehmen hätte vielleicht ja noch irgendwie funktionieren können, aber bedienen und abkassieren? Ne, das war's dann wohl…

Ich sehe mich schon wie ein zuckender Depp hinter dem Tresen hervorkriechen. Peinlich berührte Erklärungen abgeben. Jana wird enttäuscht sein. »Wie, du bist gar kein Pilot? Nur ein mickriger Tankwart? Und dann auch noch mit so einer bescheuerten Lügengeschichte.« Ich warte noch fünf endlos lange Sekunden, in denen ich glaube, Henningers Herzschlag zu hören. Es können aber auch meine vibrierenden Wadenpads sein, die meine Zwillingsmuskeln mittlerweile zu zwei stattlichen Fleischballons aufgepumpt haben.

Dann entscheide ich mich endgültig dafür, nicht nur meine Tarnung, sondern auch eine große Hoffnung aufzugeben. Mein Mund gibt eine aufgeweichte Schokoverpackung frei, und für einen Moment spüre ich den Muskelschmerz nur noch entfernt. Schade, es hatte alles so gut angefangen.

»…West Leischt?«, dringt plötzlich Henningers Stimme wie aus einem Paralleluniversum an mein Ohr. Ich lasse mich zurück auf den kalten Fliesenboden sinken und harre der Dinge.

»Heißen die nicht Silver?«

»Kann sein.«

»Ja, dann nehme ich die.«

»Als Big Pack oder normal?«

»Normal.«

»Des sin dann noch mal fünf dreißisch. Wenn Sie es vielleischt passend hätten?«

Jana kramt in ihrem Geldbeutel, findet tatsächlich fünf Euro dreißig klein, bezahlt und verlässt als zufriedene Kundin den Shop.

»Auf Wiedersehen und beehren Sie uns bald wieder«, ruft Henninger ihr noch hinterher und scheint langsam Gefallen an diesem Bluff zu finden.

Wie ein Apache auf Erkundungsmission spähe ich vorsichtig um das Regal herum.

Sie ist weg.

Es hat tatsächlich funktioniert.

Ich fasse es nicht.

Schweißgebadet reiße ich mir die Pads vom Körper und drehe den abgebrochenen Regler von Stufe fünf auf null. Dann lasse ich mich erneut zu Boden sinken und atme erst mal tief durch. Unter mir der kalte Fliesenboden und eine zehn Quadratzentimeter große Pfütze eines ehemaligen Schokoriegels auf Körpertemperatur. Erst jetzt verlasse ich mein Versteck und sehe gerade noch, wie ein Peugeot von der Tankstelle rollt. Körperlich und seelisch ausgelaugt, blase ich meine Backen auf und klopfe Henninger dankbar auf die Schulter.

»Männer, heute geht das Bier auf mich.«

23
Ölpest in der Sushibar

Nachdem ich mithilfe des Internets mittlerweile immer vorher die passenden Flüge raussuche und mich im Anschluss zu taktisch perfekten Zeiten am Drehkreuz positioniere, treffe ich die passenden Crews mit einer achtzigprozentigen Erfolgsquote. Bei den letzten Versuchen habe ich es diesbezüglich zu wahren Meisterehren gebracht. Habe ich doch visuell Buenos Aires, Kapstadt und zweimal London angeflogen. Meist treffe ich zwar auf kopfschüttelnde, aber auch verständnisvolle Flugbegleiter. Eine junge Dame fand es sogar total süß und gab mir ihre Nummer für den Fall, dass es mit der anderen nicht klappen sollte. Verlockend, aber ich habe momentan nur Interesse daran, mit Jana auszugehen.

Es ist perfekt. Und herrlich unkompliziert.

Wir verabreden uns meist via SMS, gehen ins Kino, nehmen einen Drink, unterhalten uns großartig und enden stets in unserem Hotel in der Innenstadt. Das ist abenteuerlich und hat dazu den großen Vorteil, Jana nicht zu mir nach Hause in meine Wohnung einladen zu müssen, die so gar nicht nach Pilot aussieht. Und auch ihr scheint dieses lockere Arrangement zu gefallen.

Obwohl es ehrlich gesagt doch ein kleines Problem bei uns gibt. Denn sosehr ich sie auch mag, über ihre Essensgewohnheiten muss dringend mal geredet werden. Mit beängstigender Sicherheit trifft sie genau die Art von Restaurants und

Speisen, die ich am allermeisten verachte. Nach dem Rohkosterlebnis hat sie mich heute nach Sachsenhausen eingeladen. Was zunächst nach Äpplerkneipe und rustikalem Essen klingt, stellt sich jedoch erneut als Fehltritt heraus. Denn als ich am verabredeten Ort eintreffe, steht Jana vor der Eingangstür des Sushi-Restaurants Sushiko. Dazu strahlt sie übers ganze Gesicht, als ob sie mir damit einen lang gehegten Herzenswunsch erfüllen würde.

»Hi, Robert!«

Einem Begrüßungskuss folgt die prompte Erklärung. »Das ist zum besten Sushi-Restaurant Frankfurts gekürt worden.«

»Tatsächlich?«

»Ja, und als du mir auf der Hochzeit erzählt hast, dass du auch in Japan immer Sushi essen gehst, dachte ich mir, dass es dir hier vielleicht ähnlich gut schmecken könnte.«

Nur der Herr im Himmel weiß, was ich noch alles für einen Mist auf dieser Hochzeit von mir gegeben habe. Dass ich selbst mit der Hand Zebras reiße, weil ich das in Afrika auf Safari erlebt habe? Dass ich mir eine nette, kleine Hütte aus Lehm und Exkrementen unten am Main wünsche, da ich dies am Amazonasbecken bewundern durfte?

Egal was, ich muss jedenfalls die Sache mit dem Alkohol und den damit verbundenen Erinnerungslücken irgendwie in den Griff bekommen.

»Warst du schon mal hier?«

»Nee, das wüsste ich«, antworte ich zur Abwechslung mal wahrheitsgetreu und meine dies auch genau so.

»Klasse, der Chefkoch ist sogar einer der wenigen Spezialisten, die den normalerweise giftigen Kugelfisch zubereiten können.«

»Wie jetzt, giftiger Fisch?«

»Keine Angst. Dafür muss der Koch eine extra Ausbildung

machen, um die giftige Haut und die giftigen Innereien vom Fischfleisch trennen zu können. Und in Deutschland ist das ohnehin verboten.«

»Aha, klingt ja lecker«, antworte ich und nehme einen Platz an der Bar ein.

Zumindest denke ich das.

Denn die Bar stellt sich als Tisch mit integriertem Laufband heraus, an dem ähnlich wie an einem natürlichen Flusslauf Lachs und Co. stromabwärts vorbeiziehen.

All you can eat für 13,99 Euro, steht auf einem Schild. Ein echtes Schnäppchen und ein Gaumenschmaus. Zumindest, wenn man ein Grizzlybär ist und sonst am Ufer des Yellow River auf Lachsfang geht.

Vor mir schieben sich die rohen Meeresbewohner in den schillerndsten Farben des Regenbogens auf kleinen Tellerchen vorbei. Jana klärt mich über California Roll, Babytintenfisch-Nigiri und Rainbow Roll auf. Ich verstehe nur Bahnhof, tue aber als angeblicher Fachmann so, als würde ich ihre Ausführungen bestätigen. Stattdessen glotzt mich ein Maki nach dem anderen wie aus einem einzigen Zyklopenauge an. Ist das bisher nur mir aufgefallen, dass diese Teile wie ein Walauge mit Iris und Pupille aussehen? Ich versuche, mir diesen Gedanken mit einem Tsingtao-Bier aus dem Kopf zu spülen. Denn wenigstens haben die Japaner im Gegensatz zu den Veganern Alkohol in ihrem Portfolio des Grauens.

Die Sushiröllchen erinnern mich nun auf den zweiten Blick in ihrem dunkelgrauen Tangmantel an einen aufgeschnittenen und sauber portionierten Elefantenpenis. Auf den dritten auch noch, und ich entscheide mich direkt für ein weiteres Bier.

Die schwarze Rundumpappe verleiht dem Fisch dazu ein seltsam unfrisches Bild. Als wäre der Meeresbewohner wegen Ungenießbarkeit vom Ozean höchstselbst ausgekotzt worden.

Jana nimmt sich mittlerweile das dritte Schälchen, während ich noch auf den richtigen Moment warte. Die Frage ist dabei nur, wie sieht der richtige Moment aus? Auf was wartet man an so einem Fischband?

Auf ein Schnitzel?

Currywurst mit Pommes?

Ein paar Frikadellen halb und halb mit Zwiebeln und Bratkartoffeln?

Wohl kaum.

Ich schaue hinauf zum Quell des Flusslaufs, doch dort legt der fleißige Asiate nur ständig weiter zerteilte Meeresbewohner auf die Teller. Mir erschließt sich der tiefere Sinn dieser Fließbandverköstigung nicht so ganz. Für mich sieht das hier aus wie bei IKEA im Restaurant an der Geschirrrückgabe, nur dass hier die Teller nicht raus-, sondern reingefahren werden. Das, was auf dem Teller liegt, sieht hingegen bei beiden erschreckend gleich aus. Nur dass ich bei IKEA nichts zahlen muss, wenn die Teller vorbeifahren. Ein Königreich für einen Teller Köttbullar. Selbst für so einen labbrigen Schwedenhotdog mit holzigen Röstzwiebeln würde ich nun jede Fähre nach Stockholm kapern.

Es nutzt nichts, irgendwann muss ich zugreifen. Jana hat bereits den nächsten Teller erobert und hantiert mit den Essstäbchen geschickt zwischen Teller und ihrem Mund. Gleich wird sie sich zu mir drehen, um zu fragen, was denn mit mir los sei. Ob es mir nicht schmecke, ich sie nicht mehr möge. Ob ich nichts mehr von ihr wissen will und dass sie daher besser das Ganze mit mir sofort hier und jetzt beendet.

Ich ergebe mich und greife wahllos nach dem nächsten vorbeischippernden Teller. Es ist irgendwas ziemlich Rotes. Irgendwas, das aus Reis herausquillt. Sofort schiebt mir Jana das Schälchen Wasabi herüber. Dass das so heißt, weiß ich nur, weil sie mich vor zwei Minuten gefragt hat, ob ich ihr das Schälchen Wasabi rüberreichen könne. Ich bedanke mich artig und wähle Messer und Gabel als Waffe. Ist sicherer, als mit den Holzstäbchen Sushi-Mikado zu spielen. Ich spieße meinen feuerwehrroten Fisch auf und ziehe ihn einmal durch den grünen Wasabischlamm. Dann beginne ich zu kauen.

Jana schaut kurz auf und lächelt.

»Ist ja witzig, du bist einer von denen, die die Gabel rechts und das Messer links halten. Nach Knigge ist das nämlich eigentlich verkehrt.«

»Ach.« Ich kaue mit halb offenem Mund und denke, dass dieser Knigge wohl auch nie rohen Fisch vor sich auf dem Tisch liegen hatte, sonst hätte er auch noch Mülleimer und Kotzbeutel als passende Tischutensilien gebilligt.

Das ist der Moment, in dem ich merke, dass Wasabi ein japanisches Überbleibsel aus Hiroshima sein muss. Mir brennt der Rachen wie nach einem Napalmangriff, und ich vergesse sogar für einen kurzen Moment den Fischtorso, der soeben in meinem Magen gelandet ist.

Ein Mann sollte nichts essen, was kein Gesicht hatte, er nicht selbst erlegt hat oder zumindest Hufe oder Krallen sein Eigen nennt.

»Und«, fragt Jana, »ist gut, oder?«

»Klasse«, antworte ich einsilbig, da mir einfach die Luft für blumige Worte fehlt. Gierig schütte ich das Bier als Löschversuch hinterher. Guter Gedanke. Katastrophale Wirkung. Das Bier schafft es weder, das Feuer im Rachen zu binden, noch irgendwas zu löschen. Viel schlimmer. Es weiß vielmehr den überaus eigenwilligen Fischgeschmack noch zu unterstreichen.

Bäh! Bäh! Bäh!

Ich verabschiede mich kurz und suche entschlossen die Toiletten des Restaurants auf. Erst überlege ich noch, ob ich nicht schnell nach Topmodelart durch ein Einfingerhalssolo etwas Raum für mehr Fisch schaffen sollte. Allerdings bin ich unfähig in der Kunst der Selbststimulation meines Würgereizes. Außerdem dürfte der Fisch im erbrochenen Zustand auch keinen deutlich besseren Eindruck an den Geschmacksknospen hinterlassen. Also stelle ich mich vor eines der freien Urinale. In das Becken hat der Restaurantbetreiber ganz deutsch diese blöden Styroporbällchen geklebt, die man durch geschickte Lenkung seines Urinstrahls in ein stilisiert angedeutetes Tor versenken kann. Durch das dünnflüssige Asiabier gedopt gelingt mir zunächst ein furioser Start im Urinbeckenfußball. Nach zwei weiteren Volltreffern und dreimal Latte ist mein Ego so weit wiederhergestellt, dass ich mich zurück in den Schuppentempel wage.

Ich wasche mir die Hände und kehre zurück an den Tisch. Ich weiß, was jetzt kommt. Wenigstens ein gerolltes Fischrisotto muss ich mir wohl noch einverleiben, um nicht unhöflich zu wirken. Doch bevor ich meiner Heuchelei weiter frönen kann, nehme ich etwas ganz anderes wahr.

Kommen doch gerade zwei Personen zur Tür herein, die ich besser kenne, als mir lieb ist.

Steffi und C-Claus.

Obwohl ich mich aalgleich Richtung Stuhl schlängele, hat mich Steffi bereits entdeckt. Es ist das erste Mal nach dem Frühstücksreinfall, dass wir uns wiedersehen. Sie flüstert C-Claus ins Ohr, der daraufhin stehen bleibt. Dann kommt sie mit einem nicht näher zu definierenden Gesichtsausdruck herüber. Na, das kann ja lustig werden. Andererseits ist das vielleicht auch eine Chance, um sie eifersüchtig zu machen.

»Hallo, Robert. Wie geht's?«
»Danke, gut.« Ich nicke.
»Willst du mich deiner Begleitung nicht vorstellen?«
Gut. Sie hat Jana also als Rivalin ausgemacht.
»Das ist Jana, eine ... Freundin. Und das ist Steffi, auch eine ... äh Freundin.«
Die beiden Frauen scannen sich mit einem geheuchelten Lächeln nach offensichtlichen Fauxpas in Kleidung und Make-up. Das Ganze hat den Charme einer Begrüßung in der Mitte eines Boxrings.
»Angenehm«, sagt Jana, wischt sich die Hände von etwas Fett ab und reicht sie Steffi. »Sorry, ich bin da etwas einfacher.«
»Ja, das wette ich«, antwortet Steffi spitz und wendet sich wieder mir zu. »Wusste gar nicht, dass du so ein Sushifreund bist.«
»Tja, du weißt so einiges nicht. Manche Dinge ändern sich nun mal.«
Trotz pochendem Herzen bin ich mit meiner Antwort sehr zufrieden. Claus wagt es immer noch nicht herüberzukommen und steht an der Eingangstür wie ein Schuljunge, der von Mama nicht abgeholt wurde.
Steffi lässt ihren Blick ein weiteres Mal über Jana wandern, dann hebt sie das Kinn und dreht sich zum Gehen.
»Na dann, einen schönen Abend noch.«
»Wünsch ich euch auch.«
Als sie mit Claus einen Platz eingenommen hat, merke ich, dass ich ihr hinterhergestarrt habe. Und was noch viel peinlicher ist: Auch Jana bleibt das nicht verborgen.
»Exfreundin, oder?«
»Ja.«
»Und?«

»Was und?«

»Noch Gefühle?«

Ich zucke mit den Schultern, als wäre mir das ziemlich egal.

Jana atmet nur einmal tief durch und widmet sich ohne weiteren Kommentar ihrem Sushi.

»Na dann, greif jetzt mal richtig zu. Du bist heute von mir eingeladen.«

Ich bin ihr dankbar dafür, dass sie keine weitere Erklärung von mir verlangt.

»Ach wirklich? Womit habe ich das verdient?«

»Einfach so. Die meisten Männer, die ich kenne, mögen kein Sushi. Du bist einfach anders. Das finde ich toll.«

»Ja, so bin ich nun mal…«, antworte ich und hasse mich dafür, sie damit erneut anzulügen.

Mein Blick wandert desillusioniert zurück zu dem Laufband, das unaufhörlich neuen Rohfisch ankarrt. Durch den Auftritt von Steffi ist mir noch übler als zuvor. Mir ist so flau im Magen, dass ich sehnsüchtig auf einen Kugelfisch warte. Vielleicht hat der Koch ja heimlich einen zubereitet und einen schlechten Tag gehabt und setzt meinem Leiden durch sein Ungeschick ein Ende. Über den Rand meines Bierglases sehe ich, wie Steffi immer wieder zu mir herüberschaut.

Dann greife ich zu einem weiteren gut gefüllten Sushischiffchen und schließe todesmutig die Augen.

24
Im Hotelbett

Mein Schlafrhythmus hat eine seltsame Eigendynamik entwickelt. Kann aber auch an dem Karussell liegen, das sich in meinem Schädel zu drehen beginnt. Japanbier knallt auch nicht dezenter als der Billigfusel von der Ecke.

Ich liege neben Jana im Bett. Nach dem Schiffeversenken in der Sushibar sind wir wie immer ins Hotel gegangen und haben uns geliebt. Wie immer? Nein, irgendwas war anders. War ich es? Habe ich während des Sex an Steffi gedacht? Hm, vielleicht. Oder hat Jana beim Sex an Steffi denken müssen? Hm, vielleicht. Jedenfalls war es nach Steffis Auftritt schon in der Bar anders. Nicht mehr so rein. Irgendwie fremd. Auch jetzt denke ich an Steffi und ihren Lackaffen im Schlepptau. Dann drehe ich mich zu Jana um. Wie süß sie aussah heute Abend, und was für ein Mistkerl ich bin, dass ich ihre Gutmütigkeit ausnutze. Auch jetzt, als sie neben mir liegt, ist sie schön. Eine Strähne liegt über ihrem Gesicht, die sich bei jedem Ausatmen davonstehlen will und doch zurückgehalten wird. Ich lächle und streiche sie ihr von der Stirn. Dann gebe ich ihr einen Kuss und drehe mich wieder zur Seite.

Es ist jetzt schon Viertel vor vier, und ich habe bereits mein komplettes Sortiment an Einschlaftricks versucht.

Alles vergeblich.

Dann erinnere ich mich daran, mal in einer Zeitschrift gelesen zu haben, dass man als Einschlafhilfe seinen Lieblingsfilm in Gedanken komplett durchgehen soll. Ich bin bekennender Fan von *Star Wars* – nur die alten Episoden – und stecke schon in Episode V, die den schlechtesten Teil darstellt, aber wegen der Vollständigkeit halte ich die Chronologie penibel genau ein. Gerade habe ich Han Solo vom Bösewicht Darth Vader in Karbon einfrieren lassen, als sich meine kleine Jediblase bemerkbar macht. Verdammt, dieses Japanbier!

Nachdem ich von der Toilette zurück ins Bett falle, bin ich nicht nur wacher als zuvor, sondern habe als Zugabe auch noch einen kalten Hintern von der Klobrille. Und zu allem Überfluss will mein Fantasie-Luke-Skywalker einfach nichts mit Prinzessin Lea anfangen. Dachte, dass ich dadurch den Film vielleicht etwas aufpeppen könnte, aber es gelingt mir nicht. Dazu habe ich von meinem Toilettengang neben dem kalten Po auch kalte Füße mitgebracht. Könnte natürlich aufstehen und mir Socken anziehen. Aber das wäre ein Rückfall in alte Weicheizeiten. Da bleibe ich lieber bis zum Frühling im Bett liegen und warte auf die ersten wärmenden Sonnenstrahlen.

Steffi hat sich immer eine Wärmflasche gemacht.

Ob Jana so was auch macht?

25 Die Weinprobe

Die nächsten Tage vergehen im wahrsten Sinne des Wortes wie im Flug. Ich habe Jana nach dem Sushiabend gesagt, ich sei nun erst mal auf einer Mehrtagestour in Südamerika unterwegs und wäre am Wochenende wieder zurück. So gewinne ich wenigstens etwas Zeit. Ich fühle mich immer unbehaglicher dabei, sie anzulügen. Aber was bleibt mir anderes übrig? Wenn ich jetzt mit der Wahrheit rausrücke, bin ich sie erst recht los. Jetzt ist Wochenende, und schon signalisiert mir mein Minihandy eine SMS.

Es ist Jana.

Sie will mich heute überraschen.

Oh, oh.

Mal sehen, mit welchem Restaurant sie heute meine Geschmacksnerven strapazieren will. Aber ganz ehrlich: Es ist mir völlig egal. Selbst wenn sie mit mir am Hauptbahnhof lecker Gleise lecken wollte und frittierte Streptokokken zur neuen Trendspeise ausrufen würde: Ich wäre dabei. Ich würde sogar mit ihr zum Bieberer Berg gehen und eine Rindswurst der Offenbacher Kickers verputzen. Ja, ich wäre für sie zum Äußersten bereit.

Aber ich werde sie trotzdem auch bald überraschen müssen. Und zwar ganz übel. Vielleicht erst mal häppchenweise. Die Wahrheit auf Raten präsentieren. Und heute Abend werde ich damit beginnen. Treffpunkt ist um halb acht im

Destino. Das beruhigt mich zudem. Ich kenne sowohl die Bar als auch die Essenskarte. Zumindest haben sie definitiv irgendein Stück Kuh oder Schwein auf der Karte, das ich mir einverleiben kann. Endlich keine Körner oder kreisrunde Fischkadaver.

Fünf Minuten vor der Zeit treffe ich ein und erkenne Jana schon von Weitem. Sie sieht erneut einfach nur toll aus. Der Abend könnte fantastisch werden, wenn ich ihr nicht die erste Portion Süßemilch-Wahrheit verabreichen müsste. Aber wenigstens wird das Essen diesmal ein Treffer. Doch schon als ich kurz nach Betreten der Bar in die Augen der weiteren anwesenden Personen blicke, zweifle ich an meiner Einschätzung. Es überkommt mich ein seltsames Gefühl von elitärem Größenwahn der oberen Mittelschicht, das sich hier sonst nicht so deutlich zeigt. Was ist denn hier heute los? Nicht nur, dass sich die meisten Frauen mit ihren weißen Blusen unter hellgrauen oder anthrazitfarbenen Pullundern samt dazu passenden Perlenketten und Ohrsteckern ebenso erstaunlich wie erschreckend ähnlich sehen. Nein, noch imposanter sind die Blicke ihrer Begleiter mit ihren Dow-Jones-Index-Augen, die wie ein Börsenbarometer hinter den Designerbrillen rauf- und runterwandern. Dazu tragen sie farblich perfekt zu ihren Frauen abgestimmte Ensembles, bestehend aus weißem Hemd unter hellgrauem oder anthrazitfarbenem Pullover. Doch das ist bei Weitem noch nicht das Schlimmste: Statt der üblichen Bestuhlung an Tischen sind die Stühle heute in Reihen aufgeteilt und richten sich zu einer Art Bühne aus, auf der vier Sessel platziert stehen, auf denen Bewertungstafeln liegen. Das sieht nicht nach leckerem Essen aus.

»Wird hier für *Das perfekte Dinner* gedreht?«, frage ich Jana vorsichtig.

»Nein, viel besser. Ich habe dich für den Weintesterwettbewerb angemeldet. Der feinste Gaumen Frankfurts wird heute gekürt, und du bist einer der vier Kandidaten. Ich kenne den Chef vom Destino, und er hat dich kurzfristig noch auf die Liste gesetzt. Hammer, oder?«

»Ja. Hammer.«

»Gern geschehen.«

»Danke«, stottere ich mit einem seltsamen Lächeln, das an wiehernde Pferde erinnert.

Als ich noch überlege, wie ich mich aus dieser Situation befreien kann, legt sich mir bereits eine Hand auf die Schulter, und ein Kölner Dialekt ertönt hinter mir.

»Sie müssen der Robert Süßemilsch sein, macht Ihnen doch nischts aus, wenn wir uns duzen, oder?«

Ich schaue in das Gesicht von Jean Pütz. Er ist es leibhaftig und moderiert die ganze Veranstaltung.

»Ähm, nein ...«

»Jut, isch bin der Jean.«

»Angenehm.«

Wir reichen uns die Hand, und ich lächele Jean verschüchtert an.

»Jut, dann legen wir auch gleich los, Herr Süßemilsch.«

Wie jetzt, duzen oder nicht, will ich gerade noch fragen, als er schon wieder verschwunden ist und kurz darauf mit einem Mikrofon die etwa hundertzwanzig Gäste begrüßt. Jana nimmt mir nicht nur die Jacke, sondern auch jegliche Hoffnungen ab. Dann schiebt sie mich nach vorn zur Bühne, wo wir alle namentlich vorgestellt werden.

Als ich Jana damit beeindrucken wollte, dass ich ja so unglaublich weltmännisch sei, hätte ich vielleicht mein übertriebenes Blenden spätestens beim Thema Weltpolitik beenden sollen. Aber nein, ich musste ja noch einen draufsetzen und von meinem begnadeten Gaumen schwärmen, mit dem ich schon die herrlichsten Weine dieses Erdballs verkostet hätte. Damit hatte ich ihr die Tür für eine, wie sie zumindest glaubte, tolle Überraschung geöffnet, die mir große Freude bereiten sollte.

Ich nehme also in der Reihe der Frankfurter Hobbysommeliers Platz. Wenigstens bin ich als Letzter in der Reihe der vier Experten eingeteilt. Trotzdem: ein Scheißgefühl, denn ich habe nicht einmal den Hauch einer Ahnung von Wein. Aber mir bleibt noch nicht einmal Zeit für einen ausgiebigen Anfall Selbstmitleid. Denn schon geht es los, und Jean Pütz tritt vor die Nachwuchsgaumen Frankfurts für die erste Runde der Verkostung.

»Wir bejinnen mit einem vorzüglischen Schaumwein, der sisch ideal als kleiner Jaumenöffner anbieten tut.«

Schaumwein also – oder wie mein Henninger an der Tankstelle immer sagt: »Nuttenbrause«. Die Flasche wird den Zuschauern präsentiert, die allesamt ehrfürchtig nicken. Asti spumante scheidet wohl aus, das würde keinen vom Stuhl hauen. Und damit endet leider auch schon mein Fachwissen in diesem Bereich.

Jedem von uns wird ein Gläschen gefüllt und zur Kostprobe gereicht.

Ich weiß nicht, ob es meine Nervosität ist oder mein Durst. Jedenfalls setze ich das Glas an und trinke es in einem Zug aus. Ist ja schließlich eine Weinverkostung und der Sekt wohl so 'ne Art Begrüßungstrunk. Tut gut. Und tatsächlich beruhigt es mich sogar ein wenig. Na dann mal los mit dem Wein.

Aber... falsch gedacht, Robert. Die Prickelbrause gehörte wohl doch zum offiziellen Programm, denn meine Mitstreiter sind immer noch dabei, das Glas zu inspizieren. Und jetzt riechen sie auch noch daran. Also wirklich, so was macht man doch nicht, oder? Die werden uns hier wohl keine verdorbenen Getränke anbieten. Oder schmutzige Gläser reichen.

Dann nippen meine drei Kollegen und schlürfen den Inhalt aus dem Glas. Und so was will der Genießergaumen Frankfurts werden. Das Einzige, was die vorab mal genießen sollten, ist 'ne Runde Erziehung von Mama.

Schließlich wird dem ersten von uns das Mikro gereicht. Sofort beginnt er mit seiner Ausführung: »Intensive Säure, schimmernder Zwiebelton, satter Nachhall.«

Ich schaue in das leere Sektglas in meiner Hand.

»Hmm, stimmt. Jetzt schmeck ich's auch.«

Es folgt kurzer Applaus für den ersten Kandidaten, und Herr Pütz deutet auf den Rest von uns.

»Jut, isch bitte nun alle Kandidaten, ihre Bewertungstäfelschen für diesen einzischartigen Champagner hochzuhalten.«

Ach so, die Tafeln. Na ja, das, was ich noch von dem Sekt weiß, der sich nun sogar als Champagner herausgestellt hat, ist, dass er geprickelt hat, und das soll das Zeug doch wohl auch, oder? Also gebe ich mal sieben Punkte, damit kann man nicht verkehrt liegen.

Spätestens jetzt weiß ich, warum ich Biertrinker bin. Noch nie hat mich Henninger an der Tanke oder Trude, die Wirtin vom Bierstübchen am Eck, vor den Eintrachtspielen gefragt, nach was mein Bier schmeckt. Wenn ich denen was von Zwiebelaromen erzählen würde, hätte ich wohl ruck, zuck eine an der Backe. Und zu einem Pils muss man auch weder davor noch danach was sagen. Höchstens »Prost« oder »Ich muss mal aufs Klo, weil's so drückt«.

»Unsere Kandidaten zeijen sisch also fast einstimmisch.

Dann kommen wir nu zu der zweiten Runde. Ein Aperitif-Wein.«

Wieder geht Herr Pütz, den ich einst Jean nennen durfte, durch die Reihen und präsentiert die Flasche dem Publikum. Dann füllt er unsere Gläser. Diesmal exe ich das Teil nicht komplett weg, sondern sondiere stattdessen die Lage. Schließlich lernt man ja aus seinen Fehlern. Ich versuche, aus den Augenwinkeln zu erkennen, was die anderen Kandidaten um mich herum nun veranstalten. Der Erste hält das Glas gegen das Licht und inspiziert das Ganze. Ich tue es ihm gleich, kann aber keinerlei Fingerabdrücke oder Lippenstiftreste auf dem Glas erkennen. Alles einwandfrei sauber. Dann steckt auch er seine Nase in das Glas und schlürft anschließend genüsslich den Wein aus dem Glas, wie einst Hannibal Lecter in *Das Schweigen der Lämmer* das Verspeisen der Leber eines seiner Opfer zelebrierte.

Ich frage meinen Nachbar zur Rechten, ob das hier normal sei. Er meint, durch das Süffeln verbinde sich der Sauerstoff besser mit den Geschmacksaromen.

Aha, Sauerstoff also.

Ich trinke einen großen Schluck und versuche, mich dabei krampfhaft an einen weiteren Film zu erinnern: *Brust oder Keule* mit Louis de Funès, in dem er einen Restauranttester mimt. Ich werde aber aus meinen Gedanken gerissen, als der Zweite in unserer Reihe nach seiner Meinung gefragt wird.

»Blaubeeraromen, kurzes An- und Abklingen, sehr ausgewogene Balance, cremig, scharf an der Spitze, aber dennoch rund im Nachhall. Holziges Raucharoma.«

»Was?« Ich zucke erschrocken zurück, während der Applaus aufbrandet. Da kann es einem ja angst und bange werden. Was halte ich denn hier für ein Teufelszeug in Händen? Ich schaue entsetzt in mein Glas. *Das* soll alles in *diesem* Glas stecken? Da ist mir irgendwas verborgen geblieben. Wahrscheinlich war die Dosis zu gering, denke ich und nehme einen größeren Schluck als zuvor.

Ich schlucke.

Schmecke.

Warte.

Dann bin ich mir sicher.

Nee... cremig ist da nix. Vielleicht pelzig, wenn ich noch zehn von den Dingern trinke.

Verdammt, ich hätte wenigstens 'ne Kleinigkeit essen sollen. Das Zeug greift ziemlich schnell. Dennoch, mir gefällt der Wein und noch viel mehr seine Wirkung. Acht Punkte.

Die dritte Runde wird eingegossen.

Und diesmal erkenne ich immerhin auf Anhieb, dass es ein Weißwein ist. Wieder wird die Flasche ins Publikum gezeigt, was jeden Einzelnen erneut ehrfürchtig die Augenbrauen nach oben ziehen lässt.

Gleiches Prozedere wie zuvor: Glas gegens Licht, Nase rein und den Hannibal Lecter machen. Cremig ist immer noch nicht mein Thema, aber immerhin schmecke ich was: Der Wein schmeckt süß.

Bin gespannt, was der Kollege zur Linken dazu sagt. Komm, gib mir einfach recht und sag: Er schmeckt süß!

Dann nippt er, schaut wichtig und nickt zufrieden.

»Angenehme Frucht, intensive Säure, grasig mit floralen Nuancen und einem schönen weichen Abgang.«

Also süß, denke ich. Man kann es aber auch so ausdrücken, und ich fühle mich ein Stück weit bestätigt.

Auch dieser Clown räumt Applaus ab, und nun ist endgültig auch mein Ehrgeiz geweckt. Das kann ein Stück weit auch am Alkohol liegen, der sich mit einer erstaunlichen Geschwindigkeit in mir ausbreitet und spürbare Wirkungstreffer erzielt. Ich trinke das Glas aus, will mir schließlich nichts nachsagen lassen und glaube jetzt nun tatsächlich die florale Nuance einer wilden Buchsbaumhecke herauszuschmecken.

Der ging gut runter: zehn Punkte.

Na bitte, wird ja langsam. Allerdings wird noch was anderes langsam, nämlich ich, und zwar voll. Merke: Leerer Magen und Wein – eine tödliche Mischung.

Und schon schnürt mein Freund Jean wieder heran, um die Gläser zu füllen. Der Junge gefällt mir…

Als ich ihn aber zu mir winke, ihm freundschaftlich den Arm um die Schultern lege und ihm ins Ohr säusele, dass ich gerne noch einen Nachschlag von diesem Blaubeerwein hätte, weil der zwar lecker, aber bei mir hinten raus deutlich zu schnell abgeklungen ist, schaut er mich verdutzt an und schüttelt verständnislos den Kopf. Stattdessen stellt er mir ein Glas Rotwein bereit.

»Jaaaa, ss geht auch.« Ich winke lächelnd ab und tätschele meinem besten Freund Jean die Wange.

Jetzt kommt meine große Stunde. Ich bin mit der Bewertung des letzten Weins dran. Mein geliebter Bruder Jean schenkt auch dem Rest der illustren Runde ein, und ich blinzele ihm vielsagend zu. Ja, der Jean eieieieieeiei…

Ich glaube zwar nicht, dass ausgerechnet jetzt, in der letzten Runde, die Gläser dreckig sind, prüfe es aber trotzdem gewissenhaft mit dem bekannten Blick. Neee, nix!

Dann die Nase rein, und ich inhaliere das Glas beinahe komplett weg. Im Übermut tunke ich dabei versehentlich meine Nasenspitze in den Wein, was mich aber nicht weiter stört, jedoch für eine gewisse Irritation unter den Gästen sorgt. Meine Mitstreiter bekommen davon wenig mit, da sie ja mit ihrem eigenen Wein beschäftigt sind.

Schließlich das erste Schlückchen und ein wenig süffeln.

Sauerstoff soll ja gut sein. Und wenn die sich schon alle so benehmen, um mehr Luft an den Stoff zu bekommen und dafür sogar noch Beifall erhalten, kann ich das schon lange. Und ich liebe Applaus. Also: Was soll's, denke ich mir, lege den Kopf in den Nacken und beginne damit, den Wein kehlig zu gurgeln. Jetzt habe ich nicht nur eine Menge verbindungswilligen Sauerstoff am Wein, sondern auch die ungeteilte Aufmerksamkeit meiner Mitstreiter sowie des kompletten Publikums. Sie scheinen geradezu gebannt auf meine Meinung zu warten. Die sollen sie haben.

Ich schaue in die Runde und zwinkere Jean erneut zu. Ich glaube, er mag mich, zumindest schaut er mich aus großen Augen an. Nur der Applaus bleibt irgendwie bisher aus. Okay, verstehe: Ihr wollt mehr? Ihr bekommt mehr! Ich atme noch mal tief durch und beginne meine fachmännische Bewertung.

»Bin mir da noch nicht so gaaanz sicher«, lalle ich und kippe mir den Rest des Weins gierig in den Mund, dass es mir links und rechts die Mundwinkel herunterläuft.

»Also …«, beginne ich erneut. »Dieser Tripfen trofft … dieser Tropfen trifft auf meine Gaumenrezeptoren mit der vrollen Fucht, vollen Frucht von siebzehn Kilo Aprikosen und 'nem kompletten Strauch Brombeeren. Er besitzt die Kraft eines ukrainischen Atomkraftwerks und außerdem … hicks … ragt das Weinchen weit in den Rachen hinab und lässt sich dort mir der Würde einer achtköpfigen Adelsfamilie bei 'ner Papstaudienz nieder. Mit diesem Jahrgang ist man schell … schnell perdu. Volle zehn Punkte und keinen weniger!«

Ich finde meine kleine Weinkunde ausgesprochen passend und stimmig. Und das eigentlich Erstaunliche daran, das finden die anderen Beteiligten wohl auch, denn sie nicken mir großmütig zu. Und tatsächlich: Applaus! Zunächst verhalten, dann aber fast frenetisch. Ich stehe spontan auf und verneige mich vor dem dankbaren Publikum. Und endlich lächelt auch Jean zurück... ich fühle mich aufgenommen. Da sage noch einer, Wein verbinde nicht.

Ich habe zwar weder Jana meine Lügengeschichte beichten können, noch habe ich den Titel des Weinkönigs gewonnen, aber als wir nach einigen weiteren Gläschen das Destino wieder verlassen, denke ich noch, dass ich vielleicht in Zukunft tatsächlich des Öfteren mal eher zu einem Gläschen Wein als zu einem Bier greifen sollte. Als ich später in der Nacht wach werde und ins Bad taumele, revidiere ich diese Meinung jedoch wieder.

Aber etwas anderes wird mir schlagartig klar: nämlich, dass nun alles Sinn ergibt. Jetzt verstehe ich das ganze Geschwafel. Meine neuen Weinfreunde hatten mit allem recht. Nur haben sie nicht den Zustand *beim*, sondern *nach* dem Trinken beschrieben. Jetzt schmecke und empfinde ich jedes einzelne Wort von ihnen.

Der Wein storniert nicht nur hinten raus, sondern hat auch den beschriebenen unglaublich cremigen Abgang mit erschreckend intensiver Säure im schönsten schimmernden Zwiebelton. Und tatsächlich: Noch Stunden später vibriert er mit einem holzigen Raucharoma im Nachhall.

26
Ein Kreuzschraubendreher hinter dem Auge

Eine gänzlich neue Art von Kopfschmerz weckt mich am Morgen mit einem unnachahmlichen Hammer, der aus feinstem Schwermetall geschmiedet wurde. Hieß es immer: Bier auf Wein, das lass sein, muss ich nun erkennen, dass ein reinrassiger Weinkater auch nicht zu empfehlen ist. Der Weinschmerz zieht sich vom Rückenmark über die Schädeldecke mit filigraner Präzision exakt hinter mein rechtes Auge, um dort wie ein grobschlächtiger Kreuzschraubendreher in meinem Augapfel zu rotieren.

Nach Alka-Seltzer-Cocktail mit einem guten Schuss Aspirin erklärt sich mein Körper schließlich unter Vorbehalt doch noch dazu bereit, seine Arbeit aufzunehmen. Diese beschränkt sich aber zunächst nur auf Atmen. So atme ich mich bis halb zwölf mittags in den Tag. Dann schaffe ich es, das Bett zu verlassen und mich ins Wohnzimmer zu schleppen. Dort sehe ich, dass während meiner Metamorphose einige Anrufer ihr Glück versucht haben. Auf dem Anrufbeantworter befinden sich fünf Nachrichten. Vier von meiner Mutter, die sich dreimal davon auf ihrer Kurzwahltaste geirrt hat, und ein Anruf von Jana. Sie fragt mich hörbar belustigt, ob ich wieder unter den Lebenden weile, und hofft auf ein weiteres baldiges Treffen mit mir. Gestern bin ich direkt mit dem Taxi nach Hause gefahren, und wir haben uns nicht in einem

Hotel bis zum Morgengrauen vergnügt. Außerdem wollte ich ihr ja ohnehin beichten, aber ich war durch den Wein einfach zu nichts mehr fähig.

Schon verrückt. Seit Jana in mein Leben getreten ist, fühle ich mich eigentlich immer großartig. Schon irgendwie schade, dass sie mich nur deswegen mag, weil sie denkt, dass ich ein ganz anderer sei. Mir ist auch klar, dass ich ihr nun aber wirklich schleunigst reinen Wein einschenken muss. Doch schon bei den Worten *reinen Wein einschenken* wird mir wieder übel. Daraufhin werden mir zwei Dinge klar.

Erstens: Dass das Sprichwort und die Erinnerung an Wein mich fast zum Kotzen bringen und dass ich sie vermissen werde. Aber durch sie habe ich wenigstens wieder die Freude in meinem Alltag entdeckt.

Zweitens: Das Leben ist wie eine Drehtür. Manchmal bist du schneller wieder drin, als du dachtest. Zumindest, wenn du für einen Moment die Augen schließt und bereit bist, weiterzugehen und nicht zurückzuschauen.

Sie ist für meine Seele wie eine Welle, die sich immer wiederkehrend über meinen aufgewühlten Seelensand legt und alles glättet. Ohne zu fragen, warum oder wie oft noch. Sie tut es einfach, weil es ihr Naturell ist, sich an Land zu spülen.

Das Telefon klingelt. Das ist wohl Gedankenübertragung. Als ich den Hörer abnehme, fällt es mir trotz Schraubenzieher im Kopf nicht schwer, den Pegel der Euphorie auf ein höheres Niveau zu heben. Ich werde sie mit einem Späßchen am Telefon begrüßen.

»Vierundzwanzig-Stunden-Escortservice Don Juan, Sie sprechen mit dem Geschäftsführer Robert Süßemilch. Was kann ich für Sie tun?«

Brüller.

Denke ich zumindest.

Denn am anderen Ende herrscht Schweigen. Wahrscheinlich habe ich mit dem Euphoriepegel doch etwas übertrieben.

»Hallo?«, frage ich sicherheitshalber nach und will bereits wieder auflegen, als am anderen Ende doch noch eine Stimme ertönt, die gleichsam vertraut wie samtweich klingt.

»Robert?«

»Ja?«

»Hi, hier ist Steffi. Ich würde mich gerne mit dir treffen und ein paar Sachen besprechen, wenn es okay für dich ist.«

Steffi?

Steffi!

Ha!

Ha!

Und nochmals HA!

Endlich! Da habe ich sie also doch erwischt! Es war bestimmt das Ding mit der Sushibar. Ich wusste, dass dieser Anruf irgendwann kommen würde. Robert Süßemilch ist wohl doch nicht so ein Luschi-Mann. Ich erkläre mich natürlich für ein Treffen bereit, und wir verabreden uns für den übernächsten Abend im *Harveys* am Friedberger Platz.

Tja, das Leben ist wie eine Drehtür. Manchmal bist du auch schneller wieder draußen, als du dachtest. Zumindest wenn du für einen Moment die Augen geschlossen hattest und dich zu früh gefreut hast.

27
Der treue Charly

Es ist Bundesligaspieltag, und ich erhalte von meinem Chef das Angebot, seine zwei Dauerkarten für das Heimspiel der Eintracht zu bekommen. Gegner sind die grün-weißen Fischköppe von Werder Bremen. Sofort schlage ich zu. Das kommt mir nämlich gerade recht. Ich frage Jana, ob sie Lust hätte. Eine Art Abschiedsgeschenk. Frauen mögen nun mal einfach keinen Fußball. Das wird es für sie leichter machen, wenn wir uns danach nicht mehr treffen werden. Denn mein Ziel, dass Steffi und ich wieder zusammenkommen, liegt nun in greifbarer Nähe. Das würde mir auch die schmerzhafte Aufklärung meiner Lügengeschichte ersparen. Und vielleicht ist Jana nach dem Stadionbesuch ja so abgenervt, dass sie von sich aus gar keine Lust mehr hat, mich zu sehen. Das wäre natürlich das Allerbeste, denn ich möchte sie nicht verletzen. Wobei ich gar nicht weiß, ob sie das so empfinden würde. Sie hat sich mit unserem Hotelarrangement immer bestens abgefunden.

Weiterer Nebeneffekt des Fußballevents: Im ganzen Waldstadion gibt es keinen einzigen Veganer- oder Sushi-Stand. Und 'ne Weinprobe wird's im Fanblock wahrscheinlich auch nicht geben. Nur feinste hessische Fleisch- und Wurstwaren sowie Bier aus echten Brauereien mit ungesundem Alkohol. Lecker!

Nachdem wir uns von der Hauptwache aus in die hoffnungslos überfüllte S-Bahn geschoben haben, rollen wir also dicht an dicht gedrängt gen Stadtwald hinaus. Immer wieder mustere ich Jana, doch die stört sich erstaunlicherweise an nichts. Weder an der nach Bier stinkenden Eintracht-Jeanskutte, die ihr der adrette Herr mit Hautausschlag und Schweißflecken in Frisbeegröße in regelmäßigen Abständen ins Gesicht schmirgelt, noch an den nicht ganz jugendfreien Sprechchören des Adlerfanclubs »EFC 2-Promille Bischofsheim«.

Komisch.

Das war anders geplant.

Ich hätte wetten können, dass sie das völlig abnervt.

An unseren Plätzen angekommen, zeige ich ihr stolz den Ausblick über »mein Stadion«. Ja, hier kann ich Geschichten erzählen, die jeden Fernsehfußballfan vor Neid erblassen lassen. Ich fange an und erzähle ihr von den glanzvollen Spielen mit Yeboah, Okocha, Bein und Möller, dem niemals heilen wollenden Schmerz von Rostock, Alex Schurs Kopfballtor zum Aufstieg 2004, den Siegen gegen Bayern München und meinem Helden: Charly Körbel, der treue Charly, der jedes einzelne seiner sechshundertzwei Bundesligaspiele für die Eintracht bestritt. Und ich war oft dabei. Am Ende meines zehnminütigen Monologs schaut sie trotz allem nicht wirklich so gelangweilt aus ihren großen Augen, wie ich dachte. Stattdessen nickt sie verständnisvoll und fügt fast entschuldigend die dazu passende Erklärung an.

»Ich weiß das alles, Robert. Ich war bei all den Spielen auch dabei.«

»Wie, du warst auch dabei?«

»Na ja, mein Vater war Physiotherapeut bei der Eintracht und hat mich immer zu den Spielen mitgenommen.«

»Was? Und das sagst du mir erst jetzt?«

»Ich dachte nicht, dass es wichtig wäre. Oder hättest du mich sonst nicht mitgenommen?«

»Doch«, stottere ich hilflos. »Doch, na klar.«

»Na siehste. Also, wie sieht's jetzt aus, holst du oder ich?«

»Was soll ich holen?«

»Na Bier. Oder willst du lieber ein Äppler? Ach lass mal, du hast die Karten besorgt, also gehe ich.«

Noch bevor ich eine Antwort geben kann, hat Jana ihren Geldbeutel aus der Tasche gekramt und macht sich auf den Weg. Ich rufe ihr noch hinterher, dass ich ein Bier nehme, und bin sichtlich beeindruckt, als sie sich durch die Sitzreihen schiebt. Kein Veganerbier? Kein Sushi? Was ist denn nur los mit ihr?

Die erste Halbzeit verläuft, wie so oft bei der Eintracht, wenig spektakulär. Dennoch sind die Fans super drauf und die Stimmung ist fantastisch. Jana hat ihr Bier schon zur Hälfte leer getrunken, und nach zehn Minuten steht es 0:2 für Bremen. Normalerweise ein todsicherer Grund dafür, dass der restliche Tag für mich eher im unteren Drittel meines Fröhlichkeitslevels verlaufen wird. Aber nicht so heute.

Zwar sitzt hinter uns eines dieser ständig nörgelnden Exemplare, das jede Aktion auf dem Feld mit einem selten dummen Kneipenkommentar quittieren muss. Aber was soll's. Ich habe eine Menge Spaß mit Jana, die sich als wahre Fußballfachfrau herausstellt, was ja auch nicht verwundert, wenn sie wie ich die halbe Kindheit und Jugend im Waldstadion verbracht hat.

Auch die zweite Hälfte verläuft, wie Spiele der Eintracht nun mal verlaufen. Alle schimpfen, nix funktioniert, die Ersten verlassen das Stadion, der Gegner versemmelt beste Chancen und haut sich stattdessen ein halbes Eigentor rein, und zu guter Letzt gleicht Frankfurt kurz vor Schluss noch aus und sichert sich damit einen nicht mehr für möglich gehaltenen Punkt gegen die Fischköppe. Bei jedem Tor liegen wir uns wie zwei Teenager in den Armen und jubeln, als hätten Bernd Hölzenbein und Jürgen Grabowski wieder den UEFA-Cup geholt. Beim Abpfiff greift sich Jana meinen Arm und schaut mich zufrieden an.

»Sag mal, Robert, hast du vielleicht Lust, noch mit in den Spielertrakt zu gehen?«

»Wie meinst du das?«

»Na ja, ich kenn da noch den ein oder anderen. Die lassen uns bestimmt rein.«

Ich überlege für eine achtel Millisekunde und nicke dann aufgeregt wie ein Sechsjähriger am Einschulungstag. Die Spieler und ich, eng vereint wie nie zuvor.

Und tatsächlich kommen wir ganz ohne Bändchen durch die Kontrollen. Dafür aber mit vielen Küsschen links und rechts von Jana. Sie scheint hier wirklich jeden zu kennen. Präsident, Sponsoren, Spieler. Ständig hängt irgendjemand an Janas Seite, und ich frage mich, wie sie als Tochter des Therapeuten so einen bleibenden Eindruck hinterlassen konnte. Ein neues Gefühl steigt in mir auf, das ich eigentlich nicht spüren sollte. Eifersucht.

Zuerst winkt mir Jana noch von Weitem zu, dann verliere ich sie aus den Augen und widme mich dem Freibier. Nach jedem weiteren Bier finde ich jeden einzelnen dieser VIP-Leute immer bescheuerter. Jeder zweite meint, er sei der Gipfel der menschlichen Evolution und müsse wichtige Grimassen schneiden. Besonders einer der Sponsoren stellt sich hier als schwarzes menschliches Wurmloch heraus. Ich schätze ihn auf Mitte vierzig, könnte aber auch achtzehn oder vierundsechzig sein. Neben seinem Tick, sich ständig die Lippen mit einem Fettstift einzukleistern, scheint er ansonsten das Zentrum dieser Veranstaltung zu sein. Selbst von meinem einige Schritte entfernten Standpunkt aus kann ich die Eingriffe seiner Gesichts-OP erkennen, die ihm nur seltsam verzerrte Mimiken erlauben. Ein Gesicht wie eine Halloweenmaske.

»Tschuldigung, darf ich mal durch?« Eine hagere Gestalt drängt sich an mir vorbei zum Tresen. Eine kreisrunde Reinhard-May-Gedächtnisbrille reitet auf seinen Nasenflügeln und zoomt seine Augäpfel zu zwei mandarinengroßen Bowlingkugeln. Die beiden dickwandigen Gläser würden in jeder Zigarrenlounge als erstklassige Aschenbecher dienen und lassen auf der nach oben offenen Dioptrienskala keine Grenzen erkennen. Dazu trägt er allerdings eines der offiziellen Team-Poloshirts mit dem Adler auf der Brust.

Haben die im Vorstand jetzt endgültig nicht mehr alle Tassen im Schrank? Die werden doch nicht so eine Blindschleiche als neuen Spieler verpflichtet haben? Ne, das kann nicht sein. Das darf nicht sein!

Mein Alkoholpegel hat mit dem letzten Schluck dankenswerterweise gerade eben die Hemmschwelle für dumme Fragen überschritten, und es fällt mir nicht schwer, meine Neugier zu befriedigen.

»Spieler? Sind Sie ein neuer Spieler?«

Der sprechende Aschenbecher dreht sich zeitlupenhaft zu mir um und schaut mich dabei sparsam an.

»Danke. Danke für das Kompliment.« Seine Worte klingen wohlgewählt, samtweich und flauschig. Sofort bekomme ich Lust, mich auf eine Couch zu legen. Nach einer kurzen Pause spricht er ebenso soft weiter. »Aber nein, ich bin Mentaltrainer und ganz neu im Team.«

»Mentaltrainer?«

»Ja.« Es folgt eine Pause, die gefühlte fünf Minuten dauert. Ich trinke derweil einen großen Schluck und frage mich dabei, ob er noch mal aus seinem Stand-by-Modus zurückkehren wird. »Ich versuche, den Spielern neue Wege aufzuzeigen.«

Ah, da isser wieder. Beruhigt darüber, keinen Hirntod provoziert zu haben, schiebe ich einen vermeintlichen Lacher hinterher.

»Mir würde es schon genügen, wenn die Jungs ab und an mal den direkten Weg zum Tor finden könnten.«

»Ja. Verstehe.« Pause – und wieder sammelt die Körperhülse Energie, um den Satz zu Ende zu bringen. »Aber es steckt mehr dahinter.« Kurze Pause. »Viel mehr.«

So geheimnisvoll, wie er tut, könnte man meinen, dass Fußball auch die Auflösung zum Kennedyattentat in sich birgt oder sich die Vatikanische Bibliothek unterhalb des gegnerischen Fünfmeterraums befindet.

»Aber es geht doch einfach nur darum, die Kugel ins Tor zu kriegen, oder etwa nicht?«

»In Ihrem laienhaften Verständnis vielleicht.«

Vorsicht, Doktor Freud. Ich habe Alkohol getrunken und bin mies drauf. Noch so ein Spruch, und ich hau dir mal laienhaft eins auf die Fresse.

»Verstehen Sie mich nicht falsch. Sie haben ja recht. Die Kugel muss ins Tor. Aber wie erreicht man das am besten?«

»Na ja, ich hab mal gehört, dass man beim Fußball die Kugel mithilfe seiner Füße spielen darf. Aber nageln Sie mich nicht darauf fest.«

»Sehr witzig.« Das Männlein nickt. »Nun, das ist mir durchaus bewusst.« Pause. Dann zieht der Dan Brown des Fußballs erneut den Geheimnisvolljoker. »Verstehen Sie, was ich meine? Wie kann ich diesen an sich einfachen Sachverhalt als Spieler am einfachsten umsetzen?«

»Ich halte es kaum noch aus. Erklären Sie es mir.«

»Suggestive Vorstellungskraft.«

Jetzt mache ich eine geistige Pause, und Doktor Freud setzt nach.

»Stellen Sie sich den Ball als lebendes Individuum vor.«

»Lebendes Individuum? Der Ball?«

»Ja, genau der. Der Ball wird eineinhalb Stunden lang mit Füßen getreten. Wie würden Sie sich damit fühlen? Was wäre ihre menschliche Reaktion?«

Langsam mach ich mir etwas Sorgen um den Mann. Und vor allem um mein Team. Wenn die sich jeden Tag so eine Kacke anhören müssen, gewinnen die dieses Jahr kein Spiel mehr. Also versuche ich, den Mentaltrainer vorsichtig zurück ins irdische Leben zu geleiten.

»Sie wissen aber schon, dass der Ball nichts fühlt, oder?«

»Sind Sie sich da so sicher?«

»Habe jedenfalls noch nie von einem Ball gehört, der sich um einen neuen Job bemüht hätte.«

»Das runde Leder als solches möchte zurück in sein natürliches Zuhause. Was ist das wohl?«

Ich bin fasziniert, und außerdem glaube ich, die richtige Antwort zu kennen.

»Das Tor.«

»Gut, sehr gut! Ganz genau. Der Ball möchte nach Hause zurückkehren. Also muss ein guter Spieler nur seine Meridiane in fließenden Einklang bringen, um ihm diesen Wunsch erfüllen zu können. Den Ball ins Tor bringen.«

Ich stelle mir die Frage, ob Anthony Yeboah jemals seine Meridiane in fließenden Einklang brachte, bevor er die Kugel aus zwanzig Metern mit Vollspann in den Winkel geballert hat.

»Und Sie denken, das funktioniert?«

»Natürlich. Ich vermittele den Spielern die Gewissheit,

dass sie dem Ball alles für seine Heimreise gepackt haben. Er hat alles an Bord. Er geht nicht im Groll. Nein, er geht in Frieden und Freundschaft.«

Der Typ hat echt ein Rad ab. Aber ich muss zugeben, dass ich Spaß daran gefunden habe.

»Und wenn die Scheißkugel nicht reingeht, sondern Richtung Eckfahne fliegt? Was war dann los mit Ihrem Reisebeispiel? Kein Navi im Rucksack gehabt?«

»Dann nimmt man den Ball erneut als Freund zu sich auf, begleitet ihn und führt ihn wieder auf den rechten Weg.«

»Und das alles sollen die Spieler bedenken, wenn der Gegner dabei ist, sie über die Tartanbahn zu treten?«

»Ja. Das ist meine Aufgabe.«

»Warum haben wir dann heute erst mal achtzig Minuten niemanden in sein natürliches Zuhause schicken können? Außerdem sah mir der gegnerische Stürmer bei seinem Tor nicht so aus, als ob ihm viel an der Freundschaft zu einem Lederball läge. Und trotzdem hat er getroffen.«

»Na ja.« Pause. »So kann man es natürlich auch machen.«

Der Guru dreht sich ohne weitere Worte ab, greift sich seine Saftschorle und geht.

So kann man es natürlich auch machen? Ist das die Antwort? Und dafür bekommt der Typ Tausende Euro und ein Team-Poloshirt?

Ich widme mich wieder meiner Aufgabe, das Bier in sein natürliches Zuhause zu befördern, und kippe das nächste Glas in einem Zug runter. Gute Reise, murmele ich und versuche, meine Meridiane zu erfühlen. Doch außer dem Blasenmeridian spüre ich keine nennenswerte Reaktion auf meinen Bierkonsum. Enttäuscht scanne ich den Raum nach Jana ab. Alles, was ich sehe, ist jedoch der Botoxjunkie aus der Sponsorenbox. Wieder lacht dieser affektierte Vollproll sein Gebiss frei, als habe man ihm bei der letzten Beauty-OP versehentlich ein Rundum-Lächeln in seine pergamentdünne Gesichtshaut geflext. Bei jedem zum Scheitern verurteilten Versuch, ein Lächeln auf seine Fratze zu zaubern, hat man unweigerlich Angst, die Mundwinkel könnten jeden Moment einreißen und der Schädel wie ein losgelassener Luftballon mit Furzlauten durch den Raum schwirren. Demzufolge ist das auch gar kein echter Labello, sondern ein getarnter Brittstift zum Kleben und Nachfixieren von Häuptling Fletschender Zahns Wangenknochen.

Nach dem dritten Bier tippt mich erneut jemand von hinten an und fragt, ob ich ihm mal drei Bier bestellen könnte. Mann, Mentalguru, geh mir nicht auf den Sack. Ich habe keinen Bock auf weitere Reisebeschreibungen eines emotionalisierten Lederballs und biete ihm daher eine deutliche Wortmeldung an.

»Bestell dir dein Scheißbier selber und mach hier nicht einen auf Teilzeit-Dalai-Lama...«

Weiter komme ich nicht mit meiner Schimpftirade. Denn als ich ihm auch noch zurufen will, doch mal weniger auf »dicke Hose« zu machen, sehe ich in das Gesicht eines Mannes, den ich niemals beschimpfen würde. Er braucht nicht auf *dicke Hose* zu machen, er ist die *dicke Hose*, meine *dicke Hose*, *die dickste aller Eintracht-Hosen*, die Hose, die ich immer sein wollte. Vor mir steht Charly Körbel. Leibhaftig. Der *treue Charly*.

»Tut mir leid, ich komm nur nicht ganz nach vorn. Vielleicht wärst du so nett und gibst einfach die Bestellung weiter.«

Anstatt zu antworten, blicke ich nur stumm mit offenem Mund und schaffe es gerade noch, die Bestellung nachvollziehbar weiterzugeben.

»Danke. Ich weiß, das nervt, aber ich bin gleich wieder

weg.« Er nickt mir zu, als würden wir uns vom letzten Promikick kennen.

»Kein Problem.«

»Super, danke dir.«

Und nett ist er auch noch.

»Sonst alles klar?«, fragt er. »Scheinst ein wenig angespannt zu sein. Wir haben doch einen Punkt geholt.«

»Ja«, antworte ich etwas wortkarg und schiebe immerhin halbherzig hinterher: »Haben wir ...«

»Kennen wir uns?«

»Nein, Herr Körbel, das glaube ich nicht.«

»Lass mal das Herr Körbel weg. So nennt mich hier sowieso keiner. Ich bin der Charly.«

»Robert.«

»Sponsor oder Spieler?«

»Wie?«

»Die meisten hier sind entweder Sponsor oder haben die Karte über einen Spieler bekommen.«

»Ach, nix von beidem.«

»Eine Bekannte hat mich mitgenommen.«

Bei dem Begriff *Bekannte* zieht sich mein Magen unweigerlich zusammen und sammelt fleißig Pepsinsäfte, die er gerne über die Speiseröhre ans Tageslicht befördern würde. Was ist denn nur los mit mir?

»Ach ja, mit wem bist du denn hier?«

»Jana. Jana Westhoff.«

»Jana Westhoff sagt mir nix.«

»Ihr Vater war mal Physiotherapeut bei der Eintracht.«

»Ach die Jana. Das gibt's doch nicht. Sie hieß damals aber noch anders. Jedenfalls nicht Westhoff. Na ja, hat wohl geheiratet zwischendurch. Die habe ich ja hier schon ewig nicht mehr gesehen.«

GEHEIRATET? Mir hämmert jeder Buchstabe einzeln im Hirn.

»Sie... du kennst Jana?«

»Klar, als kleines Mädel hat sie immer ihren Vater begleitet. Der war Masseur bei uns. Aber das weißt du bestimmt.«

»Ja, schon von gehört.«

»Und später war sie dann mit dem Dings zusammen. Wie hieß der doch gleich?«

Und wieder fährt meine Magensäure im Röhrensystem meines Körpers Aufzug. Jana war mit einem Spieler zusammen? Oder ist sie das vielleicht immer noch? Bei dem Gedanken daran verschlucke ich mich fast an meinem Bier.

»... musst entschuldigen, ich komm nicht drauf. Westhoff hieß der aber nicht. Aber ich kann mir ja auch nicht alle Spieler merken, die hier mal gegen die Kugel getreten haben.«

Charlys Bier wird gebracht, und er stößt mit mir an. Ich habe meinen Teil der aktiven Konversation soeben eingestellt.

»Na dann, schönen Abend noch, und grüß Jana lieb von mir.«

»Mach ich. Ciao, Charly.«

Soeben habe ich Charly Körbel persönlich kennengelernt. Das Idol meiner Jugend. Mein Eintrachtgott. Und ich? Ich sitze hier und fühle mich, als hätte mir jemand eröffnet, dass ich Privatinsolvenz anmelden muss.

Ich entscheide mich dazu, einige weitere Probegläser Bier zu verkosten und ärgere mich über mich selbst. Warum bin ich denn auf einmal so schlecht drauf? Und warum zur Hölle hat mir Jana verschwiegen, dass sie mal eine von diesen blöden Spielerfrauen war?

Just in diesem Moment findet sich besagte Madame wieder neben mir ein und schaut so aus, als habe sie eine Menge Spaß hier mit all den Leuten.

»Da bist du ja. Ich habe dich schon gesucht.«

»Ach ja? Siehst nicht so aus, als hättest du gerade Gedanken an meine Suche verschwendet.«

»Doch, ich hatte halt noch einige Bekannte getroffen.«

»Hab ich gesehen. Hast ja 'ne Menge Bekannter hier.«

»Ja. Witzig, die nach so langer Zeit alle wiederzusehen.«

»Willst du vielleicht noch irgendjemand Bestimmten deiner Bekannten Hallo sagen?«

»Ne, denke nicht.«

»Vielleicht einem Exehemann?«

»Was?«

»Ist schon okay, lass dich von mir nicht aufhalten. Ich hau jetzt sowieso ab.«

Theatralisch greife ich mir meine Jacke und mache Anstalten, nun direkt von dieser illustren Runde zu verschwinden.

»Sag mal, was ist denn mit dir los?«

»Nix, was soll schon sein?«

»Bist du eingeschnappt?«

»Quatsch.«

»Du, das sind alles nur Bekannte, die ich seit langer Zeit nicht mehr gesehen habe.«

Jana hat recht. Ich sollte mich entspannen. Kann ich aber nicht. Und deswegen fauche ich sie formvollendet vor versammelter Mannschaft an.

»Sag mal, vögelst du mit allen Bekannten, die du hier bei der Eintracht kennengelernt hast?«

Sofort drehen sich einige Köpfe brüskiert zu uns herum. Mir ist das egal, mich kennt ja ohnehin keine Sau hier. Aber Jana...

»Wie bitte?«

»Na, dein Exlover. Der Fußballspieler. Charly hat mir alles erzählt.«

»Charly? Welcher Charly?«

»Ach, schon gut, vergiss es. Kein Problem. Jeder von uns kann tun und lassen, was er für richtig hält.« Selbstgefällig nippe ich an meinem Glas Bier, das plötzlich schal und abgestanden schmeckt. Dann stelle ich es zurück auf die Theke und füge noch einen Satz an, der Janas Augenbrauen zu zwei spitzen Pfeilen werden lässt. »Wir sind ja schließlich nicht zusammen.«

»Richtig, hätte ich fast vergessen. Wir verstehen uns nur gut und vögeln miteinander. So, wie ich es ja mit allen mache. Das wolltest du doch sagen, nicht wahr?«

»Sind deine Worte.«

»Aber das meintest du.«

»Ach, lassen wir das. Ist auch egal.«

Ich bin gereizt und habe zu viel Bier intus. Und das bringt meistens zu viel Wahrheit ans Tageslicht. Und so führe ich meine Erläuterung weiter aus.

»Morgen treffe ich mich sowieso mit Steffi. Sie hat angerufen und will sich mit mir treffen.«

»Steffi? Deine Ex aus der Sushibar?«

»Yep, genau die. Ich wusste, dass sie früher oder später wieder anrufen wird. Ich musste nur geduldig sein.«

»Und mit geduldig sein, meinst du, bis dahin die Zeit mit mir zu überbrücken und sie durch mich eifersüchtig machen.«

»He, wir haben doch nie von Beziehung gesprochen, richtig? Hast du doch selbst gesagt.« Ich nehme einen weiteren großen Schluck, bis ich den leeren Boden des Glases vor meinen Augen sehe. »Was willst du, Jana? Ist doch alles okay.«

»Ja, das dachte ich auch. Bis vor zwei Minuten.«

Bisher habe ich Jana noch nie sauer erlebt, aber ich glaube, das ist erst die erste Brennstufe ihrer Streitrakete. Sie presst ihre Lippen so fest aufeinander, dass das Rot aus ihnen weicht. Dazu schiebt sich ihr Kinn leicht nach vorn, was ihre Lippen noch schmaler erscheinen lässt. Irgendwie schafft sie es, dabei trotzdem süß auszusehen. Vielleicht habe ich da wirklich etwas überzogen. Aber warum hat sie mir nicht die ganze Wahrheit gesagt? Na ja, wenn man es so nimmt, bin ich auch nicht gerade die Ausgeburt an Ehrlichkeit. Schließlich fliege ich in ihren Augen immer noch einen Airbus durch die halbe Welt und bin Fachmann für Wein, Sushi und der Himmel weiß für wie viel weitere Lebensmittelspezialitäten, deren Name ich nicht einmal kenne.

Mein freibiergeschädigtes Großhirn suggeriert mir spontan eine äußerst filigrane Versöhnungstaktik: einen Kuss! Gib ihr einen Kuss, und alles ist wieder vergessen! So sind Frauen doch gestrickt. Also beuge ich mich zu ihr und mache Anstalten, genau das zu tun.

»Hast du sie noch alle?« Janas Reaktion ist wie die einer Speikobra: unvorhergesehen und giftig. »Du willst mich doch jetzt wohl nicht küssen?«

»Warum nicht?«

»Also echt. Du bist so ein unsensibles Arschloch, Robert. Ich wünsch dir viel Glück mit deiner Steffi. Mach's gut.«

Verdutzt sitze ich im nächsten Moment ganz allein mit glasigem Blick an der Theke und will einen letzten Schluck aus dem Glas nehmen. Doch als ich es ansetze, merke ich, dass es leer ist. Kein Bier, kein Charly und keine Jana mehr da. Stattdessen wiederhole ich dumpf, als ich mich schwerfällig von der Bar schiebe: »Richtig, viel Glück mit Steffi.«

28
Steffis Comeback

Es ist Morgen. *Der* Morgen. *Der* Morgen des Tages, an dem ich als Sieger wieder auf den Olymp zurückkehren werde. *Der* Morgen des Tages, an dem Steffi zu mir zurückkehren wird. Nicht zu ihrem Claus und nicht zu Til Schweiger. Nein, zu mir.

Mir.

Mir.

Mir.

Ich mache mich im Bad frisch, als es an der Tür klingelt. Ich öffne, und vor mir steht Hubsi.

»Küss die Hand, Herr Süßemilch. I woit Ihnen nur des Packerl Zucker wieder zurückbringen.«

»Ah, danke. Hätten Sie aber auch ruhig behalten können.«

»Na, des macht mer ned.«

»Kommen Sie doch rein.«

Wir gehen zusammen in die Küche, und ich stelle den Zucker zurück auf seinen Stammplatz.

»Wollen Sie vielleicht einen Kaffee?«

»Ja, warum eigentlich ned. Des geht si aus.« Hubsi lächelt. »Mein Gschbuserl schläft ja eh noch, und i mog ihn a ned wecken. Er schläft so süß.«

Hm, denke ich. Nach dem Trommelfeuer in der vergangenen Nacht wundert mich das nicht. Nur mit Mühe konnte ich gegen ein Uhr einschlafen. Aber ich bin ja höflich.

»Ja, habe mitbekommen, dass Sie die Nacht Besuch hatten.«

»Ah geh, bitte.« Hubsi legt sich beschämt eine Hand auf die Brust. »I hoff, wir haben Sie nicht gestört.«

»Ist schon okay, konnte eh nicht schlafen.«

»Ah was? Geht es Ihnen nicht gut? Sie haben neulich so gehetzt gewirkt.«

»Ach da. Ja, da war ich etwas unter Stress.«

»Stress? Des is genau meine Welt. I bin Hobbypsychologe, wenn S' also Fragen ham, immer raus damit.«

Zunächst will ich dankend ablehnen, frage mich aber, warum eigentlich nicht? Hubsi ist erfolgreich, hat ein erfülltes Sexualleben und kann sich besser als ich in die männliche wie auch weibliche Psyche hineinversetzen.

»Meine Ex hat mich betrogen.«

»Na dankschön. Des tut mir leid, aber des kommt vor.«

»Wir haben uns getrennt, weil ich ihr nicht männlich genug war. Ich habe in den letzten Wochen alles darangesetzt, mein Leben umzukrempeln, um ihr zu zeigen, was für ein cooler Typ ich sein kann.«

»Und?«

»Was und?«

»Na, sind Sie es? A cooler Typ.«

»Keine Ahnung. Jedenfalls will sie sich mit mir treffen und reden.«

»Leiwand.«

»Bitte?«

»Tschuldigens, der Wiener is mit mir durchgangen. Ich meinte, dass des doch super ist.«

»Ja, super.«

»Sie klingen aber ned gerade so, als ob Sie sich tatsächlich sehr darüber freuen würden.«

»Ich bin verwirrt. Eigentlich sollte ich mich darüber freuen, mein Ziel erreicht zu haben, aber irgendwie ...«

»... irgendwie sind Sie sich über das Ziel gar nicht mehr so sicher.«

»Ja, genau.«

»Wissen S', Herr Süßemilch, i denk, Sie haben bei den Bemühungen danach, jemand anderes zu sein, vielleicht etwas Wichtiges gfunden.«

»Ach ja? Und was?«

»Sich selbst. Und dass Sie gut so san, wie Sie san.«

»Wie meinen Sie das?«

»Veränderung sollte aas Erkenntnis entstehen und ned aas Angst, jemandem nicht genügen zu können. Vielleicht müssen S' ja gar kein anderer Mann sein, um Ihre wahre Liebe zu erobern. Vielleicht war Ihre alte Liebe einfach nur nicht die Liebe, die Sie sich erhofften.«

»Sie meinen, ich sollte damit aufhören, jemand sein zu wollen, der ich niemals sein kann, und lieber damit beginnen, den zu lieben, der ich bin.«

»Freilich. Lassen S' sich des von aanem schwulen Mann gesagt sein, der diese Lektion aach lernen musste. Verstellen Sie sich nicht. Früher oder später bricht die Wahrheit so oder so durch.«

Ich nicke nur still.

»Die meisten Leute versuchen a Leben lang, fremden Wünschen und Vorgaben gerecht zu werden. Im Beruf, im Privatleben, in der Gesellschaft.«

Hubsi hat recht. Ich wollte ein Mann sein, der Steffi und was weiß ich wem noch gefallen würde. Ich wollte jemand sein, der wie Emile die Frauen abschleppt. Ich wollte jemand sein, der gesellschaftlich angesehen ist.

»Danke, Hubs... Herr Scholl.«

»Nennen S' mich ruhig Hubsi, Herr Süßemilch. Des tun doch eh alle hinter meinem Rücken. Und wissen S' was? Mir gefällt des irgendwie sogar.«

Ich geleite Hubsi zur Tür und lasse sie hinter ihm ins Schloss fallen. Ich weiß nicht, warum, aber ich schaue noch einmal durch den Spion und sehe, wie sein Nachtgast gerade seine Wohnung verlässt und ihm einen letzten Kuss gibt. Zunächst schrecke ich zusammen und will den mir gut bekannten Mann ob all seiner Lügen zur Rede stellen. Dann erinnere ich mich aber an Hubsis Worte: »Irgendwann bricht die Wahrheit eh durch. So oder so...« Und ich entschließe mich stattdessen, Emile seinen eigenen Weg gehen zu lassen.

Im Harveys am Friedberger Platz ist das Licht angenehm warm. Ich mag diese Bar. Und das nicht nur, weil es hier kein Sushi, keine Hülsenfrüchte, sondern super leckere Speisen von gestandenem, mitteleuropäischem Format gibt. Allerdings ist mir gerade nicht wirklich nach Essen zumute. Pünktlich wie immer sitze ich bereits am Tisch und warte auf Steffi, die sich verspätet hat. Auch wie immer. Ich muss mich mit ihr treffen, um meine Gefühle zu spüren. Meine Hände zittern etwas, und ich habe extra das Parfüm aufgelegt, das sie am liebsten an mir mochte. Zur Beruhigung habe ich schon zwei Jägermeister weggezogen und nippe nun an einer Weißweinschorle. Sie hat mir immer vorgeworfen, dass ich nie eine Weinschorle mit ihr trinken konnte. Und zwar zum Genießen und nicht zum Betrinken. Ich nippe an der Weinschorle, und sofort registrieren meine Geschmacksknospen den leicht säuerlichen Unterton wieder, den sie vorwärts und rückwärts erleben durften. Bäh, keine gute Idee. Aber egal, ist ohnehin nur für die Show.

Und dann kommt sie.

Steffi.

Sie trägt einen schwarzen Mantel mit Schal und passender Mütze. Dazu kniehohe Lederstiefel über der dunkelblauen Levisjeans. Ihre Haare fallen links und rechts unter der Mütze hervor in ihr Gesicht, und sie sieht ... klasse aus!

Sie lächelt mich mit ihrem perfekt geschminkten Mund an, und es folgt eine seltsam anmutende Küsschen-links-und-rechts-Orgie, die aus Gewohnheit beinahe auf dem Mund gelandet wäre. Dabei stoßen wir uns die Köpfe. Nicht dass es wehtut, aber immerhin fest genug, um zu verdeutlichen, wie unbeholfen wir beide sind.

»Hallo, Robert. Danke, dass du gekommen bist.«

»Klar«, bringe ich mit der größtmöglichen Lässigkeit hervor, womit sich meine Abgeklärtheit allerdings auch bereits wieder erschöpft. Sie bestellt sich mit Blick auf mein Glas auch eine Weinschorle und legt ihren Mantel ab.

»Du trinkst Wein? Seit wann denn das?«

Seit ich mich bei der Weinverkostung damit in ein neues Universum geballert habe. Das denke ich natürlich nur und antworte stattdessen: »Mir war mal so danach.«

»Aha. Ja, und sonst? Wie geht es dir denn?«

»Gut.«

Die Antwort soll trotzig nach Erfolg und überwundenem Schmerz klingen. Doch zu meiner eigenen Verwunderung klingt es nicht nur überzeugend. Es ist tatsächlich wahr.

»Und du?«, schiebe ich schnell hinterher. »Wie geht's dir? Oder muss ich sagen euch?«

»Ach, Robert ...« Steffi winkt ab und legt ihren Kopf in die Hände. Als sie wieder aufschaut, sucht ihr Blick meinen, und sie legt ihre Hand auf meinen Unterarm. »Was soll ich sagen? Es war ...«

Was? Was war es? Claustrophobie?

»...der größte Fehler meines Lebens. Ich habe versucht, jemand zu sein, der ich nicht bin, und dachte, dies mit Claus leben zu können.«

»Aha«, sage ich nun, nicke verständnisvoll und weiß besser, was sie meint, als sie vielleicht denkt.

»Ich weiß nicht, wie ich es dir sagen soll, aber es tut mir unendlich leid. Ach, was soll's, du weißt sowieso, warum ich hier bin. Und falls du mir noch einmal verzeihen kannst, würde ich gerne zu dir zurückkommen. Willst du das auch?«

Steffi sieht mir noch tiefer in die Augen als zuvor. Dann beugt sie sich zu mir und küsst mich.

Es ist tatsächlich passiert. Genau das, worauf ich seit Tagen und Wochen gewartet habe. Steffi hat Claus den Laufpass gegeben und will mich zurück. Sie hat also gemerkt, was sie an mir hatte, welch toller Mann in mir steckt, und kommt nun reumütig auf Knien zu mir zurück.

Ich müsste mich nun also wie ein Wahnsinniger freuen...

...tue es aber nicht.

Ich sollte die Hochzeitsglocken läuten hören...

...höre sie aber nicht.

Ich sollte die Glückshormone Polka tanzen fühlen...

...spüre sie aber nicht.

Und ich sollte ihr genau das mitteilen...

...sage es aber nicht.

Stattdessen küsse ich sie. Es ist nicht unangenehm, aber irgendwie steril. Das wird sich schon wieder einspielen, denke ich und lächele Steffi so gut es geht an.

»Ja, das will ich auch.«

29
Süffig im Abgang

Nach dem ersten Getränk verlassen wir das Harveys bereits wieder und gehen zu Steffi, um unsere Reunion zu feiern. Ich habe Shrek als Verstärkung mitgebracht. Außerdem wollte ich ihn wieder in sein angestammtes Zuhause bringen. Doch anstatt Freude und Dankbarkeit in seinen Augen zu erkennen, schaut er mich vorwurfsvoll an. Für einen Moment glaube ich sogar, ein kurzes Kopfschütteln erkennen zu können. Warum kann er sich nicht über Steffis Avancen freuen?

Überhaupt, Steffi. Sie mustert mich, kommt zu mir herüber und stellt sich vor mich. Ohne ein Wort zu verlieren, zieht sie mich an sich und küsst mich. Während wir uns küssen, drängt sie mich ins Schlafzimmer. Den Ort, an dem ich sie mit Claus im Federbett erwischt habe. Wir fallen aufs Bett, und sie beginnt, mir mein Shirt über den Kopf zu ziehen. Wieder folgen Küsse.

Sie sind vertraut. Bekannt. Aber trotzdem anders. Anders als damals, als wir unsere Beziehung führten. Jetzt ist es mehr ein Déjà-vu-Erlebnis, wobei die Erinnerung schöner erschien als die Realität.

Sie küsst meinen Hals.

Hatten wir uns etwa schon lange vor dem Morgen getrennt, als ich sie mit Claus ertappte? Wollte ich es nur partout nicht wahrhaben?

Ihre Zungenspitze kitzelt an meinem Ohr entlang.

Habe ich unsere Trennung ganz einfach nur noch verarbeiten müssen und wollte Steffi eigentlich nie wirklich zurück? Waren es Stolz und Angst vor dem Unbekannten, die mich im Glauben ließen, ich könne nicht ohne Steffi sein?

Ich spüre Steffis Atem auf meiner Haut.

Aber warum habe ich dann in all den letzten Wochen noch so viel an sie gedacht?

Ihre Lippen wandern langsam über meine Brust.

Ich muss an Hubsis Worte denken. Weil ich durch all die gemeinsamen Jahre nur in ihr die Person sah, die ich mit Beziehung und Nähe verband. Weil mein Unterbewusstsein gar kein anderes Gesicht kannte.

Steffis Lippen kreisen um meinen Bauchnabel.

Ist der Mensch tatsächlich so ein Gewohnheitstier, dass er eine Zeit lang keinen anderen Menschen in dieser Rolle zulassen kann? Selbst wenn diese Person gar nicht mehr dem entspricht, was einem guttut? Wird man dann tatsächlich so teilzeitblind, dass man sogar die Person übersieht, die genau wie ein Förmchen viel besser zu einem passt?

Die Knöpfe meiner Jeans werden geöffnet, und ich spüre Steffis Hand in meinem Schritt.

Anscheinend ja. Doch nun empfinde ich endlich die Klarheit und Eindeutigkeit, die mir die ganze Zeit fehlte. Und noch etwas anderes wird mir bewusst. Das hier möchte ich nicht wirklich. Aber um das zu erkennen, musste ich genau das hier wohl erleben. Ich weiß nun, *was* und vor allen Dingen *wen* ich möchte.

Es ist nicht Steffi.

Sondern jemand anderes, dem ich sehr wehgetan haben muss.

Aber ich will sie.

Und zwar ohne Lügen oder Vorbehalte.

Ohne Vorbelastung.

Eine faire Chance für uns beide.

Für mich und Jana.

Jana.

Mein Förmchen.

Und ich kann nur hoffen, dass es noch nicht zu spät ist. Ich habe sie angelogen und ihr auch noch wehgetan. Meinem Förmchen Beulen in die Schale geschlagen, weil ich dachte, dass es vielleicht einfach nicht passen darf.

Ich Idiot.

Dann öffne ich die Augen und zucke fast erschrocken zurück, als ich Steffi vor mir sehe.

»Das geht so nicht, Steffi. Tut mir leid.«

»Wie meinst du das?«, lässt Steffi von mir ab und setzt sich fragend auf.

»Ich habe auch versucht, jemand zu sein, der ich nicht bin. Allerdings nicht nur in den letzten Wochen, sondern bereits in den letzten Monaten. Aber jetzt habe ich mich gefunden. Auch durch deine Hilfe.«

»Was? Was redest du da? Was meinst du damit?«

»Ja, klingt bescheuert, ich weiß. Und das ist es auch. Das, was du getan hast, war echt zum Kotzen.«

»Ja, ich weiß. Dafür entschuldige ich mich auch bei dir.«

»Aber trotz allem hat es mir geholfen, mich zu finden. Ich dachte auch, ich sei jemand anders, aber nun weiß ich, wer ich bin und was ich im Leben möchte. Und du... du gehörst nicht mehr dazu.«

»Wie bitte?«

»Du hast schon richtig verstanden. Nicht nur, dass du mich nach deinem Fremdgehen gar nicht verdient hast. Zwischen uns ist es eigentlich schon seit ewigen Zeiten vorbei. Das wusste ich im Grunde schon lange. Nur musste ich das erst auch noch fühlen. Und noch was. Weißweinschorle schmeckt beschissen. Probier mal eine 98er Cabernet, der dürfte genau nach deinem Geschmack sein. Er ist extrem säurehaltig, macht 'ne Menge Kopfweh und ist unglaublich süffig im Abgang.«

»Aber Robert...«

»Mach's gut, Steffi.«

Ich greife mir Jacke und Schal und drehe mich noch einmal um. Allerdings nicht zu Steffi, sondern zu Shrek. Wieder glaube ich, eine Bewegung seines Kopfs zu erkennen. Doch diesmal gleicht es eher einem Nicken. Ich nicke zufrieden zurück und verlasse das Zimmer.

»Warte nur, das bekommst du noch zurück«, höre ich Steffis Stimme noch hinter mir durch das Treppenhaus hallen, als ich zur Straße hinaustrete.

Ich habe von dir schon mehr zurückbekommen, als ich vermutet habe, denke ich mir im Stillen. *Viel mehr sogar.*

30
Ich werd beKLOPPt!

Bisher war ich noch nie bei Jana zu Hause. Wir waren stets in einem Hotel, und sie ist am nächsten Tag meist direkt zur Arbeit gefahren. Allerdings habe ich ihre Adresse noch auf der Serviette, sonst hätte ich ja nicht gewusst, wohin mit den Postkarten. Es ist eine Straße in Bad Homburg, und nachdem ich geparkt habe, stehe ich im Regen vor ihrem Haus, schaue erneut auf die Serviette und suche den Namen Jana Westhoff auf der Klingel. Sagte sie nicht mal was von einer WG? Ich suche die Klingelschilder ab und finde auf dem obersten Schild den passenden Namen: Klopp/Westhoff.

Sofort klingele ich Sturm. Die Zeit zwischen Klingeln und der Hoffnung, dass sie da ist, dauert eine gefühlte Ewigkeit. Ich sehe mich im Spiegelbild der gläsernen Haustür und fühle mich wie Timm Thaler, der gerade sein Lachen verhökert hat. Ich Idiot, wie konnte ich nur so blöd sein?

»Ja?«, meldet sich eine Frauenstimme am Sprechfunk und führt mich von meiner seelischen Vulkanlandschaft zurück ins verregnete Bad Homburg.

»Tut mir leid, ich bin ein Idiot.«

»Aha, das ist schön für Sie, aber hat der Idiot auch einen Namen?«

»Ähm, Jana, bist du es?«

»Nein, hier ist Carmen, Janas Mitbewohnerin. Wer ist denn da?«

»Äh, Robert. Robert Süßemilch. Ich bin ...«

Ja, was bin ich denn eigentlich?

Freund?

Bekannter?

Affäre?

Was sagt man einer Mitbewohnerin, um in die gemeinsame Wohnung gelassen zu werden?

Ich bin der kranke Freak, der deine Freundin seit ein paar Wochen anlügt? Ach ja, und ich fliege übrigens auch gar keine Flugzeuge über den Ozean, sondern schraube Omas den Tankdeckel auf und überprüfe den Frostschutzgehalt ihrer Scheibenspritzanlage. Ich könnte auch einfach nur den Begriff »Idiot« wiederholen, und es wäre die passendste Beschreibung.

Noch bevor ich jedoch eine Antwort gebe, ertönt die Stimme erneut und erspart mir damit den peinlichen Versuch einer Erklärung.

»Ach, der. Komm rauf. Vierter Stock links.«

Der Türöffner summt, und ich drücke mich ins Treppenhaus. Dennoch klingen mir die Worte in jedem Stockwerk nach.

Ach, der?

Was kann das heißen?

Ach, der, der Jana immer so nervt?

Oder: Ach, der, der Janas Herz gebrochen hat?

Ich keuche in den vierten Stock, wo Janas Mitbewohnerin bereits auf mich wartet. Sie trägt einen blauen Rock und eine weiße Bluse. Dazu sieht sie unglaublich gestresst aus.

»Sorry, hab nicht viel Zeit.«

Richtig getippt.

»Kein Problem. Ich, ich ...«, stottere ich erneut, bleibe im Türrahmen stehen und suche nach einer schlüssigen Erklärung für mein Erscheinen.

»Komm rein. Hab mir dich irgendwie größer vorgestellt.«

»Ja, ich wirke in Erzählungen immer größer.«

Was? Was war das denn jetzt für ein Gehirnfurz? Ich wirke in Erzählungen immer größer? Gott sei Dank scheint Carmen zu gestresst, um diesen geistigen Tiefflug zu bemerken.

»Jana ist noch unter der Dusche.«

Okay, sie ist also da. Ruhiger lässt es mich dennoch nicht werden.

Carmen bittet mich, Platz zu nehmen, und wuselt dabei wie eine Horde Erdmännchen auf Koks von einer Ecke in die andere.

»Setz dich, sie kommt sicher gleich. Ich muss mich fertig machen. Mein Flieger geht bald.«

»Urlaub?«

»Nein, ich arbeite als Flugbegleiterin bei der Lufthansa.« Dann schaut sie mich mit großen Augen an. »Wir sind also Kollegen. Du bist doch auch einer von uns, oder?«

Das scheint mich irgendwie zu verfolgen. Ich überlege für einen Moment, ob ich ihr vielleicht auch eine der Postkarten am Drehkreuz zugesteckt habe, die sie dann an ihre eigene Adresse geschickt hat, kann mich aber an ihr Gesicht nicht erinnern.

»So in etwa, ja.«

»Ich nutze die Wohnung hier nur als Stand-by-Zimmer und bin nur vier, fünf Tage im Monat hier.«

»Aha.«

»Kannst du mir bitte mal mein Namensschild und den Anstecker geben, der dort liegt?«

Ich drehe mich um. Der Anstecker sieht meinem Kranich erstaunlich ähnlich. Und ich ärgere mich, dass ich mir in meiner Pilotenkarriere nicht auch solch ein Namensschild zugelegt hatte. Aber das ist jetzt ohnehin egal, ich will dem Lügenspiel ein Ende bereiten und Jana die Wahrheit sagen. Ich möchte nicht mehr lügen. Plötzlich durchzuckt es mich. Auf dem Namensschild, das ich Carmen reiche, steht: Carmen Westhoff.

»Sag mal, heißt du auch Westhoff?«

»Warum auch?«

»Na, weil doch Jana auch Westhoff heißt.«

Ich strecke ihr die Serviette mit Jonas Notiz entgegen.

»Jana? Wie kommst du denn da... ach so. Ähm, na, das soll sie dir selber erklären.« Sie lächelt und greift sich ihren kleinen Koffer. »So, ich muss dann mal los. Jana ist wie gesagt bestimmt gleich fertig. Ciao, war nett, dich mal kennengelernt zu haben, Herr Kollege.«

Carmen lächelt schon wieder, als sie die letzten Worte sagt, und stiehlt sich so rasch aus der Wohnung, dass ich nicht mehr dazukomme, weiter nachzufragen. Und plötzlich steht Jana im Zimmer. Nur im Handtuch. Ungeschminkt. Unglaublich sexy. Und unglaublich erschrocken.

»Robert, was machst du denn hier?«

»Deine Mitbewohnerin hat mich reingelassen.«

»Carmen?«

»Wenn Carmen eine circa ein Meter siebzig große Frau mit ADS-Symptomen ist, dann war sie das wohl.«

»Ja, sie ist ziemlich ungeduldig und... verdammt, was willst du hier?«

»Ich muss mit dir reden.«

»Aber ich dachte, du triffst dich mit deiner Ex?«, antwortet Jana und rubbelt sich dabei ihre Haare mit einem Handtuch trocken. »Ist es nicht gut gelaufen?«

»Nein.« Ich schüttele den Kopf und meine das Gegenteil. »Das heißt, doch. Eigentlich schon.«

»Dann seid ihr also wieder zusammen? Gratuliere.«

»Nein, sind wir nicht. Mir ist so einiges klar geworden.« Ich stehe auf und gehe auf Jana zu. »Jetzt hör doch mal auf, dich unter dem Handtuch zu verstecken. Ich will dir was sagen.«

Sie legt es zur Seite, und ich erkenne, dass ihre Augen seltsam rot sind.

»Sag mal, hast du geweint?«

»Ich? Nein, warum sollte ich? Ist nur wegen der ... der Kontaktlinsen.«

»Du hast Kontaktlinsen? Seit wann das denn?«

»Seit heute. Deswegen auch die roten Augen, und jetzt frag nicht weiter.«

Jana greift zu einer Packung West Light, die auf dem Tisch liegt. Sagte sie nicht, dass sie nur raucht, wenn sie auf Partys geht oder wenn es ihr schlecht geht? Shit. 'Ne Party ist das hier jedenfalls nicht. Ich habe es anscheinend echt verbockt.

»Ich muss dir was beichten.«

Janas große Augen wirken plötzlich noch größer als sonst.

»Ach ja?«

Sie legt ihre Zigarette ungeraucht wieder zurück auf den Tisch, verschränkt die Arme und schaut mich vorwurfsvoll an.

»Ich weiß nicht, wie ich dir das sagen soll, aber ich war nicht ganz ehrlich zu dir. Ich bin nicht der, den du denkst zu kennen.«

»Sag mir jetzt bitte nicht, dass du herausgefunden hast, dass du schwul bist.«

»Nein. Es geht um was anderes.«

Jana nickt, und ich weiß nicht, wie ich das nun wieder deuten soll.

»Ich weiß nicht, wo ich anfangen soll ... jedenfalls bin ich ... bin ich gar kein Pilot. Ich war auch nie einer. Ich habe dir das alles nur erzählt, um Eindruck bei dir zu schinden. Ich hatte

Angst, dass du mich sonst nicht mögen würdest, wenn du wüsstest, wer ich wirklich bin.«

»Denkst du wirklich, dass ich ein so oberflächlicher Mensch bin, Robert?«

»Nein. Aber es hat so eine Eigendynamik entwickelt, dass ich nicht mehr zurückkonnte.«

»Also war alles gelogen, was wir erlebt haben?«

»Nein, zum Teufel. Nun lass mich doch nicht so leiden.«

»Mensch, Robert. Du hast mich im Stadion im wahrsten Sinne des Wortes vor versammelter Mannschaft bloßgestellt. Hast mich beleidigt und belogen. Was willst du?«

»Du hast ja recht, aber hör mir doch bitte mal für einen Moment zu. Es ist nicht alles gelogen gewesen. Denn eine Sache mag ich wirklich. Und zwar mehr als alles andere. Und das bist du. Das war echt. Das war es vom ersten Moment an.«

»Und was ist mit deiner Freiheit? Deinem Leben als bekennender Singlemann?«

»Das bin nicht ich. Das habe ich gemerkt. Ich kann meine Gefühle und mein Inneres nicht steuern. Und deswegen bist du mir auch so verdammt nah.«

Wieder leuchten Janas Augen auf, als würde sie in den Lichtstrahl einer Taschenlampe bei der Drogenkontrolle blicken.

»Und Steffi? Du hast dich doch mir ihr getroffen. Will sie dich etwa doch nicht wieder zurück, und nur deswegen kommst du jetzt zu mir? Als Trostpflaster bin ich dir also gut genug.«

»Nein, das hat nichts mehr mit Steffi zu tun. Ich habe alles geklärt. Jana, es tut mir leid, dass ich dich angelogen habe, aber wenn du mich willst, so wie ich bin... dann werde ich dir alles über mein wahres Leben erzählen und dich nie wieder anlügen. Versprochen.«

Jana kaut kurz auf ihrer Unterlippe herum, dann schaut sie mich an und zieht mich zu sich.

»Robert, ich warte schon die ganze Zeit darauf, dir das sagen zu können: Du bist ein ganz erbärmlicher, schlechter Lügner.«

Noch bevor ich nachfragen kann, was sie damit meint, zieht sie mich noch näher zu sich, und unsere Lippen berühren sich. Es folgt der großartigste Kuss meines Lebens. Dann gibt sie mich wieder frei, und ihre Augen verengen sich erneut.

»Ich weiß, aber...«, stottere ich hilflos.

»Nein, ich weiß es.«

»Ja, ich weiß, dass du es jetzt weißt.«

»Nein, Robert. Ich weiß es, und ich wusste es die ganze Zeit schon.«

»Wie?«

»Na ja. Ich war auch nicht ganz ehrlich zu dir. Ich heiße nämlich gar nicht Westhoff, sondern Klopp.«

»Wie meinst du das? Verstehe ich nicht.«

»Verstehst du es wirklich nicht?«

»Nein, was soll ich denn verstehen?«

»Klopp. Sagt dir der Name nichts? Kennst du niemanden, der auch so heißt?«

»Klopp?« Ich überlege und zucke mit den Schultern. »Doch. Jürgen Klopp, der Fußballtrainer. Bist du etwa verwandt mit dem? Denn wie du ja weißt, bin ich eher Fan der Eintracht...«

Jana schüttelt den Kopf.

»Nein, Mann. Mit dem bin ich nicht verwandt, aber mit Peter. Peter Klopp. Dein Freund und ehemaliger Klassenkamerad.«

Der Groschen fällt gaaanz langsam. Es wirkt fast wie eine

Zeitlupenszene aus *Matrix*. Dann baut sich ein Gesicht vor meinem inneren Augen auf: Peter.

Peter Klopp. Formerly known as Peter Silie. Jetzt macht es klick.

»Ich bin seine jüngere Schwester. Er hat mir alles von dir erzählt. Dass es dir so schlecht ginge wegen der Trennung. Und dass ich auf der Hochzeit mal mit dir reden solle, damit du dich nicht besäufst und die ganze Stimmung versaust.«

»Was? Das ist nicht dein Ernst, oder?«

»Doch.«

»Dann warst du nie verheiratet?«

»Mit wem denn?«

»Na, mit einem Spieler oder so?«

»Quatsch. Na ja, ich bin ein-, zweimal mit 'nem Spieler was trinken gegangen, aber sonst nix. Mein Vater ist damals mit uns geflüchtet. Er war Physiotherapeut bei der DDR-Olympiaauswahl der Fußballer und ist nach einem Turnier mit uns hier im Westen geblieben.«

Peter, der Drecksack. Daher kannte er die ganzen Mannschaften beim Schachspiel.

»Du hast mich also auf der Hochzeit nur angesprochen, weil Peter sich um mich Sorgen machte. Dann hast du die Nacht nur aus Mitleid mit mir verbracht.«

»Ja, bestimmt, du Spinner. Nein, ich fand dich nett, und es war witzig, wie du versucht hast, mich mit deiner ausgedachten Story zu beeindrucken. Das war irgendwie süß. Es hat sich noch nie jemand so dermaßen um mich bemüht, wie du es getan hast.«

»Dann wusstest du von Anfang an, dass ich kein Pilot bin?«

»Ja.«

»Und du wusstest auch, dass ich kein Weinexperte oder Fan von Rohkost bin?«

»Ja. Und soll ich dir was sagen? Ich konnte das Körnerzeug auch nicht leiden. Ich habe mir nach unserem Besuch im Goldenen Halm erst mal ein Maximenü beim Schachtelwirt geholt.«

»Dann bist du gar nicht auf dem Rohkosttrip?«

»Gott behüte, nein.«

»Aber warum hast du das alles mit mir gemacht und mich nicht aufgeklärt?«

»Na ja, erstens hast du recht: Es hatte so eine Eigendynamik entwickelt. Zweitens wollte ich wissen, wie weit du noch gehen würdest, bis du mir die Wahrheit sagst. Und drittens war es echt lustig, dich zu verarschen.«

»Na super.«

»Und außerdem hatte ich Angst, es kaputtzumachen. Am Anfang fand ich es einfach nur spannend und witzig, aber dann ...«

»Dann? Was dann?«

»Dann habe ich mich in dich verliebt. Aber ich dachte, dass du auf so einem komischen Selbstfindungstrip wärst. Oder, und das hat noch mehr wehgetan, ich mich in dich verliebe und du dann doch wieder zu Steffi zurückkehren würdest.«

»Erst wollte ich sie ja auch zurück. Dann wollte ich jemand sein, der ich nicht bin, und am Schluss habe ich nicht nur mich selbst gefunden, sondern noch viel mehr in mir entdeckt. Und wenn du kein Problem damit hast, dass ich kein Pilot bin und nicht die leiseste Ahnung von Wein habe, würde ich gerne auch weiterhin viel Zeit mit dir verbringen.«

Janas Augenwinkel zucken, als könne sie sich nicht wirklich entschließen, ob sie lachen oder weinen soll. Zum Glück entscheidet sie sich endgültig dazu zu lächeln, und nimmt meinen Kopf in ihre Hände. Dann schaut sie mir tief in die Augen und küsst mich erneut. Es fühlt sich toll an. Doch so leicht kommt sie mir nicht davon.

»Allerdings hätte ich eine Bedingung.«

»Und die wäre?«

»Erstens: Ich suche in Zukunft die Lokale aus, wenn wir essen gehen. Und zweitens: keine Lügen mehr, okay?«

»Okay, ich kann mit beidem gut leben. Aber ich habe auch noch zwei Dinge, die ich wissen will.«

»Gut, ich höre.«

»Erstens, wie hast du es geschafft, mir all die Karten zu schicken? Und zweitens, wohin zur Hölle bist du verschwunden, als ich dich an der Tankstelle besucht habe?«

»Du wusstest von der Tankstelle?«

»Na klar. Mein Bruder hat es mir erzählt. Ich wollte an dem Abend eigentlich alles aufklären, aber du warst irgendwie verschwunden.«

»Eine lange Geschichte. Aber ich erzähle sie dir gerne«, sage ich und fühle so viel Glück wie schon lange nicht mehr. »Wir haben ja jetzt 'ne Menge Zeit. Mein nächster Flug ist gerade abgesagt worden.«

Epilog

Rot. Ich sitze im Auto. Mir ist warm, und ich drehe die Lüftung voll auf, sodass mir meine Augenlider bereits eine doppelseitige Augenentzündung als Friedensangebot unterbreiten. Egal, denke ich. Immer noch besser, als seine verschwitzten Umrisse in den Stoff des Fahrersitzes einzubrennen wie das Antlitz Jesus in das Turiner Leichentuch. Seit Tagen haben wir bereits diese frühsommerlichen Temperaturen. Und obwohl es gerade erst kurz vor neun Uhr ist, hat das Thermometer bereits die Zwanziggradmarke überschritten. Es ist ein warmer Frühlingsmorgen, und ich bin auf dem Weg zu Janas Wohnung in Bad Homburg. Wir wollen noch ein paar Sachen aussortieren. Der Stauraum in unserer ab nächsten Monat angemieteten Wohnung ist nicht so groß, dafür haben wir einen riesigen Balkon.

Ich trommele den Takt von dem alten Beatlesklassiker *Can't buy me love* auf dem Lenkrad mit, der gerade aus dem Autoradio ertönt. Heute ist keine Uni, denn es ist Samstag, und wenn ich weiter so konsequent bleibe, dürfte ich bald meinen Abschluss in der Tasche haben.

Ich habe noch schnell an meiner ehemaligen Arbeitsstelle vorbeigeschaut. Getankt und ein paar Brötchen mitgenommen. An die Tanke komme ich eigentlich nur noch wie jeder andere auch: zum Tanken oder um mal ein Pläuschchen mit Emile oder Henninger zu halten. Emile. Drei Monate nachdem ich ihn bei meinem Nachbarn gesehen hatte, hat er sich geoutet. Er hat sich x-mal bei mir entschuldigt, dass er mir so lange etwas vorgemacht hat. Alle Frauengeschichten waren ausgedacht, um vor mir und seinen Fußballkollegen als besonders männlich zu gelten. Er gestand mir sogar, dass ich für ihn immer ein Vorbild war. So in mir ruhend und immer mit einem coolen Spruch. Wer hätte das gedacht? Den Account auf der Kontaktanzeigenseite nutzte er tatsächlich. Allerdings nur die Rubrik *Er sucht Ihn,* so hatte er auch Hubsi kennengelernt. Und in dem FKK-Klub war er weder vor noch nach unserem ominösen Abend noch einmal.

An Henninger fiel mir auf, dass er mich komischerweise nie auf den Tag angesprochen hat, an dem er sein fünfminütiges Comeback in der Arbeitswelt feierte und ein Päckchen West Light verkaufte. Grund genug hätte er dazu gehabt.

Gelb. – Später wollen Jana und ich noch an den Badesee nach Langen fahren. Ein wenig schwimmen, sonnen und picknicken. Neben mir auf dem Beifahrersitz liegt die Tüte mit den Brötchen von der Tanke. Ich lasse meinen Blick kurz über die Tüte wandern. Aber auch die Teigwaren machen einen ebenso entspannten Eindruck wie ich. Dennoch muss ich kurz lächeln, als meine Gedanken für einen Moment in die Vergangenheit wandern und ich an eine andere Brötchengeneration denken muss.

Grün. – Ich lege den ersten Gang ein, lasse die Kupplung kommen und gebe Gas. Als ich über die Kreuzung zuckele, blicke ich im Rückspiegel zurück zur Ampel, vor der die ersten Autofahrer nun bereits wieder anhalten müssen, und mir fällt auf, dass das Leben manchmal wie eine Autofahrt ist. Es gibt Warnlichter, an denen man halten muss, und Kreuzun gen, an denen man abbiegen kann. Man hat immer die Wahl, ob man weiterfahren oder parken möchte.

Dann geht mein Blick wieder nach vorn, und ich schalte in den nächsten Gang. Vor mir liegen noch fünfzehn Minuten Fahrt, eine Zukunft, die ich weder kenne noch kennen möchte, eine Frau, die ich liebe, und ein Frühstück ohne besondere Vorkommnisse.

Zumindest hoffe ich das.

Ohne euch wäre es nicht gegangen!

Zu allererst danke ich allen Exfreundinnen für ihre jahrelange und unermüdliche Mitarbeit an diesem Buch als Inspirationsquellen. Außerdem geht ein spezieller Dank an alle Freunde, Verwandten und Bekannten für ihre Offenheit bei der Schilderung ihrer Erfahrungen. Ach ja, und natürlich der BILD-Zeitung für ihre oftmals abstrusen Geschichten.

Ein großes Dankeschön an alle GOLDMÄNNER und GOLDFRAUEN des Verlags für die tolle Arbeit, die ihr leistet. Der größte Dank geht dabei an BARBARA ›BH‹ HEINZIUS, die mir die Tür zum Goldmann Verlag öffnete, von Beginn an an das WEICHEI glaubte und mit ihrer einzigartigen Art und ihrem Humor das Buch auf großartige Weise begleitete. Auch wenn sie mit dem falschen Fußballverein vom Main sympathisiert…

Danke, Danke, Danke!
- ULRICH FREUDENTHAL, MARTIN BOLENDER, AXEL DIEGELMANN von OIL! für den Mut und die nötige Portion Humor zur Umsetzung einer innovativen Idee.
- ANNE BAUN für das Erstlektorat.
- JOCHEN THAMM (thinkdesign.de) für den offiziellen WEICHEI-Trailer.
- ANGELA KROPP (angelakropp.de) für das Autorenportrait und die fotografische Begleitung.

Frank Kasper, Eduard Drahomeretski von CINESTAR Metropolis FFM.
Lutz Wackernagel von JOEY's Pizza.
Georgios Yanakis, Christian Stepponat für die besten Dienstagabendgespräche der Welt.
Ulli, Patrick, Ricarda für ihr Ohr und die konstruktive Kritik beim Testlesen und Zuhören der ersten Zeilen.
An alle im Buch genannten Lokalitäten und Personen: Ich will doch nur spielen…

Danke…
…Hassan Annouri, Tankred Benecke, Doppel Desi, Daniel Fischer, Roy Hammer, Marlon James, Patric Klandt, Charly Körbel, Bäppi la Belle, Fabrizio Levita, Dzenifer Marozsan, Morning Matze, Manuela Mock, Franca Morgano, Manuel Murgas, Mathias Münch, Lars Obendorfer, Conny Pohlers, Mirko Rech, Heinz Schenk, Christian Schöne, DJ Sonic, Jo van Nelsen, Gref Völsings, und allen anderen Menschen in Frankfurt am Main für ihre Unterstützung.

Mehr Infos unter: https://facebook.com/robert.suessemilch